갈밭을
헤맨
고양이들

제3권

박주원 장편소설

갈밭을
헤맨
고양이들

제3권

더 큰 것을 담는 그릇

bookin

차례

제 3 권 더 큰 것을 담는 그릇

제3권

더 큰 것을 담는 그릇

내일은 첫차로 이곳을 떠나리라 작심하고 호남을 만나 점심을 같이 먹고 돌아오던 오후.

양지는 마른 억새가 길길이 어우러져 있는 밭둑길 아래 어딘가 낯익은 여인 하나가 쭈그리고 앉아 뭔가를 찾고 있는 것을 보았다. 볕살이 따스하게 모이는 언덕 아래는 벌써 파란 잎사귀들이 다문다문 자라나 있다. 자세히 보면 나물도 있고 마른 풀덤불 속에서 어린 쑥도 갸웃갸웃 고개를 내밀고 있다. 봄맞이를 하는 것도 마음의 여유가 부르는 호사일 것이다. 나물을 캐는 듯한 여인의 동작에서 양지는 벌써 와서 자리 잡고 있는 언덕 아래의 봄을 의식한다. 그러고 보니 엊그제 고종오빠가 가져왔던 음식 중에서 냉이나물을 먹었던 기억이 났다. 언 손을 호호 불며 쑥나물을 캐느라 옹송그리고 앉은 할미나 아이들의 궁색스러운 모습만을 떠올리게 하는 것은 봄나물을 먹을 때마다 지워진 줄 알았던 어릴 때의 기억이 저지르는 살풍경이다.

양지는 어릴 때 나물을 많이 캐본 기억이 별로 없다. 어머니는 궁색스럽게 볼 남 눈을 의식하여 나물바구니를 들고 그녀나 언니가 밖으로 나가는 것을 말렸다. 흉년에는 쑥뿌리까지 다 캐먹었지. 어른들은 된장 한 주먹넹이를 싸들고 먼 데까지 가서 한 보퉁이씩 쑥을 캐왔고, 그러다가 낭중에는 송기며 칡뿌리며 산을 할딱 벗겨서 연명을 했고…. 어린애들은 모르는 지난 날의 궁핍했던 일화를 전설처럼 되새기면서 혹 그런 궁색스러운 사람이 될까 겁내는 것처럼 고개를 내젓곤 했다. 그런 연유인지 양지가 어쩌다 친구들과 어울려 검부러기가 뒤섞인 쑥 나물을 캐오면 두말없이 거름 터에다 부어버리곤 했기 때문에 환영받지 못할 일을 길래하지는 않았다. 그러므로 시골출신이지만 양지가 알고 있는 나물은 쑥이나 냉이, 달래 정도의 기본적인 것밖에 아는 게 별로 없었다.

　모직으로 된 커다란 사각 숄을 세모로 접어서 두른 빨간 어깨가 아직은 누리끼리 할밖에 없는 주변의 색채들 속에서 단연 두드러진다. 이런 시골에서 흔히 볼 수 있는 차림이 아니어서 더 선명하게 그녀의 모습은 눈에 띄었다. 저런 화사한 차림을 할 사람은 주위에서 명자네 사람들뿐인데. 명자네 사람들이라면 양지에게 전달할 사항이 있어왔다가 기다리는 동안 쑥을 캐거나 나물을 캘 수도 있다. 그러나 가까이 다가갈수록 명자네의 사람들 누구와도 닮지 않고, 몸피가 얇고 허리가 긴 여자에게서는 도시적인 분위기가 흠뻑 드러났다. 저 여자는 시골 사람도 아닌 것 같은데 나보다 더 어떤 나물을 많이 알고 있을까. 호기심어린 시선을 여인의 손끝으로 보내며 걷던 양지는 이미 자신에게로 이어져 있는 어떤 실체에 쿵쾅거리는 가슴의 동계부터 먼저 느꼈다. 날씬한 뒷모습의 주인은 추 여사였다. 딸처럼 도와주겠다는 말도 부담스럽게 여겼던 추 여사였는데, 종적을 감추었다던 그가 여기까지 왔다니. 더구나 이 먼 곳까

지 물어 물어서 자신을 찾아왔을 것이라 생각하니 가슴에 울컥 파문이
일었다.

"추 여사님 아니세요?"

양지는 놀라움으로 떨리는 소리를 지르며 걸음을 멈추었다. 처녀처럼
따뜻하게 마른 잎사귀를 뒤집어쓰고 다부룩이 자란 냉이를 캐고 있던
여자가 양지를 쳐다보았다. 그녀도 손에 든 것을 철철 흘리며 마주 일어
나서 달려왔다.

"최 실장!"

그녀를 끌어안는 추 여사의 두 팔에는 응축된 반가움이 강하게 실려
있었다.

"동네 사람들 말 들으니 그리 몹쓸 일을 겪었다며? 어쩜 나한테는 연
락도 않고. 세상에도, 이를 어째."

추 여사는 대뜸 어머니의 사망 소식부터 입에 올리면서 우정 자기 자
식의 상한 곳을 찾는 듯한 안타까운 눈길로 양지의 얼굴과 전신을 수선
스럽게 이리저리 살펴본다. 그녀의 적극적인 애정표현에 머쓱해진 채로
몸을 맡기고 있는 동안 어딘가로 잠적해버렸다는 어감 좋게 들리지 않
던 젊은 여자의 목소리가 다시 떠올랐고 더불어 살짝 경계심도 일었다.

"얼마 전에 전화했더니 어디로 가셨다기에 무척 궁금했어요."

"갈 데라고 생각나는 게 여기밖에 없더라고."

얼마간 서로의 얼굴을 들여다보다 겸연쩍어진 표정으로 양지가 먼저
몸을 풀었다.

"동네 아줌마들한테 다 들었어. 어쩜 그렇게 몹쓸 일을 다 겪었어. 난
그런 속사정도 모르고 겉똑똑이라고 욕만 퍼붓고 있었지."

"집 나가셨다는 말 듣고 이제 다시는 만날 수 없을 줄 알았는데, 이렇게 절 찾아주시다니 정말 믿어지지 않아요."

"아이고, 저 밉상스러운 말 좀 보게. 그러게 항상 어미자만 주책이지. 내 딸같이 생각한다고 내가 늘 그렇게 말했는데도 귓밖으로 들었구면. 내가 온 게 부담스러워?"

"아, 아녜요. 그런 게 아니고, 저 감정표현에 서툰 것 여사님도 아시잖아요. 애써서 오신 손님을 불편하게 해드리게 된 제 처지가 괜히 궁색스럽고 그래서요."

"그래 알았어. 나 여기 있는 동안까지만이라도 호칭 없어도 되니까 그여사님, 여사님 소리 좀 안 했으면 좋겠어. 나를 밀어내는 것 같아서 아주 듣기까 껄끄럽네."

양지는 잠시 망설였다. 이렇게 타인과의 관계가 흔쾌해져도 될까, 습관적인 경계심이 자꾸 잔털을 일으켜세웠다. 병훈이 결혼을 하면 도맡아서 할일도 많을 텐데 왜 집을 나왔는지, 집에 전화를 했었다는 말에도 다른 해명이 없는 것도 수상쩍다. 올곧잖게 들리던 전화 속 여자의 반응도 다시 부풀려졌다. 병훈에게 양지를 추천했던 자신의 뜻이 받아들여지지 않자 마음이 상했을 거라는 데까지는 추측이 가능했다. 이전에도 남다른 관심을 추 여사로부터 받고 있기는 했지만 막상 이렇게 먼 길을 찾아오도록까지 자신을 마음에다 품고 있었다는 사실이 걸렸다. 마치 양지가 머문 궁금증의 어우름을 꿰뚫듯이 추 여사가 먼저 물었다.

"사장이랑 통화해봤어?"

양지는 생겨난 경계심 때문에 바로 말하지 않았다.

"엄마 돌아가시고 나서 생각이 많이 달라졌어요. 길래 회사 일에 지장을 줄 수도 없고, 그래서 사표도 냈어요. 그 뒤로는 그쪽으로 전화할 일도 없었고…."

"그런데 뭐래? 미쳤어. 아무리 바쁘지만 그렇게 끝낼 사이는 아니잖느냐 말이야."

추 여사는 또 바르르 감정을 드러냈으나 양지는 제 물음만 계속했다.

"그런데 집은 왜 나오셨어요?"

"그 이야기는 이따 차차 하기로 하고, 어서 거처로 가지 날 언제까지 길가는 손님모냥으로 이렇게 세워둘 거야?"

"제가 지금 있는 곳이 여사님을 모시고 갈 만한 데가 못 돼서요."

"아이고, 참말로 섭섭하네. 동네 사람들한테 죄 들었다고 했건만. 난 벌써 양지를 내 딸 삼아서 둘이 오순도순 의지하고 살라고 하느님이 길을 열어주신 거라 생각하는데. 돌아가신 어머니를 대신해서 내가 잘해줄게."

양지가 할 수 없이 추 여사의 가방을 들고 앞장서자 추 여사도 캐놓은 나물을 챙겨들고 뒤를 따랐다. 자신이 겪은 말 못할 집안 사정을 동네 사람들로부터 들은 것 같으니 숨기려 애쓸 필요도 없었다.

"방을 얻어야겠다. 이런 데서 오래 있다가는 사람 버린다."

양지가 거처하는 방안을 들여다본 추 여사는 마치 보고 싶은 딸의 자취방을 보고 실망한 어미처럼 오만상을 찌푸렸다. 그리고는 외출복을 평상복으로 갈아입고 명색뿐인 부엌으로 내려가 저녁밥을 손수 지었다. 아까 캔 나물을 데쳐서 무치고 이웃에서 가져다놓은 된장을 풀어 시래 깃국을 끓이는데 그럴 수 없이 적극적인 동작이다.

"인생살이라는 게 본래 제 맘대로 안 되게 되어 있다. 그래도 산목숨은 어떻게든 다시 살게 되어 있고."

얼었다 녹은 질퍽한 길을 따라 이웃 샘에서 물을 길어오기도 하면서 추 여사는 어미처럼 자상하게 굴었다.

"어서 밥 먹고 양지랑 의논할 게 있어."

어질러져 있는 아궁이 앞을 몽당비로 싹싹 쓸어치우며 추 여사는 가볍게 말했다. 손수 상을 차리고 밥솥을 열었다.

"그릇이 마땅찮아요."

고무대야에 포개놓은 양재기를 들어내며 양지가 난색을 짓자 얼른 그릇을 받아 제자리에다 도로 놓은 추 여사는 그릇은 무슨, 솥에 놓고 그냥 먹지 뭐. 양지는 한 솥밥 먹는 사이란 말 몰라? 서로 제 몫 챙기느라 금을 그어놓고 먹어도 그 속에 인정은 있었는데, 요즘은 없는 것 없이 흔전해도 인정은 되레 메말라서 더럽게 됐어, 했다.

마치 떼려야 뗄 수 없거나 떼서 안 되는 인정을 옮기는 듯이 행주로 싼 밥솥을 방안으로 들고 갔다. 구들이 꺼진 방안에다 삼발이 알루미늄 상을 놓자 기우뚱했다. 옆에 있던 종이를 접어 상의 평형을 잡으며 추 여사가 중얼거렸다.

"최 실장이 이런 데서 살다니, 얼마를 있더라도 좀 모양이나 갖춰놓고 지내야지."

누가 주인인지 누가 객인지 애매한 모습으로 저녁식사가 끝났다. 추 여사는 준비해온 사과와 귤을 후식으로 꺼내 깎았다. 양지는 별로 할말도 없는데 어떻게 긴 밤을 보내나 곤혹스럽던 참에 시간 죽일 일이 또 한 가지 더 있으니 어색함을 더는데 다행이라 싶은 심정으로 과일을 집어 들었다.

"어떻게 이 먼 데까지 오실 생각을 하셨어요? 혹시 두 분이 또 아이들처럼 다투신 거예요?"

양지는 일부러 웃음을 섞으며 가벼운 가출 정도로 농담을 만들었다. 모른 척 아무 말 없이 며칠 쉬었다 가게나 할까 했으나 내내 모르는 척하는 것도 일부러 찾아온 사람에 대한 인사가 아닌 것 같았던 것이다. 서로가 서로를 배려하고 아끼는 것이 자식을 낳고 사는 남편과 아내처럼 은근하게 표출되는가 하면 아무것도 아닌 일로 삐져서 각자의 방에 머리를 싸매고 누워 나 없어도 사나 보자고 버티던 칼로 물 베는 싸움도 여느 내외간들처럼 잦았던 그들이다. 여성적인 애정과 집착을 보이는 쪽은 주로 안살림을 맡은 추 여사 쪽이었다.

"듣고 싶어?"

"아뇨, 얘기하시기 곤란하면 안 하셔도 돼요."

"인간이 변해도 너무 변했어. 딱 꼴 보기 싫어서 참을 수가 있어야지. 그보다 나 최 실장하고 살고 싶어."

추 여사는 갑자기 양지에게로 말꼬리를 돌리며 빤히 기색을 살폈다. 무슨 일이 있어도 예사롭지 않구나. 하지만 양지는 시종 경계의 미소를 지었다.

"며칠 쉬었다 가시는 거야 좋지만 불편해서 안 돼요."

"그러게 시내에다 방을 얻어야지. 어차피 여기도 비워줘야 한다면서?"

"전 무슨 말씀인지 뜻을 모르겠어요."

"병훈이 놈 결혼하고. 최 실장이나 나나 비슷한 감정일 거 아냐?"

갑자기 격앙된 목소리로 말을 뱉으며 양지를 바라보는 추 여사의 눈빛에 파란색 안광이 두드러졌다. 그쪽과의 감정이 얼마나 조율 어려운 상태로 어긋나 있는지 높낮이 심한 추 여사의 어조가 짐작케 한다. 차라리 그 부분은 모른 척하고 넘어갈 걸 싶었으나 심장 떨리는 강한 톤으로 추 여사는 다시 속내를 털어내기 시작했다.

"짐승도 저 알아주는 사람에게 정을 준다는데, 나는 짐승만도 못한 인생을 살았어. 이제나마 내가 사람답게 살고 못 살고는 양지가 나를 어떻게 받아주느냐에 달렸어. 나 말이야, 정말 할 수 있는 한은 내 심령을 다 바쳐서 살았다는데 양심 가책은 없어. 병훈이랑 최 실장이랑 결혼해서 손자들이 나면 내 손으로 알콩달콩 예쁘게 키우면 강 사장 저도 나도 노후 걱정 없이 좋잖아. 비록 내 개인의 인생은 애시당초 빗나가 있었지만 이런 인생도 있다는 걸 사람들께 보여주며 화평하게 살고 싶었던 거야. 나는 이제 오직 양지밖에 의지할 데가 없는 심정으로 왔으니까 구차한 내 목숨이 죽고 사는 건 양지 마음에 달렸어. 행인지 불행인지 모르지만 어머니마저 안 계시니 어머니처럼 날 생각하고 받아주면 좋겠어. 마음으로 의지하지 절대로 폐는 끼치지 않을 거야."

생판 남인 추 여사가 자신에게 기울이는 도를 넘치는 관심이 부담스러우면서도 그저 인정이 특별히 많고 외로운 사람들은 그럴 수도 있는 모양이라고 짐작대로 받아넘겼다. 그런데 지금 추 여사의 말 속에는 그럴 수밖에 없었던 곡절한 갈증이 들어 있었다. 하지만 추 여사가 풍기는 연민스러운 분위기에 짓눌려서 마음이 혼쾌하지 않은 부담스러운 관계를 다시 맺고 싶지는 않았다. 그러나 양지의 의견을 타진해보지도 않고 여기까지 '너를 의지 삼아' 찾아왔다는 사람을 그냥 내칠 수는 없었다. 잘 달래서 관계정리를 하는 게 좋을 것 같았다. 먼 길 오느라 피곤했다며 먼저 잠자리에 드는 사람을 어쩔 수 없어 양지도 더 이상 추궁하지 않고 불을 껐다.

이튿날, 추 여사는 양지보다 일찍 일어나 아침밥을 준비해놓고 기다렸다.

"피곤하실 텐데 뭘하러 일찍 일어나셨어요. 늦게 일어나서 해먹어도 되는데."

벌써 대령해 있는 밥상을 받으려니 미안해진 양지는 약간의 냉담함이 섞인 음성으로 차분하게 말했으나 추 여사는 어제처럼 서운하다는 말도 없다.

"무슨 보약 무슨 보약 하지만 밥보가 젤이라고 옛날부터 그랬잖아. 때맞춰서 식사는 해야 건강 유지가 되지. 강 사장이 이 나이까지 그리 건강하게 별짓 다 하는 것도 다 누구 덕인지 알아? 사람이 사람의 진정을 몰라주고 잘되는 법 없어. 그러니까 그 모양이지."

뿌리 깊은 함원의 표현으로 다시 강 사장의 이름이 올랐다. 양지가 꼭 들어야 할 심각한 문제가 예상되는 부분이었다.

"강 사장님한테 무슨 일이 있었어요?"

양지를 빤히 바라보던 추 여사의 눈빛이 금방 샐쭉해졌다.

"순진한 최 실장이 그 여편네 내숭을 다 알 수 있었겠나. 이 어리석은 여자가 송미양장 남편한테 글쎄 보증을 섰더란다. 한탕 크게 하자고 밀수를 했는데 들통이 났단다."

"언제요?"

"그러게 내가 뭐랬누. 저 혼자 의논없이 쩔고 까불다가 한 입에 털어넣은 거지. 세상에 믿을 사람은 안 믿고 누구를 믿어. 최 실장도 대접 제대로 받은 거 아니잖아. 사돈집에 소문나기 전에 후딱후딱 혼사라고 진행하는데 밸이 틀려서 내가 안 죽고 산 게 다행이다."

"그게 언제였냐니까요?"

회사를 떠난 지 얼마 안 됐는데 이런 엄청난 사단이 났다니. 믿을 수 없는 사실을 양지가 따져묻자 생각보다 예민한 반응으로 추 여사가 벌컥 역정을 냈다.

"그런 걸 나한테 말했음사 이런 사단이 나게 놔두겠나. 혼자 잘나고 똑똑하게 사람 무시하더니 당해도 싸지 뭐."

양치질을 안 해서 입이 텁텁한 줄 알았다. 양지는 자신이 어디 허공에라도 떠 있는 듯했다. 모래성처럼 허물어져버린 젊음의 흔적. 그 회사로 다시 가지는 않더라도 나는 회사를 키워서 운영해본 사람이라는 자부심으로 이 차갑고 쓸쓸한 눈길 속에서도 당당하게 버텼다. 거기 어느 곳에 가면 내 업적의 위용이 남아 있다 싶은 마음이 있어 시린 어깨를 펼 수 있었는데 그 자랑스러운 업적이 물거품이 되다니.

"최 실장도 선견지명 있었던 것모냥으로 잘 그만뒀어. 나도 그래, 내 잇속 안 따져서 그렇지 지가 날 배신하는데 나는 가만히 있겠어? 나랑 어서 나가서 방이나 괜찮은데 얻어보자고. 앞으로 뭘 해야 먹고 살지 일감도 찾아보고."

추 여사는 벌써 세수를 하고 옷만 입으면 외출이 가능하게 얼굴을 다듬고 있었다. 양지는 그녀의 말을 어떻게 알아들어야 할지 난감해졌다. 입에 얼른 밥을 떠 넣을 생각이 안 나 양치질을 먼저 하는 것으로 아침식사를 접었다. 다시 꼼꼼한 수건질을 하는 척 멈칫거리고 있으려니 추 여사는 나누고 있던 대화와는 동떨어진 생뚱맞은 부탁을 했다.

"오늘은 다른 것 말고 나 데리고 촉석루 구경부터 좀 시켜주라. 살림에 잡혀사느라 진주라 천릿길 노래만 줄창 들었지 그 유명한 진주 촉석루 한번 구경 못 했거든."

추 여사가 관광 안내를 부탁하는 바람에 진드기처럼 동거를 고민하지 않아도 될 길이 열리기도 할 기대가 없지 않아 양지는 가벼운 마음으로 말을 받았다.

"진주하면 촉석루가 먼저 떠오를 만큼 촉석루와 의암바위가 유명하기는 해요."

"나는 진주기생 논개 이야기가 참 안 됐더라. 기생첩이 남편을 따라 목숨을 끊을 수야 유달시런 정분 따라 그럴 수도 있겠지만, 자손 전래해 줄 기출이 있는 것도 아니면서 전쟁도 진 판에 이판사판 혼자 몸이라서 그런 용기가 났을까. 짐승같이 무서운 왜놈 장수를 끌어안고 강물에 뛰어들어 원수 갚을 생각을 어찌 했을꼬. 깍지 낀 손이 안 풀리도록 미리 가락지까지 다 준비해서 손가락마다 다 꼈더라며? 아이고 무시라. 나는 그 소리 들을 때부터 소름이 쫙 돋더라."

추 여사의 상식적인 놀라움에 토를 달 만큼 긴장을 푼 양지는 슬몃 미소를 지으며 아는 상식대로 정정을 했다.

"역사가 모두 옛날 일이니 확실한 건 아니지만 논개가 진짜 기생인 줄 알았는데 원래는 기생이 아니고 양가의 딸이었대요. 저도 대강 들어서 알게 됐는데 가난하고 뒤틀린 집안 사정 때문에 최경회 장군의 도움을 받아 한 집에 살면서 몸이 약한 최경회 장군 부인의 수발을 들었는데 부인이 먼저 세상을 떠나면서 자기 남편을 모셔달라는 유언을 할 만큼 신실한 성품을 인정 받았던가봐요. 역사라는 것이 그렇듯이 그것도 또 이런저런 여러 갈래로 이견이 많아요."

"진주기생이 유명하다는 소리는 다 아는 야기다만 참 장하다."

"논개 말고 또 재물이나 권세에도 흔들리지 않는 출중한 절의를 가진 기생이 있는 건 모르시죠? 나중 거기 가서 얘기해 드릴게요."

"북평양 남진주라 할 만큼 기생학교도 유명했다는데, 사주팔자가 더러워서 노류장화로 풀렸지만 가무야 인물이야 남정네들 혼을 쥐락펴락한 여자들이니 여중호걸인들 더러 안 있었겠나."

"아주머니가 그런 것까지 아시다니 뜻밖인데요."

양지의 추임새에 대뜸 생기를 얻은 추 여사는 신이 난 음성으로 덧붙였다.

"그것뿐일까. 김장철이면 가락시장에서 사 나르던 대평 벗들 무도 안다 뭐. 진양호가 생기면서 그 맛있는 대평 무가 사라진 건 정말 아쉬워. 대평 무씨를 다른 땅에서 가꾼 무는 그 맛이 절대 안 나는 것도 아는데?"

현실과 동떨어진 대화를 나누는 동안 두 사람의 분위기는 많이 부드러워졌다. 추 여사가 권하는 대로 양지는 다시 빈속을 채우고 딸 같은 위함을 받았다.

"오늘은 우선 양지하고 촉석루 구경부터 하는 날로 정하자."

양지가 얼른 반응을 보이지 않자 추 여사는 성마른 음성으로 재빨리 대안을 제시했다.

"방 얻을 돈 걱정은 하지 마. 양지한테 폐 안 끼친다고 말했지? 내가 다 해결할게. 까짓것 우리 살 만한 집이야 이런 시골에서 비싸면 얼마나 비싸겠어."

"추 여사님, 전 사실 지금 추 여사님이 제 앞에 앉아 계시다는 것도 실감이 안 나요. 그리고 제의하시는 것도 어떻게 제가 받아들여야 할지 싶구요. 저 사실은 내일 여기서 떠날 거였거든요."

줄곧 양지를 곁눈질하며 신나게 조반을 먹는 폼을 짓던 추 여사가 돌연히 숟가락을 놓으며 슬픈 표정을 지었다.

"최 실장, 너 정말 사람을 이렇게 무시해도 되는 거니? 네가 도도한 줄은 알았지만 이렇게 매정하리라고까지는 생각 못 했다. 계집들이 어쩌면 이렇게 피눈물도 없는지 모르겠어."

"추 여사님!"

얼결에 추 여사 곁으로 다가가서 손을 내밀던 양지는 상대방의 기색에서 뿜어나오는 어떤 새파란 기운으로 손끝 떨리는 전율을 느꼈다.

"이 손 놓아. 다 필요 없어. 세상에 누가 나를 알아주겠어. 그래 사람이 사람을 믿고 의지하다니. 어리석지, 이 등신, 바보천치가!"

추 여사는 길게 뻗은 다리를 두 주먹으로 자학하듯 쥐어박으며 중얼거렸다. 전날의 추 여사가 아니었다. 사장집에 드나드는 많은 사람들을 안주인처럼 당당하게 맞이하고 보내던 추 여사는 남의 집 가정부라는 선입견을 가진 사람들이 무색하도록 알뜰하고 부지런했으며 자부심에 찬 동작으로 밤낮없이 건실했다. 특히 양지에게는 이상하리만큼 품지고 따뜻하게.

"추 여사님, 미안하지만 제 물음에 대답부터 먼저 해주세요. 병훈 씨도 아들처럼 키우셨는데, 병훈 씨 혼삿날이 코앞이잖아요."

"집구석이 거덜 난 것보다 강 사장 그년 사람 달라진 게 더 속상했다고 몇 번이나 말했어. 보라고 내 말 안 듣고 까불다가 얼마나 오래 가나. 제가 말은 사장질한다고 설치고 다니지만 아직 나만큼 모르는 게 있지. 집에 사람 들이는 게 얼마나 중요한 건지 그걸 모르는 거야."

추 여사는 양지의 가슴을 확 밀어버리는 격렬한 행동으로 자리를 떨치고 일어났다. 찬바람을 무릅쓰고 열어놓은 문으로 어깨를 들썩거리며 밖을 내다보고 있는 시간이 길었다. 그러다 갑자기 생각난 듯 무슨 약인가를 가방에서 꺼내 여러 알 물과 함께 넘겼다. 여러 가지 정황으로 미루어서 추 여사는 지금 정상이 아니었다. 그것도 자신이 가장 필요하리라 싶은 시기에 강 사장을 버리고 떠나온 것으로 자신도 마음먹으면 무엇이든 할 수 있다는 복수심 비슷한 시위를 하고 있는 것이다. 그렇다면? 양지는 언뜻 또 다른 의혹에 눈을 떴다. 우선 그녀의 심리에 대해 더 많은 것을 알아내야 했다. 그럴 양이면 뜸을 들여 시간을 만들 필요가 있었다. 양지는 짐짓 다정한 음성으로 추 여사의 어깨를 감싸 안으며 속삭였다.

"참 여사님도, 전 농담도 못 해요? 어서 일어나서 촉석루 구경이나 가요."

양지의 말에 대번 반색을 하며 추 여사가 일어서는데 무겁게 들고 온 옷가방까지 같이 들고 갈 참이다.

"손수건 한 장만 챙기고 그건 두고 가요. 도둑 탈 중요한 물건이라도 있어요?"

양지가 한 농담에 자극받은 기색을 풀지 않던 추 여사는 큰 가방 속에서 제법 무게가 있어보이는 작은 가방 한 개를 꺼내더니 부득부득 메고 나섰다.

시내로 나온 양지는 의식적으로 거리를 둔 채 추 여사가 원하는 촉석루와 의암바위부터 안내를 했다. 자신이 알고 있던 상식과 짜 맞추어보는 진지한 눈빛으로 시누대 사각거리는 가파른 성벽 주위 경관을 둘러보는가 하면, 아아 진주 남강… 콧노래를 흥얼거리면서 강물을 퍼서 손을 씻고 물 냄새를 맡아보기도 했다. 특히 논개의 사당에서는 자못 감탄어린 시선을 붙박아놓고 움직이지를 않는다. 참 예쁘게도 생겼다. 저런 사람이 우찌 그런 당차고 모진 결심을 했을꼬. 혼자 중얼거리기도 해서 양지는 자신이 아는 대로 남원 광한루에 비치된 춘향의 얼굴과 똑 같이 한 사람이 그린 미인도라는 것을 말할까 말까 하다 그만 두었다. 서장대로 가는 길을 걸을 때는 이 강 기슭의 너럭바위에 길게 늘어앉아서 빨래하는 아낙네들의 방망이소리가 마치 음악소리 같았다는 이야기를 들려주자 추 여사는 연상되는 광경을 그려보듯 성벽 아래를 살펴보기도 했다.

"처음 차에서 내렸을 때는 너무 조용해서 답답한 시골 같았는데 아늑하고 참 좋다. 마치 고향에 온 것모냥으로 차분하게 끌리는 게 오기는 참 잘 왔다 싶어."

집으로 돌아오자 하루 종일 구경 다니느라 피로할 법도 하건만 추 여사는 몇 번이나 했던 감탄사를 매우 흔쾌한 목소리로 다시 늘어놓았다. 군불솥에 데운 물로 발을 씻던 추 여사가 생각난 듯이 고개를 돌리며 방 안에 있는 양지를 보고 물었다.

"참 아까 논개사당에서 무슨 이야기를 했지? 산홍인가 뭔가 하는 기생 이야기."

걸레로 방을 훔치던 양지가 못 알아듣고 대답을 않자 추 여사가 다시 큰 목소리를 냈다.

"돈 앞에도 흔들리지 않는 애국심으로 논개 못지않은 의기가 또 있었다 했던가? 아아 인제야 바로 생각난다. 을사오적의 한 사람이 기생 산홍이를 본 순간 홀딱 정신을 빼앗겼는데 많은 돈을 내놓으면서 자신의 첩이 돼달라고 요구했다고 했지?"

"그런데 딱 거절했다고 했죠."

"맞다. 그 이유가 참 멋졌는데 그만 뒷말이 생각 안 난다. 뭐랬더라?"

"세상에서 이 대감을 오적의 우두머리라고 합니다. 첩은 비록 천한 창기이오나 자유로이 사람구실하고 사는데 어찌 역적의 첩이 되겠습니까 하고 거절했대요."

"그래, 크게 화 난 이지용이 산홍에게 몽둥이질을 했다고도 하고 또 끈질긴 이지용의 협박과 성화를 견디지 못한 산홍이 기생이 자살했다고 했나?"

"어떻게 죽었는지 그것도 역사 속 얘기니까 정확하게 잘 밝혀지지 않은 모양이에요."

"아이고, 참 맵고 독한 성정 아니면 안 되는 결심이다. 나는 새도 떨어뜨릴 으리으리한 사내를, 그것도 항차 기생이, 맘 하나 접으면 평생 호강하고 살 수 있는 길을 마다하고 걷어찼다니."

"그러니까 죽어서도 오래 살고, 맑은 정신의 씨앗이 되잖아요."

"요즘은 공부도 많이 배우고 똑똑한 여자들도 많은데, 지금 진주여자들 중에 그런 여자들을 대 이을 만큼 큰 여자가 몇이나 나올까 궁금하네?"

추 여사가 던지는 뜻밖의 말을 듣는 순간 양지는 언뜻 얼굴을 한 방 가격당한 뜨거움을 느꼈다. 많은 진주여자들 중에 자신도 한 명의 진주여자이지만 대를 이을 큰 여자라는 대표성에는 한참 못 미치는 초라함을 인지했던 것이다. 솔직히 아직 한번도 큰 여자의 반열에 오를 수 있는 자격에 대한 각성을 해본 적도 없었다. 이런저런 관광 후일담을 주고받는 동안 두 사람은 잠자리에 들 준비를 얼추 마쳤다. 따뜻하게 덥혀진 이불을 들추고 드러누운 추 여사가 천장을 올려다보며 어린애처럼 들뜬 목소리로 혼자 중얼거렸다.

"내일은 우리 최 실장이랑 나랑 같이 살 집을 보러간다아. 한옥이 나을까 양옥집이 나을까? 어떤 쪽이 좋을까? 나는 무조건 최실장이 선택하는 대로 따라할게."

또 그 이야기였다. 손에다 크림을 바르던 양지의 안색이 아연 굳어진 것은 순간이다.

"추 여사님, 우리 둘이 여기서 같이 사는 것도 나쁘지는 않은데 솔직히 말씀 드리면 사실 저는 추 여사님을 모실 만한 아무런 능력이 없어요."

양지의 말에 언뜻 고개를 돌린 추 여사가 발딱 활기를 떨치며 일어났다.

"그건 건 걱정 안 해도 된다. 내가 그만 준비도 없이 그런 말 했겠나. 걱정 마. 보여줄게."

어린애 같은 단순함이 엿보이는 밝은 얼굴을 보인 그녀는 얼른 방구석으로 기어가 자신의 여행가방을 끌어다놓고 주섬주섬 내용물을 끄집어내기 시작했다. 외출할 때 굳이 챙겨서 메고 나갔던 가방이 추 여사의 손끝에서 다시 나왔다. 자신감 넘치는 음성과 함께 추 여사가 열어보인 가방 속에는 많은 패물과 현금이 들어 있었다. 양지는 점점 낭패한 심정으로 추 여사의 거동을 살폈다. 강 사장이 자랑하며 끼고 다녔던, 주인을 호위하듯이 작은 다이아가 큰 다이아를 에워싸고 있던 비싼 보석반지며 목걸이 등 죄 쓸어담아 온 듯한 여러 종류의 귀금속이 섞여 있었다. 그뿐 아니라 강 사장과 추 여사 자신의 이름으로 된 통장과 등기문서도 있었다. 추 여사를 찾는 것만으로도 이유 모를 적의를 드러내보이던 전화

속 여자의 목소리에 담겨 있던 불친절을 짐작할 수 있는 장면이었다.

"추 여사님."

양지는 주 여사의 손동작을 제지시키며 꼿꼿하게 맞바라보고 말했다.

"추 여사님, 전 정말 여사님이 이런 분이실 줄 몰랐어요. 이런 물건을 가지고 하필 왜 저를 찾아오셨어요. 제가 그런 하찮은 인간으로 보였어요?"

"아니야, 절대 아니야. 나는 양지가 어떤 대접을 받고 회사를 그만 두었는지 잘 알아."

"아녜요. 그건 오해예요. 어머니 일 때문에, 그리고 전 퇴직금도 받았고 절차 밟아서 제 마음대로 제 형편 따라 퇴사를 한 거예요."

"틀렸어. 아무리 최 실장이야 그렇다지만 강 사장 제가 그러면 안 되는 거야. 누가 키운 회산데, 절반이라도 뚝 잘라줘야 했어."

자신의 역량과 기여도를 그토록 중히 여겨주는 것이 싫지는 않았지만 추 여사는 모든 것을 지금 자기 식으로 생각하고 있다. 뜻 안 한 곳에서 이런 괴상한 일이 진행되고 있었다니. 예사롭지 않은 일이었다. 비록 전화로나마 강 사장이 해준 공적인 예우는 소홀하지 않았다. 같이 오래 일하고 싶었다며 아쉬움도 보여주었는데 추 여사의 말을 액면 그대로 믿어서 곤란할 소지는 충분했다. 전날의 호의로 어물어물하고 있는 사이에 공범으로 몰릴 수도 있다. 양지는 정색을 하고 추 여사를 쏘아보았다.

"저는 여사님에 대해 제가 모르는 부분이 너무 많구나 하는 것을 지금 절실히 느끼고 있는데요. 한마디로 너무 당혹스러워요. 이런 물건을 들고 어째서 저를 찾아오실 생각을 하셨는지도 아주 불쾌합니다."

"나는 내가 좋아하는 사람하고 같이 살고 싶어. 최 실장, 나랑 같이 산다고 말해줘. 강 사장이 나더러 뭐랬는지 알아? 저는 저대로 제 길 갈 테니까 나더러도 내 갈 길을 가라는 거야. 내가 저 말고 갈 데가 어딨어서."

양지는 언젠가 추 여사와 같이 저녁을 먹으면서 했던 말을 생각했다. 좋은 남자분 찾아 결혼을 하면 멋지게 사실 건데요. 여사님은 여성적인 매력도 충분하고 살림 잘하시는 것 외에 다른 장점도 많잖아요. 그때 추 여사는 턱없이 높은 야릇한 소리를 내며 웃기만 했다. 강 사장을 짝사랑했던 것이다. 부부처럼 믿었던 그 강 사장과 병훈의 결혼문제로 결정적인 이견을 보이면서 인간적인 실망을 넘어 적대감으로 발전했음이 분명했다. 회사가 존폐기로에 있다는 사건도 견디기 어려운 충격일 것도 당연했다.

불빛을 받고 눈앞에 펼쳐져 있는 패물과 유가증권들이 산란하게 시야를 어지럽혔다. 가난하고 힘든 삶을 견뎌내야 했든 철없던 시절에는 임자 없는 돈가방을 습득하는 망상도 더러 꾼 적이 있었다. 그러나 노력없이 얻는 물질에 대한 유혹을 물리치고 나면 청정지역을 지킨 전사처럼 자신이 대견하고 신선하게 느껴졌다. 그리고 지금은 충격적인 많은 일을 겪는 동안 전날의 최양지와 지금의 최양지의 정신세계가 사뭇 달라진 것을 자신도 느끼고 있었다. 요란하게 경찰차의 경적 소리가 들려오는 것 같음과 동시에 전신이 오랏줄로 묶인 듯 부자연스러움이 느껴졌다. 집안 형편이 이 모양으로 초라해졌는데, 자신마저 도둑이나 사기꾼으로 몰린 꼬락서니로 이유 모르는 동네 사람들과 명자네 앞에 다시 만신창이로 서게 될까 두려웠다. 큰소리치며 선도했던 호남을 볼 낯도 없고 잘난 척 방자하게 멸시했던 아버지의 비웃음도 있다. 또 모처럼 혈육의 교감으로 의지하는 고종오빠와의 신뢰문제도 분명 큰 타격을 입게 될 것이다.

양지는 야멸찬 손길로 추 여사의 가방 속으로 흩뜨려져 있는 내용물들을 나시 쑤셔넣으며 맵고 냉정한 음성을 내뱉었다.

"진정 저랑 같이 살고 싶어서 왔다시면 맨몸으로 오셨어도 감동한 나머지 같이 살 방법을 생각할 수도 있었겠죠. 그렇지만 이건 아닙니다. 도둑질한 물건을 들고 절 찾아오시다니. 정말 여사님께 실망했어요. 저를 그렇게밖에 취급하지 않았다니요. 저요, 비록 가난했지만 품성 반듯한 어머니와 이곳 유지의 딸로 자란 자존심마저 타락하지 않았으니까, 동네 사람들 알기 전에 어서 가세요."

"최 실장 정말 너무하네. 그럼 나더러 어디로 가란 말이야?"

추 여사의 얼굴에 돌연 어두운 거리로 내몰린 어린아이와 같은 두려움과 슬픔이 어렸지만 양지는 모른 체했다.

"그걸 왜 저한테 물으세요?"

쓸어 안겨주는 가방을 마지못해 끌어안은 추 여사는 절망스러움을 드러낸 얼굴로 망설이며 방문 앞에 움츠리고 서 있었다.

바라보고 있으면 어떤 방법으로든 추 여사를 받자할 미적지근한 연민이 생길지도 몰라 양지는 등을 보인 채 일없이 먼저 고샅길을 빠져나왔다.

지나온 날에 대한 두서없는 환영으로 지난 밤은 불면의 연속이었다. 그렇지만 추 여사를 깨끗이 돌려보낸 것은 잘한 일이었다. 아직 건재해 있는 스스로의 양심과 결기를 확인 애무하는 맛도 나쁘지 않았다.

그러나 일은 거기서 끝나지 않았다.

이 아침밥이 고향에서의 마지막 밥이라 여기며 늦은 아침밥을 먹고, 오빠네 일꾼들이 치워줄 살림 용구를 정리하고 있는데 다급한 음성으로 누군가를 부르더니 뛰어드는 동네 사람이 있었다.

"쾌남아, 쾌남아! 어서 좀 나와 봐라! 크크큰, 일났다아!"

얼마나 숨차게 달려왔는지 말을 끝맺지도 못하고 문턱을 짚고 한참이나 가쁜 숨을 가누고 있는 여자는 동네 어귀에 혼자 살고 있는 정자 어머니였다.

무슨 일이 내 주위에서 또 일어났구나. 양지의 가슴은 이미 소리도 없이 내려앉았다. 아버지? 호남이? 그녀의 머리는 빠르게 사고의 범위를 훑고 돌았다. 얼굴이 해쓱해지도록 놀라움에 뜬 정자 어멈은 여전히 말을 더듬으며 똑 떨어지게 연결 안 되는 의사전달에 안간힘을 쓴다. 얼른 나오지 않는 말보다 더 확실하게 어디론가 같이 갈 것을 강요하며 내젓는 손길이 더 찢어진 패자의 깃발처럼 양지의 불안함을 휘젓는다.

"그, 그그 여자, 어엊그제 니니 차, 찾아왔던 여자, 그 여자가…."

양지는 본능적으로 미간을 찌푸렸다. 촉수를 높인 예리한 눈길로 정자 어멈의 얼굴을 주시했다. 어제 찾아왔던 여자는 추 여사밖에 없다. 예상 밖의 무슨 일이 또 벌어진 것이다. 아직도 추 여사가 여기 머물러 있으리라고는 생각지도 않았으므로 놀라움은 더욱 증폭되었다.

"아이구, 나 몰라. 엊그제 너 찾아온 서울여자 말이다. 그 사람이 글씨, 우리 집에서 근사미를 묵었다. 늦어서 못 가겠다꼬 하룻밤 재워달래서 거절 몬 했더마 내 집에서 생목숨 끊는 이런 일이 생길 줄 누가 알았노."

숨결을 가누고 겨우 진정한 정자 엄마가 들려준 말은 양지의 배척을 받고 나간 추 여사가 생목숨 거두기 위해 저지른 사건의 전말이었다.

"근사미요?"

"그래, 근사미 말이다, 근사미. 아카시나무 쥑이는 농약."

양지는 자신도 몰래 뻥 뚫려버린 허망한 자긍심에 발이 어디를 딛는지도 모른 채 골목길을 뛰었다. 정자 어멈과 이웃하여 같이 살든 안면 모르겠는 다른 늙은이 하나가 벌벌 떨리는 시늉으로 석류나무 밑에 서 있다가 양지와 정자 어멈을 보자 마주 뛰어나왔다.

"우찌됐노?"

정자 어멈이 묻자 이 늙은이 역시 밀가루를 하얗게 뒤집어쓴 듯한 흰 머리를 좌우로 흔들며 진저리를 쳐보인다.

"안즉 죽지는 안 했는디, 내사 마 무서바서 몬 보것해서 나왔다. 인간 세상에 이런 일이 어데 있노. 목전에서 몬 보것다. 이리 될 줄 알았음사 매몰시리 내치지만 말고 좀 받자를 해줄 꺼 아이가."

양지를 흘낏 돌아보며 덧붙이는 말뜻이 먼 길 찾아온 사람을 애써 쫓아낸 인정머리를 나무라는 것 같다. 정자 어멈이 열어보이는 방문 앞까지 갔다가 독극물을 마시고 몸부림치는 추 여사의 모습을 차마 바라볼 자신이 없어 양지는 이내 멈추어섰다. 순서가 어긋난 듯했지만 자신을 괴롭힐 수밖에 없는 절망적인 사태 안으로 얼른 자신을 디밀고 싶지 않았다. 모면할 수 있다면 어디든 도망쳐버리고 싶었다. 저를 의지하기 위해서 찾아왔던 그녀가 버림받은 심정의 괴로움을 잘못 삭여서 극약을 먹었다는 사실은 마음 놓고 있다가 몽둥이로 뒤통수를 얻어맞은 꼴이었다. '근사미'는 농약의 일종인데 둥치를 자른 아카시 나무의 나이테 부분에다 약물을 칠해놓으면 뿌리까지 말려죽이는 독한 약이다. 양봉업자들에게는 풍부한 밀원을 제공하는 이득 되는 점도 없지 않지만 이 나무의

지나친 번식력에 대한 폐해도 적지 않아 대개의 농가에서는 이 약을 갖추어놓고 있었다. 싱싱한 나무도 말려 죽이는 극약을 사람의 연약한 내장이 흡수하면 그 참혹함이야 말해 무엇하랴. 차마 목격할 용기가 나지 않아 양지는 다급한 목소리로 정자 어멈을 향해 외쳤다.

"병원에 연락은 했어요? 전화는 어딨어요?"

"병원은 소용 없일 끼야. 아무리 쪼매 남은 기라 캐도 약이 좀 독해야제. 쓰던 농약 농 안에 여놓고 쇳대 채우나. 변솟간에 놔둔 걸 냉겨놓고 홀짝 마싰겠나. 마, 이리될 줄 알았음사 내 좋다꼬 찾아온 사람을 좀 잘 대해주지."

"약은 얼마나 있었어요? 양이 말이에요!"

그새 소문을 듣고 몰려온 동네 사람들이 울을 만들고 선 가운데 한 사람이 또 다른 사람에게 수군수군 사건의 전말을 주고받는데 눈으로는 양지를 흘끔흘끔 곁눈질한다. 끝부분은 자기들끼리 주고받는 말이 되었지만 양지의 귀에는 자신의 몰인정에 대한 난만한 비난의 화살이 되어 박힌다.

양지는 도저히 추 여사의 주검을 확인할 자신이 없어 마당가로 뛰어갔다. 할미들의 말마따나 이렇게 될 줄 알았으면 그렇게 제 입장만을 생각해서 내치지는 않았을 것이다. 강 사장에게 받은 인간적인 배신이며 양지 자신에게 받은 실망이 그렇게나 큰 부피의 상처인 것을 생판 타인의 일로 간과했음이 불찰이다. 양지는 정자 어멈으로 하여금 추 여사가 고통스럽게 뒹굴고 있을 안방에서 전화기를 꺼내오게 한 뒤 망연하게 전화기를 안고 앉아 있었다. 다음 동작을 어떻게 해야 할지 손이 움직이지 않았다. 같이 살자고 애원하던 슬픈 눈빛이 확대되어 나타났다. 어머니가 안 계시니 어머니노릇을 대신하며 살고 싶다던 음성도 옆에서 지금 하는 말인 듯 되살아났다. 자신에게 여성으로서의 따뜻함과 포용력이 조금만 있었다면 지금 이런 불상사는 일어나지 않았을 거라는 뉘우침이 새삼 망막을 뜨겁게 했다. 아울러 양지의 자의식을 더 부끄럽게 짓누른 것은 논개나 산홍의 명성을 이을 만큼 큰 진주여자가 몇이나 될까 궁금하다던 추 여사의 말에 깜냥도 안 되는 자신이 감히 낯을 붉혔던 주제넘음이었다.

그러나 변명은 있다. 추 여사의 동거를 허락하는 것은 만약의 경우 강 사장이 보일 후속조치를 추 여사와 같이 감수하겠다는 묵약도 된다. 다시 익애溺愛의 사슬로 조이고 들 추 여사의 빗나간 사랑을 받아들여서도 안 되지만 떳떳치 못한 돈으로 양지의 약점을 파고 든 추 여사의 계산을 무산시킨 점은 너무나 온당했다. 아무리 살아온 이유가 무엇이었던지 의문스러운 지경에 놓여 있다 해도 양심적이지 못한 일에 분노하고 저항할 이성적인 능력만은 창창하게 지니고 있어야 한다. 그러나 양지는 자신이 너무 스스로의 결백만을 염두에 둔 나머지 추 여사의 상심한 마음을 전혀 배려하지 못한 점에 대해서는 변명할 여지가 없었다. 그럴 줄 알았더라면, 이라는 사람들의 아쉬움 찬 비난은 더욱 양지의 심장을 긁었다. 제멋대로 소문을 만들어서 고향에 대한 어린 날의 기억들을 산란하게 만들었던 그들인데 또 무슨 헛소문인들 지어내지 못할까. 양지는 노파들에게 날선 눈길을 보냈다. 어떻게든 그들의 기세에 주눅 들지 않을 방법을 찾아야 했다. 양지가 입을 열려는 데 정자 어멈이 먼저 들고 온 가방을 내밀었다.

"이것 봐라. 금어치가 솔찮던데 자기가 가고 나모 니 주라꼬 저 냥반이 우리한테 맡긴 기다. 간다는 말이 차 타고 가는 줄 알았지 설마 저리 간다는 말인 줄 알았나."

정자 어멈이 든 추 여사의 가방 위로 늙은이들이 또 돌을 얹었다. 추 여사와 같이 밤샘한 것을 증언하는 것이다.

"그렇제, 간다 캐도 날 새고나모 차 타고 왔던 길로 도돌아가는 줄 알았제 죽는 길 가는 줄 니가 알았나 내가 알았나."

"아주머니, 그건 제가 받을 게 아니고 주인을 돌려줘야 돼요. 그래서 제가 어서 가시라고 저 분한테 그런 깁니더."

양지가 가방을 거부하자 또 그들은 비아냥거렸다.

"봐라, 우짜모 저 어매하고 저리 똑 같을꼬. 사램이 우떨 때는 은근슬쩍 봐주고 덮어주는 것도 좀 있어야제. 우찌그리 콩 난데 퐅 난데 다 가릴 끼고. 사람 목심보다 더 귀한 기 세상에 어데 있다꼬."

양지는 어이가 없었다. 제 앞가림 잘하는 냉정한 성정으로 추 여사의 범죄를 배척한 논리는 어느 결에 자살방조 내지는 자살교사로까지 몰리고 있는 거였다.

모여드는 구경꾼들 사이로 정복을 입은 경찰도 오토바이를 타고 들어서고 있다. 아, 이 뜻 안 한 봉변을 어떻게 할까. 양지는 어릿거리는 손가락으로 정신없이 앞에 놓인 전화기의 번호판을 눌렀다.

"오빠, 어서 좀 와주세요. 어서요!"

울음이 잔뜩 실린 출렁거리는 음성으로, 상대방이 누구인지도 확인 안 된 상태에서 신호음만 떨어진 송화구에다 대고 양지는 마구 소리를 질렀다.

고종오빠의 연락을 받고 강 사장이 도착한 것은 추 여사의 부검이 끝났을 무렵이었다. 담당 형사가 돌아가고 양지는 힘없는 걸음으로 준비되어 있는 영안실로 돌아왔다. 뒷모습이 낯익어 보이는 어떤 여자와 퍽 난감한 표정으로 무엇인가 설명을 하느라 애쓰고 있는 고종오빠의 모습이 눈에 들어왔다.

"손님이 오셨네."

양지를 본 오빠가 조금 비켜서자 등을 보이고 서 있던 강 사장이 휙 돌아보았다. 양지는 순간 안색이 굳어졌다. 싫지만 또 많은 설명을 해서 자신을 옹호해야 했다. 그러지 않으면 턱없는 오해와 누명을 쓸 게 분명하다. 예상대로 강 사장의 얼굴에는 의혹과 반감이 굳게 서려 있었다.

"도대체 이게 어떻게 된 거야?"

인사를 먼저 하기도 전에 강 사장이 급한 성격을 내보이며 내닫듯이 양지 앞으로 다가섰다. 무슨 말부터 해야 될지 입이 열리지 않아 양지는 우선 목례부터 했다. 먼 길을 허둥지둥 달려오느라 경황없었을 깐에도 강 사장의 신수는 여전히 훤했다. 추 여사의 말대로라면 부도난 회사 일 때문에 죽을상으로 찌그러져 있어야 옳은데 만사 잘 돌아가고 있다는 증거일 수도 있었다. 궁지에 몰려 말문을 열지 못하고 있는 양지가 딱해 보였는지 오빠가 잠깐 보자는 눈짓을 보낸 뒤 밖으로 나갔다.

"잠깐만요. 화장실에 좀….'

곁에 있는 의자를 가리켜 강 사장이 앉기를 권한 뒤 양지는 오빠를 따라나왔다. 기다리고 있던 오빠가 양지의 팔을 잡고 저만큼 문에서 먼 위치로 옮겨가더니 낮은 소리로 말을 했다.

"동생이 말 잘해야 되것다. 일이 좀 이상하기 된 모양인데, 까딱하면

소송 날지도 모르겠다."

"무슨 뜻이죠?"

"오해를 많이 하고 온 모양이라. 송미양장인가, 그랬제? 강 사장 아는 여자 남편. 강 사장이 보증을 섰다가 재산 다 날리게 됐다는 말도 그 아주무이가 잘못 안 기란다. 보증을 서는데 반대를 했겠지. 들어앉아 살림만 사는 사람 눈에는 불안도 했을 거니께."

"오해라니요. 내가 돈을 훔쳐오라고 시키기라도 했다는 건가요?"

"자기 눈으로 확인 안 한 일에는 누구나 오해할 수 있다는 걸 감안해야 돼."

"그렇지만."

"물론 알지. 답답할 정도로 곧은 사람인 거는 사장도 인정은 하더라만, 사람 일이란 기 꼬이기 시작하모 또 서로 생각이 달라서도 배배 꼬이는 법이라."

"옛날부터 전, 제 이익 보려고 다른 사람들을 이용하는 얍삽한 수법 쓰는 거 제일 싫어했어요. 추 여사가 나타났을 때도 당연히 그래야잖아요."

쉿. 영령이 된 추 여사에게 예의 안 되는 언사는 하지 말라는 듯 오빠가 눈살을 찌푸렸다. 그렇잖아도 양지 혼자 고심하고 있던 부분이기도 했다. 뜻밖에 나타났던 추 여사로 인해 당혹스러웠던 이야기를 하고 그녀와 나누었던 대화를 숨김없이 이야기한다면 자신의 결백은 증명이 될 것이다. 그러나 그렇게 곧이곧대로 말해버리고 나면 자신이 추 여사를 죽인 것 같은 죄책감이 꼭 가벼워지지만은 않을 묘한 구석이 남았다.

"아무튼 당한 일을 어떻게 현명하기 처리하느냐에 따라 서로간의 오해도 덜어지게 될 거라. 고인의 일만 해도 동생이 원하지도 않은 엉뚱한 사건 아이가. 잘 받자해주지 그랬다는 동네 아주머니들 말씀도 통 일리가 없었던 것도 아니고. 사람이 외로울 때 걸리는 고독이라는 병도 있잖나. 참 저 양반이 묵던 우울증약이 가방에 있더란다."

"저도 뒤늦게 알았어요. 그런 줄도 모르고 내 생각만 하느라 너무 성급하고 냉정하게 굴었던 게 에나에나 참 후회스럽고 미안하긴 해요."

양지는 후끈 뜨거워지는 눈을 가리며 오빠로부터 고개를 돌렸다. 아, 나는 왜이런가. 양지는 이마를 벽에 기댄 채 눈을 뜨지 않았다. 뭐라고 그녀가 해야 할 바를 오빠가 조언하고 있었지만 또렷하게 귀에 들어오지 않았다. 머리는 산만하고 끼니도 거른 뱃속의 허기가 탈진감을 몰고 왔다.

안으로 들어오니 호남이와 아버지가 빈소를 꾸미고 있었다. 손수 쓴 지방을 붙이고 난 아버지는 호남이가 주둥이를 벌리고 있는 비닐백 속에서 명태포와 밤, 대추 따위를 꺼내 제단 위에다 진설했다. 양쪽으로 촛대를 세우고 향로도 놓았다. 우두커니 서서 바라보는 양지를 발견하고 호남이가 다가오더니 큭, 하고 장소에 어울리지 않는 웃음을 토했다.

"언니야, 아부지 좀 봐라. 그래도 니 셍이가 사람 통 못 쓰게 처신하지는 안 했는갑다, 하시더마 저런다. 나도 사실 그 아줌마가 여게까지 와서 죽은 기 언니 니 기 살리줄라꼬 연극하는 것 같은 기분이 드는 거 있제. 천릿길 먼 데 여기까지 찾아올 정도라 카모 예사로 생각는 사이가 아니라꼬 사람들도 그라더라."

그럴지도 몰랐다. 그러나 왠지 쑥스러웠다. 기분 나빠서 한 거절이지 돈이 싫어서 한 거절도 아닌데 가족들에게 다른 면으로 비친 모양이다.

새삼스럽게 추 여사의 죽음이 안쓰러웠고 자신의 서툰 처세에 스스로도 실망하지 않을 수 없다. 호남이 지어내는 의도적인 언니 기 살리기 분위기에서 벗어나기 위해 눈에 보이지 않는 강 사장을 물었다.

"손님은?"

"응, 전화 좀 하고 온다고."

어디서 구했는지 조그만 국화 분 두 개를 아버지가 가져다놓자 빈소 분위기가 그런 대로 갖추어졌다. 불 붙여서 향을 꽂고 잔을 올리는데 강 사장이 들어왔다. 어디서 술을 마셨는지 생소주 냄새가 났다. 그리고는 고대도 못 삭인 원망이 막대기처럼 빳빳한 음성으로 제단을 마주하고 서서 독백하기 시작했다.

"추영자, 정말 이렇게 사람 뒤통수 쳐도 되는 거야? 너랑 나랑 무슨 원수가 져서 이렇게 끝을 맺어야 되는가 말이야!"

양지가 금방 부어놓은 잔을 퇴주시키지 않고 스스로 마셔버린 강 사장은 거푸 몇 잔의 소주를 선 채로 자작해서 들이컸다. 감정을 억제 못한 거칠음이 드러나는 손으로 이번에는 병째로 술을 기울였다. 그 모양을 보고 있던 아버지가 양지에게 일렀다.

"여기 일은 내가 볼텡게 니는 사장 모시고 들어가거라. 네 오래비가 요 앞 여관에다 방 잡아 놨을 끼다. 저이라꼬 맴이 좋겠나. 먼 길에 온 사람을 우리 할 도리는 해야 예가 되는 기다."

말씀은 고마웠다. 그러나 아버지는 무슨 이유일 것인가. 생전 듣지도 보지도 않은 사람의 장례치레를 아버지께로 미룰 턱이 없었다.

아버지나 들어가세요, 하다가 양지는 화끈 얼굴을 붉혔다. 저도 몰래 늘 기피하던 아버지란 단어가 입에서 튀어나왔던 것이다. 순간 아버지의 표정도 달라지는 것 같았다. 하지만 양지는 이내 사무적인 음성을 지어 곁에 있는 호남에게로 말을 돌렸다.

"모시고 들어가라. 장의사에서 다 알아서 할 거니까 여러 사람이 있을 필요도 없어."

"알았어."

서운함이 내비치는 얼굴로 대답한 호남이 아버지 손을 끌고 앞장서 나가자 미적거리고 있던 아버지도 마지못한 듯 따라나갔다. 그들이 사라지는 것을 보고 있던 양지는 갈하게 찢어져 있는 입술을 물며 이것은 무슨 오기인가, 자신의 내면에 도사리고 있는 곧은 막대기 같은 성정을 탓했다. 자신이 구급신호를 보내자 고종오빠가 달려와 주었고, 호남이와 아버지까지 나서서 절차에 따른 조언이나 이웃 사람들의 비난어린 시선까지 막아준 고마움도 모른 척 딴청만 부렸다. 세상은 혼자 열심히 살면 길이 열리는 것이라 여겼지만 둘러보면 보이지 않는 질긴 끈으로 이리저리 묶여서 더불어 사는 거였다. 여러 일들을 겪으면서 실감하고 있었음에도 표현은 또 엉뚱하게 나오고 만다.

강 사장은 여전히 쏟고 싶은 감정의 분출을 토하느라 오열 같은 욕설을 늘어놓고 있었다. 잔에서 철철 넘치는 소주를 제단 위에다 얹음과 동시에 '유인추영자지영'이라고 쓰인 지방을 향해 삿대질과 함께 뜨거운 기운을 훅훅 불어냈다.

"야, 추영자. 너 정말 유감이다. 네가 나를 몰랐듯이 나 역시 너를 정말 몰랐다. 니년이 이럴 줄 정말 몰랐단 말이야. 내가 너한테 그렇게 잘못한 게 뭐냐. 도대체 뭔지 말해봐. 네가 최양지를 좋아하는 건 좋아하는 건데 나까지 최양지를 좋아해야 된다는 법은 없다. 이거는 순전히 억지

다. 너하고 나하고 한솥밥 먹고 살아온 세월이 얼만데 날 이렇게 비참하게 만드는 거야. 우리 사이에 할 수 있는 최선의 성의는 다했다. 언감생심 내 며느리까지 네가 고르겠다고 우기다가 이런 식으로 날 배신하다니. 나 모르게 약 먹고 병원 다니는 건 왜 숨겼어. 아무래도 억울한 건 나다. 야, 말 좀 해라 추영자 이년아! 야, 이년아!"

넋두리는 길어질 것 같았다. 간 줄 알았던 호남이 귀 기울이고 문 앞에 서 있는 게 보였다. 제상에 올렸던 잔을 들어 입에다 털어넣은 강 사장은 다시 잔을 부어서 제상에 올렸다가 스스로의 입에 들어붓기를 거듭하며 주기가 오르는 대로 속에서 끓어오르는 감정에 출렁출렁 쪽배처럼 흔들리고 있었다.

"추영자, 너, 무엇 때문에 돌았는지 나 모르지 않아. 넌 내가 마치 남자좋아하다 사기 당한 것처럼 생각하더라만 그게 아니라고 했잖아, 내가. 그리고 너도 우리 병훈이 네가 낳은 아들 이상으로 애꼈잖아. 그런데 너무 황당하게 날 공격했어. 우리 병훈이 짝은 최 실장이 돼야지 그렇잖음 회사 말아먹는다고, 얼토당토않은 공갈협박도 했잖아. 난들 목석이야? 가만있겠느냐고. 공과 사를 분명히 하라고, 솔직하게 대판 싸웠지. 네 공 내가 모르는 바는 아니야. 그렇지만 주제넘게 나서서 우길 일이 따로 있는 거 아니야? 언제부터 이것들이 나만 따돌리고 지들끼리 짰어, 싫었지. 이런 말 이제 와서 해봐야 소용없지만 내가 어떤 며느릿감을 원했는지 최 실장도 알아. 내가 또 그만큼 언질을 주고 기회를 줬는데도 최 실장 본인이 오불관언인데 내가 어떻게 해. 본인은 아무 티도 안 내는데 에미도 친척도 아닌 지가 뭣 때문에 그렇게 나서느냐고 듣기 싫은 소리도 내가 했지. 한 건 했다고 한다. 나 그렇게 속 좁고 세상모르는 년 아닌 거 너도 알잖아. 죽으려고 맘이 변했다 해도 난 너를 용서 못해. 그리고 최 실장 너도 용서 못해. 어머니가 돌아가셨으면 당연히 부고를 해야지. 나를 쌍으로 나쁜 년 만든 못 된 년들."

점점 고조되는 취기에 편승하여 강 사장의 화풀이는 이를 갈 듯한 억양으로 걷잡을 수 없어졌다. 비감해야 할 영안실 분위기는 벽에 울린 강 사장의 분노에 찬 음성으로 어지럽게 흔들렸다. 이때 올곧잖은 기색으로 호남이 끼어들었다.

"듣자듣자 하니께, 참말 너무 하시네요. 우리 언니요, 아무리 사장님네 회사에서 밥 빌어먹은 과거가 있다 캐도 너무 개겁게 보지 마이소. 그런 취급당할 사람 아입니더."

아뿔싸, 하여 양지가 가로 막았으나 말린다고 금세 꺾일 만큼 호남의 뚝심도 호락호락하지는 않다. 호남은 양지를 밀어내고 더욱 강 사장 앞으로 다가들며 투사처럼 씩씩거리기 시작했다.

"얘, 니가 와이라노? 가만히 안 있고."

"도둑질해서 같이 살자꼬 언니가 꼬신 것도 아닌데, 등신겉이 언니는 와 가만히 있노. 언니가 뭘 잘못했노. 우리 언니 그리 우습게 보지 마이소. 우리 언니는 지꺼 아이모 모래밭에 쎄(혀)를 박고 죽어도 절대 남으거 탐내는 사람 아입니다. 그런데 뭐요? 짰다고요? 우리 언니를 그리 형편없는 인간으로 봤다니요. 가요. 꼴도 보기 싫은께 어서 꺼지란 말요."

양지는 있는 힘을 다하여 호남을 끌어냈다.

"호남아 이러지 마. 니가 이럴 자리가 아니다."

양지는 호동그렇게 바라보는 강 사장의 손을 잡았다. 그러나 강 사장은 이내 잊어버린 듯이 술병을 다시 끌어잡았다. 양지는 강 사장의 손에서 흔들거리고 있는 컵을 잡았다. 빼앗기지 않으려고 강 사장이 뿌리치자 두 사람의 몸에 술이 마구 흩뿌려졌다.

"그만하세요 이제."

"아니, 마실 거야. 취하지 않고 내가 어떻게 견딜 수 있어."

죽은 자는 말이 없기 때문일 것이다. 죽은 자의 영령이 버티고 있을지도 모르는 엄숙한 자리건만 추 여사의 이야기를 험구에 가까운 어조로 쓰러져서 정신을 놓을 때까지 늘어놓을지도 몰랐다. 채찍을 맞은 팽이처럼 더 기승해진 강 사장은 이번에는 아주 영정도 없이 썰렁한 제단 아래까지 부르르 기어가더니 마치 추 여사가 거기서 내려다보고 있는 것처럼 앙바라지하며 삿대질을 했다.

"네가 뭔데, 네가 뭔데 날 이 꼴로 만들엇엉!"

분명히 강 사장도 가해자는 아니었다. 사장이 어떻게 나오건 그것은 두 사람 사이에 오랜 세월을 두고 쌓여 있던 정한일 수도 있었다. 뒤에서 바라보고 있으려니 늙은 티가 완연한 강 사장의 뒷모습에서도 알 수 없는 연민이 느껴졌다. 양지는 강 사장의 어깨를 두 손으로 감쌌다.

"이러시면 몸 버려요. 이제 좀 쉬셔야 돼요."

순간 양지는 감당할 수 없이 뒤로 쏟아진 강 사장의 무게를 안고 같이 벌렁 주저앉았다. 열기가 뜨겁게 느껴지는 얼굴을 양지의 가슴에서 떼어낸 강 사장이 벌겋게 열기 어린 눈으로 양지를 쏘아보며 손가락질을 했다.

"최양지 너도 그랬어 인마. 난. 갈수록, 아니, 아니 저 여자가 널 밀 때마다 뒤로 물러섰어. 너도 알잖아 내가 어떤 며느릿감을 원했는지. 자식에 관한 한 어미는 절대권자야. 내가 그 자식을 어떻게 길렀는데 내 대를 이을 며느리 하나 내 손으로 못 골라? 지 까짓게 왜 남의 상에 감 놔라 배 놔라 간섭이냔 말이야. 최양지가 참 대단하긴 했던 모양이야. 글쎄 여기가 어딘데 지가 여기까지 이 꼴로 날 불러내려서 뒤통수를 쳐. 내가 무슨 그런 큰 잘못을 저질렀기에. 나쁜 년, 못된 녀언!"

강 사장의 넋두리를 듣고 있는 동안 지병으로 쓰러지던 병훈의 모습이 떠올랐고, 엄마들의 자기 자식에 대한 편애란 대책 없는 병증이라는 생각도 들었다. 소리치던 강 사장의 음성이 들리지 않아 돌아보니 취기에 못 이긴 채 널브러진 자세로 제단 앞에 쓰러져 있었다. 그를 부축해 일으키려는 호남을 밀어냈다. 어차피 절할 자리를 비켜주어야 할 문상객도 없다. 양지는 강 사장이 깊은 잠을 잘 수 있도록 큰 윗도리를 이불 삼아 덮어주었다. 그러나 몸을 뒤챈 서슬로 맨몸이 된 강 사장은 대자로 뻗어 편한 자세를 취하더니 이내 드르렁드르렁 코를 골기 시작했다.

양지는 참 현실감 없는 영안실을 지키며 추 여사를 위해 자신이 해야 할 마지막 감사의 표시라는 심정으로 강 사장이 깨어나면 물어볼 말을 생각했다. 추 여사님 고향이 어디시랬죠?

차에서 내린 양지는 마른 잔디 사이에 파릇파릇 달맞이 새움이 돋아 있는 방천 둑을 걸었다. 오른손에 들린 보퉁이가 쳐져내리자 왼손으로 옮겨들며 어깨를 추슬렀다. 냇가로 내려가는 길은 쉽게 찾아지지 않았다. 얼었다 녹은 흙과 자갈이 낮게 무너진 곳이 없지 않았으나 그녀는 손에 들린 사각의 보퉁이를 의식하며 안전한 길을 찾았다.

"추 여사님, 여기가 눈 익지 않으세요? 아줌마의 고향에 왔어요."

한참만에야 둑이 무너져 있는 곳을 발견하여 물가로 내려서는데 울컥 눈물이 솟구쳤다. 그러나 양지는 얼른 눈물을 삼키고 아무렇지 않은 듯 태연하게 자세를 바로 잡았다. 삽을 메고 논둑길을 걸어가던 남자가 아까부터 이상한 듯 뒤돌아보고는 했다.

"아줌마, 여기 바위 밑 깊은 물에서 여름에 한번쯤 멱을 감지는 않았어요? 하기야 눈칫밥 먹느라고 언제 그런 평화스러운 유년시절을 보낼 수나 있었겠어요."

나지막한 산비탈 아래로 제법 거무스름한 색을 띠며 고여 있는 깊은 물가의 바위 옆에서 양지는 걸음을 멈추었다. 그래, 고향 있지. 도시든 시골이든 고향 없는 사람이 어딨어. 시골치고는 멋지고 출신도 괜찮았어. 추 여사의 증발 후 말로만 들었던 추 여사의 고향을 홧김에 찾아갔었다고 강 사장은 그랬다. 가까운 친척도 없어. 엄마가 일제 때 공부를 많이 했는데, 신식 연애 때문에 옳은 가정도 못 가지고 자식을 낳았기 때문에 버림받은 눈치꾸러기였어. 전쟁 무렵에 중국으로 넘어간 어미가 소식도 없으니 자식은 자연히 천애고아 신세가 안 되고 어쩌겠어. 그리저리 눈치로 커서 이게 결혼을 했는데 시집에서는 외로운 며느리를 감싸 주기는커녕 따돌리고 그랬나봐. 어쩌다가 딸 하나를 낳아 그것 키우는 재미로 살려는데 또 남편이 노름방에서 드잡이를 하다가 징역살이를 하고, 그렇게 되니까 재수 없는 며느리 때문에 집구석 망조가 들었다고 노골적인 구박이 심해졌나봐. 하는 수 없이 딸애를 업고 도망을 쳤는데 나랑 만났지. 본인 입으로는 그래도 부모가 일류 멋쟁이고 유식했다는 소리는 입에 달고 살았지만. 왕년에 금송아지 한 마리 안 키워 본 사람 있나 하고 웃고 말았는데 끝내 저까지 이 지경으로 떠나게 됐네.

"아줌마의 외로움, 고독 같은 걸 이제야 조금 이해할 것 같아요. 용서

해주세요. 저같이 매정하고 냉정한 애를 아줌마가 왜 그렇게 집착하는지 처음에는 성가시고 부담스럽기조차 했어요. 그러나 오늘은 아줌마의 딸이 된 심정으로 여기까지 왔어요. 아줌마, 후생에는 제발 평범한 부모 만나서 행복하게 성장하여 외톨이로 살지 말고 사랑도 길이길이 누리도록 잘 태어나세요."

눈물이 뜨겁게 볼을 타고 내렸지만 양지는 닦지 않고 내버려두었다. 이름을 알 수 없는 작은 새가 물가의 돌에 앉아 꼬리를 까닥거리다가 재빠르게 날아가는 게 보였다. 거품이 조금 떠 있는 물의 표면을 내려다보던 양지는 주위를 한번 다시 둘러보았다. 언제 물섶에 서 있는 나무나 풀들이 물의 흐름에 따라 쓰개인 힘든 모습을 이리 주의 깊게 바라본 적이 있었던가. 된통 겪었던 물난리의 흔적으로 몸통이 뒤틀린 갯버들, 가지가 찢어진 채 무너지는 흙속에다 가는 뿌리를 간신히 걸고 힘겨운 몸체를 지탱하고 있는 미루나무들. 그뿐 아니다. 달맞이꽃이나 망초, 억새며 띠풀들은 어떤가. 흙탕물 홍수가 밀려오면 도리없이 뒤집어쓰고 물결의 흔들림에 몸살을 겪다가 죽음도 삶도 분간 없는 멍한 상태로 제자리에 발 묶여 있다 계절이 바뀌면 후대에게 밀려 흔적도 없이 생의 종말을 맞는다. 그들 여린 생명들에게는 생과 사를 넘나드는 절박한 일들이지만 아무도 그것들의 고통에 관심을 갖지도 않는다. 사람이 사는 모습도 그와 비슷하다.

간간이 지나가는 차소리만이 적요하기 이를 데 없는 시골의 공기를 가를 뿐 인적도 없다. 옆에 놓았던 보퉁이를 끌어당기며 하늘을 올려다보았다. 두 시간을 달려온 길이었다. 화장장에서 차례를 기다리느라 오전 시간을 거의 보내고 온 김이라 해는 어느덧 건너편 산 쪽으로 설핏 기

울고 있다. 양지는 깊은 물에 반쯤 잠겨 있는 바위로 건너가서 보자기에 싸인 사과박스를 조심스럽게 풀었다. 꼭 그렇다면 이렇게라도 하고 가라. 언니에게 주검상자를 안겨보내기 싫다며 실랑이를 하던 호남이 어디서 구해왔는지 추 여사의 유골함을 넣어서 싸준 것이었다.

"미안해요 아줌마. 정말 전 철이 너무 없었어요. 아니요, 나는 세상을 너무 많이 알아버렸어요. 그리고 내 욕심대로 무엇이든 쟁여놓고 싶었어요. 하지만 그것들은 모두 상실의 상처를 깊이 남긴 채 나를 떠나갔어요. 그래서 나는 아줌마의 사랑도 요령 있게 받아들이지 못할 만큼 상심해 있었어요. 다른 사람은커녕 나 자신도 따뜻한 마음으로 어루만지기 겁이 났어요. 눈길을 주면 마음을 주어야 하고 마음을 주는 순간부터 나의 존재감마저 잃어버리고 나약해질 것이 너무 두려웠어요. 나중 내게 정말 필요한 그때엔 누가 나를 도와줄 것인가. 사람은 사람대로, 물건은 물건대로, 나 아닌 대상에다 나를 빼앗긴다는 것이 너무 두려웠어요. 아주머니와 같은 외로움, 그 막막한 고절감을 왜 이해 못 하겠어요. 하지만 아주머니는 저랑 다른 줄 알았어요. 미안해요. 전 이렇게 모자라는 부분이 너무 많아요. 부디 좋은 곳으로 가세요. 저는 아무 종교도 가진 게 없지만 아줌마 더러는 좋은 곳에 다시 태어나시라고 빌고 빌겠어요. 그동안 너무 고마웠고 미안해요."

신중한 손길로 차근차근 사과 박스의 접힌 부분을 펼치던 양지는 아, 낭패스러운 기색으로 얼굴이 굳어버렸다. 상자 속에는 들어 있어야 할 유골함 대신 무게를 속이기 위한 돌 한 덩이와 접은 편지 한 장이 들어 있었다. 양지는 놀란 가슴을 진정시키며 접힌 종이를 꺼냈다.

—언니야 놀랬제? 이해해라. 잿가루는 오빠랑 내랑 깨끗하고 좋은 장

소에 가서 뿌릴 것이고 혼백은 사십구제 때까지 용연사에 모실 거다. 언니 니 좋다고 찾아왔던 사람인데 사십구제는 지내줘야 안 좋겠나. 시집노 안 간 처녀가 남의 골분을 안고 가서 장사 치게 할 수는 없다꼬, 아부지가 말씀하시는 데 아부지는 역시 아부지다 싶은데 엄청 놀랬다. 자세한 이야기는 나중하자. 언니 니 눈치 못 채게 하느라고 무척 힘들었다. 잘 갔다가 여행 간 듯이 시끄럽은 속에 맑은 바람이나 쐬고 어서 와라. 거기까지 간 것만 해도 돌아가신 분한테 보답은 될 거다.—

망연자실한 손끝에서 종이가 스르르 흘러내렸다. 물에 떨어진 종이는 작은 파문을 일으키다가 이내 물결에 실려 천천히 움직이기 시작했다. 양지는 어금니를 지그시 물며 눈을 감았다. 추 여사의 죽음, 아버지의 배려, 호남의 편지가 겹겹으로 어울렸다. 억눌린 듯 답답하던 가슴 사이에서 낮은 흐느낌처럼 심호흡이 흘러나왔다. 산다는 것은 무엇일까. 죽음이라는 것은 또 무엇일까. 허무라는 흔히 쓰는 단어를 가지고는 흩어버릴 수 없이 뭉친 것들이 너무 많다. 어이없이 어머니를 보냈건만 양지는 아직 그 죽음에 대해서도 감을 잡지 못하고 있다. 엊그제까지만 해도 추 여사는 이승에 있었다. 입으로 소리를 내고 발로 움직이고 마음으로 뜻을 전했다. 그러나 불과 이삼 일만에 그의 흔적은 이 세상에서 사라지고 말았다. 머잖아서 그를 알고 있던 모든 사람들의 기억에서도 차츰 사라질 것이다. 그리고 양지로 하여금 형편없는 자신의 존재감을 되돌아볼 화두를 던지고 갔다.

삶과 죽음 사이의 공간은 무슨 의미로 이런 복잡한 요소를 갖추고 있는 걸까. 고통이라는 이름으로 질펀하게 가로놓인 삶의 늪을 건너가는 동안 어떻게 하면 몸이 안전하고 마음이 평화스러울 수 있을까. 수많은 선각 지식인들이 탐구하고 실습해왔다. 그러나 개개인, 특히 여자들은 양지 자신부터가 아직도 올바른 길을 찾지 못해 방황하고 있다. 추 여사 역시 부지런했고 건전하고 바른 생활을 했던 사람인데 그의 일생이나 이런 비참한 말로는 그의 삶에 대한 보상이 되지 못한다. 더구나 평범한 다른 사람들처럼 자식의 손에 의해서 소멸의식이 치러지지도 못했다. 이대로 속절없이 소멸시켜버리기에는 그녀의 인생이 너무 가련하다는 안타까움이 들어 추 여사를 알고 만났던 누구라도 마을로 찾아가서 추 영자, 그가 이 세상에 살았고 이제 저 세상으로 돌아갔음이라도 알려주고 싶었다. 어디선가 갈가마귀 떼 소리가 났다. 양지는 희뿌연 하늘로 눈길을 돌려 소리의 향방을 쫓았다. 조각낸 검은 비닐처럼 가볍고 어지럽게 날아온 갈가마귀 떼가 건너편의 보리논에 내려앉고 있었다. 아까 나붓이 떠 있던 하늘 가운데의 흰 구름은 그 사이 어디로 갔는지 보이지 않고 빈 공간이 된 하늘만 횅하니 높다.

양지는 조금씩 사과상자를 찢어 물 가운데로 던졌다. 더러는 삐죽 솟아 있는 돌 위에 얹혔으나 바람이 이내 채갔고 그래도 멈춰 있는 것들은 뒤따라 온 물결이 쓸어갔다. 손가락 끝이 아팠으나 상자 찢기를 멈추지 않았다. 끝닿지 않는 설음의 중심이라도 파헤치기 위한 듯.

선은 흉내내기 쉽지만 악은 흉내내기 쉽지 않다는 말이 있지만 양지는 그 쉽다는 선을 흉내내기도 너무 벅차고 어려웠다.

2. 생 속으로 앓는 병

강 사장이 남겨놓고 간 돈으로 추 여사의 사십구제 비용을 절에 넣고 내려온 양지는 고급 담배 두 보루를 사고 두 몫으로 쇠고기도 몇 근을 사서 들었다. 추 여사를 재워주었고 차마 눈뜨고 못 볼 일을 겪은 정자 어멈과 동네 사람들에게 사례할 것들이었다. 이 마무리 인사치례가 끝나는 시간이 고향마을과의 작별이기도 했다.

빈집에 바람만 가득할 뿐 정자 어머니는 집에 없었다. 일없는 노파들이 어제는 저 집 오늘은 이 집으로 돌아가며 모여서 논다는 소리를 들었기 때문에 양지는 서슴없이 바자울이 비스듬히 서 있는 몇 집 건너 이웃으로 갔다. 그날 정자 어머니와 같이 어른스러운 간여를 하던 할미의 집이었다. 젊었을 때 더러 보았을 듯한 낯익은 모습이었지만 경황 중에 따져서 인사를 할 형편도 아니라 그냥 넘겼지만 누구라고 하면 알만 한 사람이었던 것이다.

예상대로 할미의 집 댓돌에는 각양각색인 여러 켤레의 신발이 오밀조밀 놓여 있었다. 아울러서 늙은 여인네들의 시끌짝한 목소리가 한데 어울려서 문밖으로 새어나왔다. 나이 많은 아주머니들이 도담도담 모여 앉아서 우스갯소리를 하고 있는 모습을 볼 때마다 양지는 어머니도 저렇게 만만하고 평화스러운 날이 있었을까 싶을 때가 많았다. 그럴 때마다 어머니는 오히려 '나만 혼자 너무 불쌍하기 보지 마라. 문 열고 안으로 들어가보모 걱정 하나 없이 사는 집 없다' 하며 힘주어서 양지를 안위시키고는 했다.

양지는 부러운 마음으로 잠시 그 방안의 분위기를 그려보다 목젖을 적신 공손한 목소리를 지었다.

"정자 어머이 여기 계십니꺼?"

두어 번 더 같은 물음을 던져놓고 서 있으려니 안에서 누가 왔는갑다, 하는 소리가 들리는 것을 신호로 하회탈같이 주름진 얼굴들이 열린 방문 밖으로 드러났다. 이불 밑에 옹기종기 발을 넣고 둘러앉아 있던 노인네 하나가 무릎걸음으로 기어나와 목을 내밀었다. 양지는 엊그제의 그 할미를 찾았다. 눈길이 마주친 할미가 반색을 하며 마루로 나섰다.

"아이구 웬 일인고, 그란 해도 그 이바기하고 있었건마는. 그래 일은 잘 쳤남?"

"예. 염려해주신 덕분에요. 심려를 끼쳐드려서 정말 죄송했습니다."

양지는 여러 사람들 앞에 얼굴이 환히 드러나지 않도록 일부러 고개를 반쯤 숙인 채 답례를 했다. 얼핏 보니 어머니와 같은 연배로 오가던 아주머니들의 면면도 눈에 띄었다. 그리고 제가 치러야 했던 그 남우세스러운 일을 이야기하고 있었다니 더더욱 얼굴을 바로 들기가 민망스러웠다.

"심려랄 기 뭐 있나. 우리도 놀래긴 엄청 놀랬제. 그렇지만 그런 숭악

한 일로 당한 상촌 띠기 딸내미는 우뜧것노, 그래삿코 있는 중이건만. 늙은이들 모여 앉으모 그런 이바기 말고 별거 있나. 그래 웬일로? 안으로 좀 들어오지. 오늘은 바람 끝이 많이 맵네."

"괜찮습니더. 이거 별거 아니지만."

"이기 뭐꼬?"

양지가 내미는 비닐꾸러미를 받을 듯 말 듯 미적거리며 노인네가 의구심어린 표정을 지었다. 그 사이에 눈치를 보고 있던 노인네들 중 입빨라 보이는 좁장한 얼굴이 재빨리 토를 달았다.

"아, 할마시도 척 보모 알제 뭐긴 뭐라. 아, 엊그제 험한 꼴 뵈어서 간 떨어졌을까봐 인사 안 왔나. 꿀쩜하던 참에 잘됐다. 무을 기모 얼른 갖고 와서 안 끌러보고 뭐하노."

그제야 양지는 여럿이 있는 장소에서 바로 먹을 수 있는 것을 준비 못한 점을 후회했다. 왠지 그 잘못을 인정하고 싶은 선선한 손길로 얼른 지갑을 꺼냈다.

"정말 죄송합니다. 제가 그걸 미처 생각지 못했심더. 이건 고기니까 볶아드시고, 이걸로는 얼른 좋아하시는 군입거리라도 사다드시이소."

양지는 지갑에서 꺼낸 만 원짜리 두 장을 주인 노파에게로 내밀었다. 그러자 안에서 또 농담으로 해본 소린데 그럴 것까지 없다는 사양의 말과 입이 심심하던 참인데 잘됐다, 고맙다 등의 인사말이 두서없이 모여나왔다. 그런 사이에 양지를 만나자 꼭 해주고 싶었던 말인 듯이 양지 어머니의 생애에 대한 후일담 한마디씩을 들려주었다.

"참말로 조선 천지에 드문 열녀제. 상촌양반 여름 모시옷 진솔 빠다리서 환하게 입혀 내놓는 거 보고 우리 모두 혀를 내둘렀다 아이가."

"철철이 의장수발만 그랬더나. 어정잽이 냄편이라 홀대 한번 안 했고, 각다분한 살림살이 불평 한마디 없이 평생 장 반찬 없는 밥상 안 올렸다꼬 이 집 저 집 영감들한테 우리들 욕 많이 안 얻어 멕있나."

"하모, 하모. 조신한 성격에 예법은 또 얼매나 깍듯했는데."

"본데 있고 든데 있고 가근방에서 모두 안 이까리는 사람 없는 걸로 솔직히 말해서 우리들한테 눈총도 더러 받았제."

"체수는 쪼맨 해도 그 속에 한 바다를 품었다 캤제."

"에나 진짜배기로 아깝은 사람인데, 복은 와 그리 함안읍내 문철네 복이던고. 우리 모두 하도 안타깝아서 너그 어매 소리 해놓고 아깝은 사람 놓쳤다꼬 쌓던 중이다."

"강 고집 최 뿔따구라꼬 뻗대는 기질도 좀 안 있었것나."

"말 그리 개겁게 하지 마라. 그게 어디 고집만으로 되는 일이가. 아무리 강상에 법무한 세상이라 캐도 자기 자리는 엄중하게 지켜낸 기다."

"우쨌든 참 요조숙녀였제."

듣고 보니 그렇다. 자식인 양지는 한번도 그런 객관적인 생각을 해본 적 없는 평가지만 모두 맞는 말이다. 큰 산 아래서 자란 사람은 막상 자기 집 뒷산의 위용을 못 느끼듯이 양지 역시 남들이 다 아는 어머니의 장점 하나 고이 느끼고 받들지 못했다. 아픈 양심으로 또 한번 아, 어머니를 뇌일 뿐이다.

"그런 어매 밑에서 보고 배운 딸들이 비른하게 잘 살면서 저 어매 한풀이 안 하겠나."

"하모 그렇제 이번 일만 봐도 안 그렇나. 그 사람 죽은 기 청백 겉은 양심 지키니라꼬 그런 거 아니가."

돌고 있는 소문 때문인지 양지가 못 듣게 작은 소리로 말해놓고 옆사람을 집적하는 사람도 있었다. 그런 어매 밑에서 보고 배운 것. 그런 어머니의 딸답게 잘 사는 것은 어떤 모습인가. 이때 문득 고종오빠가 장학사업이나 숨은 선행을 하면서 자신의 생활신조로 삼는다던 말이 연결되어 떠올랐다. 사람은 무슨 생각을 가지고 어떤 행동을 보여주는가에 따라서 평가는 다른 사람이 하게 되어 있다. 생에 드러내는 모든 언행은 자신을 이 세상에 있게 해준 보답이나 흔적이 될 것이다.

"좋은 말씀들 해주셔서 정말 감사합니다. 저도 그런 말씀을 명심해서 살도록 하겠습니다."

양지는 고마운 마음이 실린 정중한 인사로 깊이 허리를 숙였다. 이제 돌아서야 될 차롄데 막상 찾아온 정자 어머니의 모습은 내내 눈에 띄지 않았다.

"혹시 정자 어머니는 여기 안 오싰어예? 집에 안 계시던데."

"그 할망구 어데 갔어."

"그래예?"

"울고 싶자 꼭지 친다꼬, 본인이 거처하는 방에서 생전 모르는 사람이 그리 죽었는디 송신해서 우찌 삐댈 끼고. 그날부터 주욱 우리 집에서 안 잤나."

"송구스러운 부탁이지만, 오시면 제가 인사 왔더라고 전해주시고 이것도 좀 전해주시면 안 될까예?"

손에 남은 꾸러미를 들어보이며 양지가 부탁하자 말이 끝나기도 전에 낭패스러운 듯 집주인 할미가 그랬다.

"아이갸 그 할망구 길래 안 돌아 올 거로."

왜냐는 물음이 실린 양지의 얼굴을 바라보며 할미는 한숨을 먼저 앞세웠다. 둘의 대화를 듣고 있던 방안에서 다시 또 누군가가 껴들었다.

"서방 복 없는 여편네는 자슥 덕도 없다 카던 말 하나도 거짓말 아니제."

"니도 참 새삼시럽다. 옛말 그른 데 있더나."

"오질 없는 여편네가 것도 자슥집이라꼬 정자한테 또 갔나?"

"인자는 그게 안 갔다. 젊은 것들은 늙으모 자존심도 없는 줄 알지만 좀해서 안 풀릴 기다. 저그로 우떠키 키았는데 저거가 늙은 어매 맘을 그리 상하게 맹글어."

그것은 비단 정자 어멈에 국한된 노여움만이 아니라 방안에 모여 앉은 모든 어머니들의 내심이 깃든 성토로 들렸다. 양지는 들고 있던 정자 어머니 몫의 꾸러미를 할미에게 주어버리고 돌아설까 하는데 이때껏 마루 위에 있던 한 늙은이가 신을 신고 내려섰다.

"거 뭐라 칼판에 고종오빠한테 알아보모 알끼 거마는, 정자가 그게 와서 괴기를 산다꼬 정자 저어매가 카던데, 거서 가깝다지 아마."

손보지 않은 문설주가 기우뚱하게 어긋나 있는 부엌문을 일없이 열었다 닫았다 하며 아쉬운 듯 할미가 서성거렸다. 자식들과 반목하는 이야기는 남의 이야기도 곧 자신의 이야기인 듯 궁상스럽게 여겨지는 눈치였다.

"알겠습니다. 이거 그럼 방에 계시는 아주머니들이랑 국이라도 함께 끓여잡수이소. 같이 계시는 분들과 담배도 한 갑씩 갈라피우시고예."

"아이고 모처럼 이리 왔는데 맨 입으로 보내서 우짜꼬."

양지는 송구스러운 몸짓으로 전전긍긍하는 집주인에게 정자 어머니

몫의 고기꾸러미를 마저 넘겨주고 사립으로 향했다. 배웅하듯이 뒤따라 나온 집주인은 남은 이야기를 늘어놓았다.

"혹시 노린께 정자한테나 한번 물어봐. 그 집 딸 정자랑 동창이랑께 친구도 만나볼 겸. 말이 났으니 말인데 정자 땜에 속이 옥달복달하던 참인데 집에서는 또 그런 끔찍한 일이 있었은께 속이 더 복잡 안 하겠나. 정자도 너무 하제 지도 살 만큼 사는 기, 지 직장 댕기라꼬 언내 다 키아 준 저거 어매로 그라모 안 되제. 여어서 그런 소리 들었다 카지 말고 은근히 좀 타일러. 생불이 들어지모 저거 신양에 절대 안 좋은 기라. 살아 생전 부모한테 잘하는 기 절에 가고 교회 가서 돈 바치고 절하는 것보단 났다. 아, 아니 할 말로 부처님 예수님은 돌봐야 될 신도가 쎄고 쎘지만 부모 귀신이 돌볼 신도는 저거 자식들뿐 아이가."

손에 들린 꾸러미와 양지를 번갈아보며 노인네는 마치 친숙한 사람에게 아주 긴한 정보나 제공하는 듯이 필요 없는 말까지 일러주고 돌아섰다.

바람결에 사각거리는 대숲바람 소리를 들으며 양지는 천천히 고샅길을 걸었다. 송장집합소라고, 어머니가 언젠가 동네 노인네들이 모여서 노는 곳을 일러던 말이 떠올랐다. 그 쭈그렁바가지 늙은 얼굴들이 거느리고 있을 삶의 애환들을 하나 둘 짐작해본다. 자신들을 위해서라기보다 남편이나 자식들로부터 비롯된 아픔과 슬픔들이 대부분인 무지하고 선량한 여인들의 저 어지러운 주름살. 가난이 죄라고, 자신들이 대적해서 물리치지 못하고 대물려준 가난에 대한 죄책으로 어미 대접도 제대로 받지 못하는 억울한 늙은이들. 정자 어머니는 옛날 면서기의 부인이었고, 지서 차석의 안사람이던 사람도 거기 있었다. 젊었을 때 잘 나가던 여인네들이라 그들의 노후는 울타리인 자식들의 두터운 보호 속에

외롭거나 고통스러운 일없이 더욱 웅숭깊고 풍요하리라 믿어 의심치 않았다. 이제 무슨 걱정이랴. 책임졌던 짐들은 모두 내려놓고. 겉으로 보기는 그랬다. 은퇴한 늙은이들이 가을 울타리 밑의 가랑잎처럼 모여앉아 거저 즐겁게 놀고 있는 것이려니 너무나 무심히, 현역에서 물러나 있는 평화스러움만을 상상했었다. 하지만 양지는 정자 어멈이 정자랑 불화하다며 이러저러 해달라던 노인의 부탁이 꺽쇠처럼 뇌리에 박혀 욱죄이는 걸 느꼈다 자신이 잘되기를 바라는 이면에는 항상 어머니를 행복하게 해드릴 거라는 나름의 내약이 있었다. 다 같은 여자로서 여자의 상처를 이해하고 치유해줄 사람은 같은 여자, 그것도 자신의 배를 빌어서 난 딸밖에 없다는 생각 말이다. 그런데 실제로 서로의 속내를 환히 꿰뚫고 있는 어머니와 딸들은 그렇게 정답지를 않았다. 어느 날이 될지 알수는 없어도 이해와 화해의 날이 되기 전에는 불가능한 일처럼 빡빡한 감정의 고리는 벗겨내지도 못한 채 먼저 영원한 거리 저쪽으로 훌쩍 자리를 옮기고 만 어머니 때문에 딸들은 후회의 눈물을 흘린다. 어이딸이 자매처럼 신구 세대의 지혜를 나누며 오순도순 산다면 얼마나 분위기는 화락할 것이며 생활 또한 풍요하고 아름답게 발전해갈 것인가. 그렇지만 양지 역시 어머니가 병든 것을 알지 못했다면 어머니의 관을 두드리며 통곡할 때까지 그나마의 거리도 좁히지 못하고 말았을 것이다. 생의 종막에 이르렀다는 절박한 인식과 함께 쭈그러진 주름살만큼이나 노인들의 욕구와 기대는 강렬해질 수 있다. 정자 어멈의 그런 기대를 못 맞추어 드린 정자 개인의 어떤 말 못할 사정도 있을 것이지만 석류나무집 늙은이의 말처럼 늙은이를 편안하게 해주지 못하는 것은 전적으로 낳고 기른 수고를 당연하게 여기는 젊은이들 탓으로 돌아간다.

어른들은 큰 것을 바라지 않는다고 했다. 거저 자주 연락해서 안부를 묻고 살갑게 대해주는 거라고 했다. 얼마쯤 가다가 양지는 돌연 걸음을 멈추었다. 어디선가 어머니의 목소리가 들린 것이다. 돌아보니 작고 야무진 체구의 어머니가 보였다. 양지가 움직이는 방향에 따라 어머니도 자리를 옮겨 천지사방으로 날아다닌다. 심지어 흔들리는 나뭇가지나 흐르는 물에도 어머니가 있었다. 마을 사람들이 칭찬하던 요조한 모습은 아니다. 머리는 여전히 업수건을 썼고 아랫도리는 일하기 좋게 조여맨 허리끈 때문에 깡동한 조리치마 그대로다. 최선을 다해 살았으니 후회는 없다던 그이. 생전 처음 가져 보는 신뢰와 묵지근한 그리움으로 가슴 깊은 곳이 절절해졌다. '인자부터 너거는 잘 될 거라'던 예언도 갑자기 되살아나 뇌리속을 뒤흔들었다.

마을을 벗어나 얼마쯤 걸어가던 양지는 휘청 몸을 뒤틀었다. 순간 가슴 한복판을 날카롭게 할퀴고 가는 통증을 끌어안고 현기증의 기습까지 받았다. 까모록해지는 의식속에서도 이래선 안 되는데 하는 강한 반감이 솟구쳤다. 하지만 그녀는 젖은 솜처럼 강하게 덮쳐오는 어떤 힘을 이기지 못한 채 아픈 쪽으로 부드러움을 보내며 온몸을 웅크렸다. 허리에 박히는 강한 타박감이 동시에 파고들었지만 벗어날 힘까지 그쪽으로 같이 쏠려가버렸다. 쓰러진 자리는 생각보다 안락하고 부드러웠다. 그녀는 다시 일어나야 한다는 희미한 생각도 띄워보낸 채 제 느낌의 분위기에 몸을 맡기고 있었다. 잠시 그러고 있는 동안 통증에 짓눌린 몸과 함께 그녀는 어디론가 안개가 짙은 지역을 해면체 같은 부드러움과 편안함에 실려가고 있었다. 등 뒤에서는 호남이와 아버지, 고종오빠가 부르며 따라오고 있었지만 그녀는 결코 지금의 이 몸을 잦뜨리는 듯한 희열을 버리고 그들에게로 돌아갈 마음이 내키지 않았다. 오라는 곳은 없었다. 그러나 어디든 가야 했다. 삶의 의미를 찾고 지속적인 효율을 창출해내야 한다는 강박관념으로 그녀의 내면은 애면글면 허하게 팽배해지고 있었던 터였다.

"인자 정신이 좀 드는가베?"

눈을 떠보니 뜻밖에도 호남의 얼굴이 천장에서 내려다보고 있었다. 조금 돌린 시야로 또 하얀 벽이 내려왔다. 금속성 기구들이 부딪치고 아픔을 호소하는 외침도 여기저기서 들렸다. 여기가 어딘가. 몸을 일으키려니 어어 안 돼, 하며 호남이 어깨를 누른다. 양지는 자신도 몰래 아, 하는 신음을 토했다. 고무질처럼 질긴 통증이 몸 어딘가에 숨어 있다가 다시 공격을 가해왔다. 팔에는 긴 줄과 주삿바늘이 연결되어 있었다. 인정하지 않을 수 없는 환자의 몰골이다.

"언니야, 나는 이대로 니가 죽는 줄 알았다."

호남은 양지의 얼굴을 끌어안고 참았던 눈물을 쏟아놓았다.

"내가 와 여기 와 있노?"

"동네에서 얼마 안 와서 그랬기 망정이제 낯선 곳에서 그랬시모 꼼짝 없이 죽었지 뭐꼬."

정자 어멈과 정자와의 불화설을 듣고 상심하면서 걷던 중이었다. 대책없이 집합해 있던 '산송장'들의 현장을 목격한 마음앓이거니 가슴속의 복통쯤은 예사로 여기면서 후회 막심한 딸년의 입장에서 어머니를 그렸었다.

"봐라 몸은 꼬쟁이겉이 말라갖고 묵는 건 잘 안 묵고 그란께 그런 병이 걸리제."

"병?"

"니 깨나기 전에 엑스레이도 찍었고 내시경도 했다. 입에 피가 말라붙어 있는 걸 보니 겁이 나서 덜컥 가슴이 내리앉는데 우찌 그냥 둘 끼고. 위궤양이 심하몬 그런 일도 있다 카더만 결과 나오는 대로 곧 알카주기로 했다."

양지는 멍한 상태로 호남의 이야기를 듣고 있었다. 시체처럼 의식없이 당했던 자신의 육체에 따른 사태였다. 새삼스럽게 돌아보니 여기저기 병상이 가득 차 있는 실내에 흰 가운을 입은 의사와 간호사들이 환자를 돌보느라 바쁘게 돌아간다. 응급실. 출구의 빨간 글씨가 괜스레 지난 일을 상기시키며 으스스하게 한다. 가슴까지 올라와 있는 물색담요를 끌어올리며 양지는 다행인지 불행인지 모를 심정으로 긴 호흡을 했다. 양지가 깨어난 것을 보고 저쪽으로 달려갔던 호남이 아직 앳되어 보이는 여의사 하나를 데리고 왔다.

"기분이 좀 어떠세요?"

의사는 양지의 눈꺼풀을 뒤집어보고 목구멍을 들여다보더니 곁에 있는 간호사에게 눈짓을 한다. 간호사는 양지의 혈압을 재고 제 손목시계를 내려다보며 맥박을 헤아린다.

"이제 입원실로 가서도 되겠는데요."

입원실? 양지가 의사를 올려다보자 호남이 나섰다.

"며칠 입원을 해서 결과도 보고 치료도 받고 나가야지, 갈빗대에 금도 갔고 원기가 떨어져서 몸이 영 엉망이란다. 줄줄이 초상나는 거 아닌가, 나는 지금 생각해도 머리끝이 쭈뼛해진다."

호남은 짐짓 진저리치는 표정을 지으며 양지가 할 말을 막았다. 내가 그렇게 중병에 걸렸던가? 양지는 다시 순간적인 열패감에 빠졌다. 옆으로 봐도 위를 봐도 온통 하얀 벽뿐이다. 극복하고 초월하고자 했던 의지는 등불처럼 항상 커놓고 살았건만 이제 몸마저 이렇게 갇힌 신세가 됐다. 강보에 싸인 아기처럼 무력한 자신을 인정하기 괴로웠다.

　　양지는 절망의 한 소실점까지 타의에 의해서 밀려들고 싶지 않았다. 그렇지만 호남은 죽음 직전에서 언니를 건져올리기라도 한 것처럼 연신 징징거리면서 따뜻한 물에 적신 수건으로 양지의 얼굴과 손발을 닦는다. 죽음의 문 앞에서 되찾아온 생명에 대한 대견함으로 놀리는 손길마저 조심스럽고 진지하다. 어떻게 그 지경이 되도록 자신의 신체에 관한 것까지 무방비 상태로 지냈느냐고 마치 손위처럼 지청구를 늘어놓기도 한다. 양지는 아무렇지도 않은 웃음을 지으며 호남의 손을 잡았다.

　　"걱정 안 해도 돼. 전에도 더러 그런 적 있었어. 신경이 피로하고 무리를 하면 그런 증세가 왔어."

　　"누구랑 똑같은 소리하네. 내 병은 내가 안다, 그 할마시도 그라더마…. 사람이 우찌 그리 다 독하노. 마아 아무 소리 말고 있어라. 언니마저 떠나가모 나는 누구랑 의지해서 사노, 참말 따라서 죽어삐까 별 생각 다했다."

　　복병에 기습당한 것 같은 충격은 이제까지의 어떤 물리적인 불이익보다 양지를 더 허탈하게 만들었다. 아무에게도 발견되지 못하고 노천에 그대로 있었더라면 지금쯤은 이 세상 사람이 아닐 수도 있다. 자신도 그렇게 죽음을 끼고 살았으며 다른 사람의 구원으로 다시 의식을 되찾았다. 죽음이란 무엇인가. 살아 있는 행위를 비웃는 그 무엇. 그렇다면 사람은 왜 사는가. 양지는 자신도 모르게 시트를 움켜쥐고 머리끝까지 뒤집어썼다. 함부로 몸부림치고 고함이라도 지르고 싶었다. 이렇게 허무한 종말을 맞이하기 위해 그토록 오욕에 찬 길을 질주해왔던가. 이렇게 엉망인 대차대조표밖에 남길 수 없는 인생인 것을 모르고.

깜빡 잠이 들었던 모양, 그 사이에 몸은 입원실로 옮겨져 있었고, 갈증으로 눈을 뜨니 두런두런 이야기 소리가 들렸다. 아버지와 고종오빠가 곁에 와 있었다. 양지는 조용히 심호흡을 고르고 다시 눈을 감았다. 아버지의 눈에는 아무 능력도 없이 병상에 누워 있는 내가 시체로밖에 보이지 않을지도 몰라. 그런 생각이 들자 굳은 표정을 풀고 눈빛이라도 부드럽게 대하리라 마음먹었던 것조차 비굴하게 보일 것만 같아 아예 그들이 돌아가도록 잠든 척 꼼짝 않고 있을 작정이었다.

"이놈으 가시나들이 몽지리 주딩이만 똑똑해갖고."

무슨 이야기의 연장인 것 같았다. 아버지는 호흡 조절조차 잘 안 되는 음성으로 불만을 털어놓고 있었다. 고종오빠의 말 없음은 긍정인 모양이었다.

"제 신세 제 망치는 것 봐. 난 그래도 작은 년은 믿었제. 성질은 끄뜩자뜩 지랄 겉애도 저그 부부 금슬도 그만하모 괜찮았고 자슥나이꺼지 했으니 어지간히 뿌리내렸을 거라꼬 탄탄무 했제."

환자가 누워 있는 방이라는 것도 망각한 듯 아버지의 목소리는 격앙된 상태였다. 고종오빠도 여기는 병실이라는 주의 한마디 하지 않는 것이 호젓이 만난 김에 하고 싶은 얘기를 하고 있는 것 같다. 아버지의 울화를 누그러뜨릴 양으로 고종오빠가 끼어들었으나 아버지는 그것마저 윽박질러서 타고 넘는다.

"이번에는 어디 제 맘대로 그런 깁니꺼. 도 서방이 잇금도 안 들어가게 완강하게 나오니까."

"아, 그렇다고 지 죽을 짓을 해? 도장을 지 손으로 와 찍어. 지랄한다꼬 지 발목댕이로 법원까지는 뭐하러 따라가!"

"요즘 사람들 생각은 옛날하고는 다릅니다. 한 집에 산다고 부부냐. 이미 깨진 그릇이나 마찬가진데, 호남이 동생은 또 그대로 할 말이 있었십니다."

"어이구, 등신들. 아아는 말캉 갖다내삐고 안태만 키았는가. 그런다꼬 하늘이 땅 되고 땅이 하늘 되는가. 그년 나대는 꼬라지 보고 내 전부터 우리 집에 천지개벽 나는 일 생기지 졸음은 했다. 그랬더이 기어코 이 짓인 기라. 와그리 잘 돌아가는 머리가 못된 송아치 엉덩이 뿔 나데키 똑 그런데는 디비쪼우는고 말이다. 지에미가 두엄밭 태우드키 집구석 불태우고 뒤진 게 다 뭣 때문인고, 지 년들 잘 되라꼬 그란 것 아니고 뭣 때미내 그랬것노?"

"고정하십시오. 저기 있는 동생도 그렇고 저도 그런 말 했습니다만, 저라도 알았다면 어찌 막아볼 수도 있었을 거지만 죄송하단 말밖에 드릴 게 없습니다. 외숙님한테는 참말 죄송합니다."

"죄송? 자네가 그 물건을 꿰차고 댕기는 것도 아닌데 뭔 그런 소리는 하노. 그 년이 간땡이가 크기는 쇠덕석이라, 그런 일 치르고도 내품없이 지 셍이 옆에서 간호한다꼬 알짱기리?"

분노를 삭이지 못해 들썩거리는 아버지의 거친 숨소리가 병실을 가득 채운다. 고스란히 수용할 수밖에 없는, 갈 데까지 가버린 일이라는 단념인 양 오빠는 아무 말도 더 이상 하지 않는다.

정적이 갑자기 커져서 함초롬한 무게로 내려앉는다. 그 사이로 문 열리는 소리가 나고 가래침을 긁는 아버지의 목소리가 복도 저쪽으로 멀어졌다. 뒤따라 오빠도 나갔다. 양지는 경직된 몸을 풀고 모로 돌려누우며 억제했던 호흡의 끈을 풀었다. 호남이 기어코 이혼을 했다. 인지를 목적으로 되새겨보았으나 실감나지 않기는 남의 이야기를 듣는 것처럼 느껴진다. 그러나 아버지가 알게 되었고 오빠는 기정사실을 인정하고 있다. 요즘 세상에서 이혼이란 노선버스를 갈아타는 정도의 의미 이상도 이하도 아닐 수 있다. 아니, 재수가 좋다면 산 좋고 물 좋은 곳에다 새로운 정자를 지을 수 있는 기대도 희망도 가질 수 있다. 그런데 양지 자신도 독신을 주장해왔던 입장이건만 동생 호남의 경우는 소중하게 키워오던 무언가를 파기 당해버린 듯한 실망이 생각할수록 아쉽고 써늘하게 다가왔다. 참으로 간 큰 여자다. 그렇게 능청스럽고 태연할 수 있다니. 젊은 부부들의 이혼사례가 점점 증가하고 있다던 보도기사는 남의 일만이 아니었다. 호남의 성격을 보면 있을 수 없는 일을 저지른 것도 아니었다. 하지만 엄습하는 낭패감은 떨쳐지지 않았다. 굳이 상의는 못 하더라도 한마디 말을 흘리기라도 했다면 이런 쉬운 결말에 이르게 방치하지는 않았을 거였다. 끝내는 일은 순간이지만 지속시키는 일은 정말 담즙을 입에 담고 참는 것만큼이나 어려울 것이다. 그러나 이혼은 결혼해서 아이까지 낳은 여자가 쉽게 수용할 결단은 아니다. 발전적인 일은 더더욱 아니며 멍들고 망가지는 창피스러운 과정의 연속일 수도 있다. 아직도 사안시 되는 이혼녀의 굴레를 쓰고 성공한 여성은 드물다. 더구나 결손가정의 함정으로 자식이 빠지거나 심정적으로 바로 서지 못하면 이대 삼대 불행의 파장이 이어지는 것도 빤한 일이다. 직업 종교인이 아닌 이상 독신자에 대한 인식도 불구자 이상의 범주를 벗어나지 못하며 사별 이외의 어떤 헤어짐도 천리를 파기한 배반적 행위로만 인정되는 이 고풍스러운 지역에서 호남이 받아야 할 불이익은 상상외로 클 것이다.

호남의 용맹성을 부추긴 것은 들불처럼 번져온 사회적인 여파도 있다. 그러나 사회가 그런다고 따라서 날뛰는 것은 자신에 대한 무책임과 신중하지 못한 처신에 있다. 자신의 능력을 모른 채 단지 불평등 불이익에 대한 봉기만으로 세상의 모든 여건을 적대시하고 공격적으로 대처해온 것은, 젊은 여자들의 일천한 인생경험에서 기인된 오류라는 것을 양지는 요즘 들어 깊이 깨닫는다. 깨뜨리는 것보다는 고통을 감수하더라도 보전하는 쪽이 훨씬 유리할 것이다. 그런 의미에서 모든 어머니는 삶의 선각자들임이 분명하다. 그들은 담담하게 여인이란, 어머니란 한 가정의 보이지 않는 '중심'이나 '주초'라는 자리를 지킨다. 부모 자식도 아닌 남남, 그것도 성별이 다른 남녀가 이십 년이 넘게 제 맘대로 성장하다가 한데 합쳤는데 무리없이 쉽게 화합할 것이라고 믿는 자체부터 억지 아니겠는가. 물론 성격 차이네 뭐네 구실을 붙이는 다른 부부들과는 다른 이유로 호남이네는 헤어졌다. 나, 영어·수학은 까막눈이지만 사는 거 하나만은 박사 소리 들어도 안 부끄럽것네. 내 입안에 든 쎄(혀)도 물릴 때가 있는 데 남남이 만난 부부가 싸울 때가 와 없겄노. 니 탓 내 탓하지 말고 깨진 것 붙이고 엎질러진 것 씰어담는 것 그게 사는 거 아이가. 나이 많은 여인들은 그랬다. 젊은 기개가 개조할 것은 삶의 질일 뿐이지 면면히 지속되어온 줄기는 한 길이건만 수많은 젊은 여성들은 개구리 뜀뛰기의 환상으로 아까운 세월을 허비한다고도 했다.

호남이 나타난 것은 아버지와 고종오빠가 아직도 안 깨났는가베, 이리 혼절한 거 본께 원기가 떨어져도 이만저만 떨어진 게 아녔네 하며 다시 들어와 양지의 병상 옆에서 머뭇거리다 가고 난 한 참 뒤였다. 화장실에 다녀온 양지는 병실로 들어가지 않고 복도의 긴 의자에 앉아 있었다. 보이지 않는 앞날에 대한 암담함은 오늘도 지리멸렬함 속에다 그녀를 가두어놓고 어떤 생기도 부추겨주지 않는다.

　"언니야, 와 나와 있노. 춘데 옷이나 좀 걸치고 나오지."

　가방을 양손에다 들고 청바지 입은 다리를 남자처럼 벌리고 어기적어기적 다가오는 여자가 호남이었다. 신상에 무슨 일이 있었느냐는 듯 음성도 천연스럽다. 즐거움이 지천인 듯 환하게 피어난 얼굴에 너스레를 한없이 늘어놓을 요량으로 흔들어대는 몸뚱이가 온통 익살투성이다.

　"너, 나랑 이야기 좀 하자."

　"그래 알았어. 지금 대평 가서 언니 니 짐 맡겨논 거 찾아오는데 참말 빨간 깃발이 주욱 꽂혀 있는 거 있제. 포클레인도 몇 대기하고 있었어."

　양지가 모르는 정보를 호남이 펼쳐놓으려 하지만 양지는 무시하고 일부러 더 퉁명스럽게 내뱉었다.

　"밖으로 나가."

　밖으로? 병실 쪽으로 앞서 가던 호남이 양지의 기색을 살피며 반문을 했다.

　"알았어. 덮쳐 입을 거라도 갖고 와서."

　주의 깊지 못한 호남은 바람이라도 쐬고 싶다는 것으로 알았는지 가져온 겉옷을 밝은 얼굴로 양지에게 걸쳐주면서 해맑게 되살아난 음성으로 먼저 말을 걸었다.

"사람 심리 참 이상한 거 있제? 내 못 먹을 밥에 재 뿌린다 카는 심리가 어떤 맛인지 알 것 같더라니까."

적당히 앉을자리를 찾자 호남은 우정 팔짱을 끼고 들여다보며 종알종알 늘어놓을 말의 서두부터 잡았다. 양지는 답답함이 맺힌 눈길로 호남을 노려보았다.

"너 지금 무슨 딴소리를 하고 있노?"

"아버지나 오빠도 아직 아무 말 안 하제? 언니 맘 상할까봐 그쪽 말은 일부러 모른 척하는 기다. 야튼 여어 좀 앉아서 내 말 들어봐."

호남은 침방울을 튀기며 담아둔 내용들을 급한 마음으로 쏟아내기 시작했다.

"명자 언니 엄마는 울고불고 포클레인 앞에 드러눕고 난리가 나고 측량기사들은 그 집 사람들을 내쫓고 그런 쇼가 없더란다. 딸자식 덕에 살판 난 주제에 정지 가스나 기생된 거맹키로 까분따꼬 명자 엄마 안 좋아하는 사람들 몇 명 있었거든. 그 야단법석을 보면서 사람들이 엄마랑 우리 얘기 많이들 했나보더라. 아이 고소해. 언니는 내가 와이리 좋아하는지, 이유가 뭔지 짐작 안 가나?"

"…?"

"살짝, 니만 알고 있거라."

아끼는 사탕을 차마 입에 넣지 못하는 듯 호남은 아주 뜸을 들였다. 한쪽 눈을 찡긋하며 어린애처럼 유치하게 히히거리더니 아주 큰 비밀을 털어놓듯 은밀하게 낮춘 음성으로 또 재빨리 뱉어냈다.

"그리로 도로가 뚫린단다."

"어디?"

"어디긴 어디라, 우리 집 터 말이지. 아우 얼매나 고소하고 통쾌한지 춤이라도 추고 싶은 걸 참느라꼬 혼났다. 약빠른 꾕이가 밤눈이 어둡다 가더마 그 사람들은 와 그걸 몰랐을꼬. 하기사 국가에서 선 쫙쫙 긋고 하는 사업인데 지 까짓게 또 우짜겄노. 아이고 꼬시라, 깨소금 맛이 입에서 폴폴 난다."

양지는 잠시 호흡을 멈추었다. 몸통 한가운데를 비집고 날카로운 전류가 밀려갔다. 어딘가 한 곳을 뭉텅 잘린 것 같은 공허함에 맞닥뜨렸다. 그 속에는 어쩌면 통쾌한 것 같았고 비린 슬픔 같은 감정도 깔려 있다. 누구에게서나 성공은 절체절명의 또 다른 보상을 요구한다. 그러므로 아무나 성공이라는 찬란한 단어를 길래 향유하기 어렵다. 요즘 들어 양지는 대놓고 명자네가 부러웠다. 똑 같은 대평 출신이라는 점 때문에 한때는 약간의 대리만족도 없지 않았다. 대평의 가난한 딸들이 일으킨 성공의 변수를 남자들이 얕보지 못할 것에 은근히 힘도 얻었던 터였다. 난 데 없는 돌개바람의 소용돌이에 개인의 일이란 이렇게 속수무책으로 뭉개질 수밖에 없는가. 진양호 담수가 시작되자 차오르는 물의 높이에 부웅 떠서 제 각각으로 흘러간 실향민들의 경우도 그랬다. 영원한 것이란 존재하지 않는다. 권토중래로 들떠 있던 명자네의 기분은 어떨까.

호남이 빠끔 들여다보며 볼멘소리를 했다.

"언니 니가 엄청 좋아할 줄 알았는데 별일이다. 우리가 도로공사한테 시킨 일도 아인데 와 그런 얼굴을 하노?"

양지는 벽에 기대앉은 채 눈을 감았다. 오감을 안으로 가둔 어두운 마음속으로 병원 밖 길에서 들려오는 차들의 소음이 결을 이룬 흐름으로 밀려가고 밀려왔다. 아울러서 엇길처럼 뻗어 있는 호남의 일까지 길게 양지의 시름을 끌고 간다.

"기철이 그 자슥 지 혼차 똑똑한 드키 까불더마 와 그런 거는 못 막는고. 그러게 사람 앞일은 모르는 거라. 참 그라고 또 하나 희소식, 명자 언니네 연변 할부지 북망산 갔다는 거 언니도 들었제? 아부지나 오빠가 말해주제? 일이 이렇게 풀릴지 누가 알았겠노. 우리 옴마 유언이 딱딱 맞아드는 기 우째 인자부터는 우리가 팍팍 잘될 것 같고 요상하게 기분 들뜨게 안 맹그나?"

양지는 한 대 쥐어박고 싶은 심정으로 호남을 노려보았다. 하지만 내킨 김에 수습 안 되는 호들갑을 떨기는 해도 틀린 말은 아니다. 사람의 앞일은 모른다. 그러므로 사람들은 희망이라는 힘든 끈을 잡고 버티는 게다. 그렇지만 지금 처지의 호남이 태연스럽게 하고 있을 내용들은 아니었다.

"너 참 한심하다. 네가 지금 그런 남의 일에 신나하고 있을 때가? 주영 아빠하고는 이혼까지 했다면서."

"아아 그거? 난 또 와그리 사흘 굶은 씨미 상을 해갖고 꼴치보고 있는고 했더마. 그럼 나더러 우짜란 말이고? 헤어지자 카이 헤어져준 게 무슨 잘못이가? 그래 봐라, 사흘도 몬 가서 주제꼴 거렁뱅이같이 해갖고 쏙으로는 내 생각 꼴꼴 날걸."

"도 서방이 그냥 그러는 거 아니잖아. 그걸 알면 진심으로 잘못된 일이라고 사과라도 해야지 맞서서 좋을 게 뭐 있어."

양지는 목에다 힘을 주었다. 사실은 피가 지게 외치고 싶었다. 예기치 못했던 일들, 있어서는 안 되는 일들의 연속을 잘라내고 싶었다.

"아부지하고 오빠는 모리지만 언니는 잘했다 칼 줄 알았는데 뜻밖이네. 내가 일부러 그랬나? 언니는 도대체 누구 편이고?"

"지금 이일이 장난이가? 편 가르자고 하는 짓이가?"

"참 알다가도 모리것네. 언니는 대체 어떤 사람인지 종잡을 수가 없어. 어지럽어 같이 못 있것다."

"느낌으로라도 그렇게 비쳤다니 내 뜻이 잘못 전해진 건 아니다만, 너도 나도 우린 뭔가를 잘못 알고 있었던 거야. 엄마처럼 그렇게는 살지 말아야 된다고 했지 깨고 부수고 그렇게 산다는 뜻은 아니었다."

"그게 엄마 얘기는 와 나오노. 나는 나고 엄마는 엄만데. 지금 세상에 마음 안 맞는 사람과 헤어지는 부부들 많다."

"이것아. 적어도 사람이 제 생각을 행동하면 책임도 같이 져얄 것 아냐. 너 결혼할 때 사랑한다고 아버지·엄마 설득했지. 하지도 않은 임신까지 했다꼬 거짓말하면서. 그런데 결과가 이게 뭐꼬. 니 인생은 장난으로 사는 기가?"

"그 자식이 안 따라주는데 낸들 우짤끼고. 하, 그럼 나더러 우짜란 말이고. 그란 해도 뿔따구 나서 죽겠는데. 언니가 뭐꼬. 내 옆에 하나밖에 없는 자매 아이가. 그런데 위로는 몬 해줄망정 사람 속에 염장 지르고 에나 그랄래? 엄마맹키로 안살 끼라 안 캤나. 나는 죽어도 그렇게는 안 살 끼라 맹서하면서 잔뼈를 키았다. 언니 니는 객지살이 하니라꼬 내가 얼매나 참고 살았는지 내 쪽을 다 모를 끼다."

"그렇지만 이건 정말 아닌 거야. 네가 했던 생각은 내가 아는 다른 많은 사람들도 하고 있었어. 그렇지만 특별히 무슨 방법이 있어? 너만 상처 나고 너만 외톨이가 된 거야. 네 편인 것처럼 굴던 마을 사람들도 결정적인 순간에 자기들 이익 차리고 등 돌리던 것 봤지? 도 서방이라도 지켜야지."

"그게 걱정이라 카모 언니 니도 참말 변했다. 와이리 변했노. 저것들이 내 밥 믹이줄 끼가, 상종 안 하모 될 거 아이가. 세상에 쌔고 쌨는 기 남자다. 지금이라도 서로 결혼하자는 총각들도 많다. 요새는 남자들이 모두 마마보이가 돼 갖고 연상의 여자를 결혼상대로 택한다 안 카나. 총각이 어린애 딸린 과숫댁하고 결혼하는 것도 봤다."

양지는 철버덕 소리 나게 호남의 어깨를 때렸다.

"야 임마, 그건 네가 할 소리가 아니니까 어깃장놓지 마! 너, 에나 그리 막 나올래. 그건 모두 남들 이야기지 네 일은 아냐."

"참 언니도, 그럼 나는 이 세상 사람이 아니고 귀신이란 말이가 뭐꼬?"

문득 제가 끼워넣은 신소리에 만족했는지 착잡하기 짝이 없는 언쟁 가운데서도 호남은 히죽 웃어보였다. 그러나 험상을 짓고 있는 양지와 눈이 마주치자 제풀에 찔끔해지며 정색을 했다.

"너무 꾸짖지 마라. 낸들 좋아서 그랬것나. 그 년들, 시누이 년들, 언니 니는 모를 끼다. 지 년들도 내보다 더 했음 더 했을 년들이 똑같이 나서서 대드는 것 있제. 때리는 서방보다 말리는 시뉘들이 더 밉다 카더마 그 년들 미워서 오냐 좋다. 당장 해치았다. 도 서방 성질에 절대 다른 여자하고 못 살 거 나는 알지."

"도 서방 전에도 혼자 산다더라. 니가 어떻게 굴었으면 그러나 싶어 다 같은 여자로 모욕감 느껴졌고."

"지렁이로 백 년 사느니 하루살이로 자유스럽게 하루 사는 게 낫다. 너무 마음 아파 하지 마라. 세상이 우떤 세상인데, 이혼이 새 출발인 거 언니 니도 잘 알 거 아이가. 나 이래봬도 젊다. 시집 안 간 언니하고 비교하모 나도 아직 처녀 나이다. 앞날이 있다 이기다. 지까짓 거 아님 남자 없어서? 지가 뭐 내 인생에 칼자루라도 쥔 듯이 눈꼴시게 날뛰더라. 언니도 그 꼴 봤다 카모 나보다 더 성질났을 끼다. 앞으로 두고 봐라. 내 말 들어보모 언니도 내 맘 이해할 끼다. 주영 아빠 말이다. 둘이 있을 때는 내 말이 다 맞다꼬 찬성해놓고 와 저거 어매나 누나들 앞에만 서모 나는 존재도 없어지노 말이다. 아이구 말도 하지 마라. 스레트 쪼가리로 지붕 개량은 했더라만 수숫대 움막맹키로 기들고 기나는 집구석을 대궐로 맹글어논기 눈데. 걱정 마라 지끔이라도 오라는데 쌨다. 까짓거 남자 없이 모 몬 사나. 돈 많이 벌어서 혼자 잘살 끼다."

딴에는 어지간히 참고 살았다는 의미일 것이다. 썩은 음식이 발효하듯 질정없이 뿜어내는 호남의 말속에도 일리 있는 부분은 없지 않았다.

"호남아."

양지는 냉정해진 눈으로 일목요연해지는 호남의 장래를 읽는다. 호남이 더 넓은 세상을 살아보았더라면, 더 많은 남성들과 교제를 해봤어도 지금과 같은 말을 거침없이 쏟아내지는 않았을 것이다. 매스컴 타는 독신여성학자들의 지식을 제 것인 양 착각하고 인생을 걸려 한다. 기름독 깨고 풀밭에서 깨 줍는 년. 이혼한 여자가 외로움을 견디다 못해 뭇사람들의 사랑을 구걸하는 것을 보고 나이 든 어른들은 혀를 찬다. 안타깝게도 호남은 침착하게 깨를 주워 엎질러버린 기름을 벌충할 만큼 참을성 없이 즉흥적이다.

"너무 그리 불쌍한 눈으로 보지 마라, 나도 알 만큼은 알고 있다. 그만큼 잘 살아나갈 능력 있는 건 언니 니도 안다 아이가."

수위를 모르고 뻗쳐 있는 호남의 기를 눌러야 할 필요를 느꼈다. 양지는 매서운 시선으로 호남을 쏘아보며 야젓잖게 나무라기 시작했다.

"기술도 자격증도 없는 여자가 할 수 있는 일이 뭐가 있노? 기껏 음식점에서 그릇 씻고 술잔이나 나르는 것? 너 세상을 몰라도 정말 너무 잘 모르는구나. 너나 나나 너무 헛살았어. 내 방식은 그게 아니야. 내 동생인 너도 그래."

무슨 말엔가 비위가 틀린 모양 호남이 똥그래진 눈으로 양지를 흘겨보았다.

"몰라. 많이 배우고 똑똑한 언니랑 내가 우찌 같을 끼고, 복장 지르고 참말 그랄래?"

"심지도 없이 말은 나오는 대로 함부로 더풀더풀 내뱉고."

그리고 양지는 짐짓 새된 분노를 표출하고 있는 자신에게서 간과되고 있었던 한 가지 부끄러운 사실이 제 안에서 꿈틀거리고 있음을 깨달았다. 저 아이를 나무랄 만한 자격을 나는 갖고 있는가.

"난 그래도 썩지 않은 씨감자 겉은 언니보다는 낫다."

호남이 대뜸 양지의 정곡을 찔렀다. 겉으로는 유들유들하게 굴었지만 적잖이 자존심이 상했던 모양 벌겋게 약이 오른 얼굴로 마주 쏘아본다. 썩지 않은 씨감자. 감자꽃이 하얗게 핀 감자밭에서 주렁주렁 끄달려나올 햇감자를 기대하며 감자줄기를 당겼을 때를 경험으로 떠올리는 일은 어렵지 않다. 어이없는 호남의 반격에 불구스럽고 묘한 수치심이 일었다. 씨감자가 썩지 않은 감자줄기는 열매를 맺지 않았다. 뭐라고 변명이 필요한 부분이었으나 할 말이 얼른 생각나지 않았다. 제가 내뱉은 말에 노처녀 언니가 받았을 충격을 감안했는지 호남은 서둘러서 제가 짓찌른 곳에다 약을 발랐다.

"내 말은 언니 니가 내 대신 흠없이 잘 살아 달라는 뜻이지 별 뜻은 없다."

분위기가 써늘했으나 양지는 아무렇잖은 듯 호남의 말을 들어넘겼다. 지금은 호남의 당면 문제만을 논하는 것이 우선이다.

"너 그럼 주영이 앞날은 생각해봤나?"

호남은 얼른 대안을 내놓지 못했다. 재빠른 말로 양지는 이어 붙였다.

"앨 누가 기를 건지는 매듭지었어?"

아금받게 매듭짓지 못한 것을 시인하는 모양 호남의 고개가 수그려졌다. 헐렁하고 느슨하기 이를 데 없는 성격대로다. 정말 어려운 것이 무엇인지 자각도 없이 불끈 치솟는 성질대로 그 중요한 일을 처결한 것이다. 제 운명이 어떻게 될지도 모른 채 위탁모의 손에서 놀고 있을 정남의 딸이 떠오르자 참을 수 없는 분노가 양지의 목청을 돋웠다.

"어미가 죽은 것도 아니면서, 자식을 고아로 만들 기가? 바람막이도 없는 공간에서 주영이가 어떻게 에돌지 생각이나 해봤어?"

"그럼 나더러 우짜란 말이고. 지끔 데리고 와서 우찌 키우라꼬. 니 말마따나 학벌이 있나 배운 기술이 있나 농사짓는 것빼끼 안 해본 내가 뭘 해묵고 살 끼고. 대체 언니 니가 세상을 얼매나 아노."

"학원에 보내던 애니 학원에 보내도 되고 또 한 일 년 있다가 학교에 보내면 되지."

호남은 기막히다는 듯 피식 웃어버렸다.

"결손가정, 뭐 그런 소리하더니 그새 망령 났어? 아무것도 없이 자식만 끌어안고 있음 돼? 누가 밥 공짜로 멕여주고 재워주냐고. 도대체 뭘 모리는 사람은 내가 아니고 언니다. 요새는 자식도 제가 원하는 거 척척

해줘야 부모 좋아하지 언니나 내 어릴 때 같은 줄 아나?"

"아유 답답. 어릴 때 입은 마음의 상처는 겉을 아무리 장식해도 치유되지 않는 거니까 그러잖아."

"결혼해서 아이도 안 낳아본 언니는 몰라. 주영이는 지금 데려올 때가 아니고 돈 좀 벌어놓고 데려와도 안 늦다."

호남은 보호양육이 필요한 어린 싹으로 주영을 보지 않고 제 삶을 힘들게 하는 혹 정도로 알고 있는가. 세상 모든 것이 다 변해도 모성만은 이래서는 안 되는 것인데, 짐승보다 못한 에미가 돼서는 안 되는데…. 딱 잘라서 제 주장만 내세우는 호남의 태도에 질려 양지는 더 입씨름할 힘을 잃었다. 양지의 기억속에서 지워지지 않는 어떤 글이 있었다. 정남을 병원에 입원시켜놓고 있을 무렵에 접한 내용이라 그 글에 대한 내용은 더욱 아픈 감동을 주었는데 조선조 어떤 야사에 있던 내용을 인용한 글이었다.

청나라에 간 사신 중에 역관 한 사람이 원숭이를 무척 좋아했다. 귀국에 즈음하여 만삭이 된 원숭이 한 마리를 구하게 되었다. 신주처럼 소중하게 산해관까지 데리고 와서 며칠 묵는 동안 새끼를 분만했다. 너무 귀여워서 원숭이 모자를 역참의 마당에 내놓고 구경하고 있는데 갑자기 솔개가 나타나서 새끼를 채가는 것이 아닌가. 너무나 찰나여서 아무도 손을 쓰지 못했다. 새끼를 잃고 밤새 미친 듯한 발작을 하던 어미가 새벽녘에 어디론가 사라져버렸다. 그런데 이게 웬일인가. 다음 날 어미 원숭이는 암탉의 양 날개를 입에 물고 닭과 같은 모양으로 역참 마당에 앉아 있었다. 그러자 공중에 날던 솔개가 닭인 줄 알고 쏜살같이 원숭이를 덮쳤는데 솔개는 원숭이의 이빨에 물려죽고 원숭이는 솔개의 발톱에 찔려죽었다.

양지의 겹쌓인 기억속에는 또 이런 내용도 있다. 남쪽 나라 어느 열대림 속 동물의 생태를 보여주는 텔레비전에서다. 어미 원숭이가 사색이 짙은 새끼원숭이를 안고 며칠간을 이리저리 헤매던 중 새끼원숭이는 죽고 말았다. 양발로 이리 젖혀보고 저리 젖혀보아도 아무런 반응이 없자 어미 원숭이는 일순간 실망에 싸였다. 이윽고 무언가 생각하더니 죽은 새끼를 품에 안고 보금자리를 옮겨다녔다. 더운 지방이라 죽은 새끼가 부패하는데도 이동할 때마다 버리지 않고 죽은 새끼를 안고 다녔다. 며칠이 지나자 부패한 살과 가죽은 완전히 분리되고 큰 뼈만 몇 개 남게 되었다. 그래도 어미는 남은 뼈를 버리지 않고 숲길로 사라져가는 것이었다.

양지는 지금, 도망 가버릴 수도 있는 악조건인데도 고집스레 가정을 지키고 있던 어머니를 생각했다. 어머니가 간직하고 있었던 모성, 그것은 세상이 아무리 삭막하게 변질되어가도 사막의 오아시스처럼 인간성과 가족을 보호하는 굳건한 요소이다. 그리고 그 감동은 또 정남의 아이를 외국으로 입양 보내면 안 된다는 양지의 결심을 굳히는 힘이 되었다. 물론 호남이와 같은 처지가 되어보지 않아서 장담은 할 수 없다. 하지만 어미된 입장이라면 어미의 자존심을 걸고 모성만은 어떻게든 지켜내야 한다는 결론이 양지의 가슴 깊이 새겨놓은 신조였다.

세상물정 모르는 언니가 답답한 듯이 양지를 째려보고 있던 호남은 열이 오른 얼굴을 쓸며 밖으로 나가버렸다. 살아온 환경이나 세월의 역량만큼 호남이 쌓아온 삶의 켜도 모양이나 색깔은 만만치 않을 터였다. 사는 곳이 어디이건 스며든 시류의 여파는 본인들의 바탕대로 채색되어지는 것일 터 문화와 문명이 만개한 세상이다. 머지않아 여성의 끈기 있고 섬세한 부분이 더 빛을 발하는 세상이 도래하게 될 것이라는 것은 학자들만의 예단은 아니었다. 특히 정보 통신 시스템이 시골 농부의 농장에까지 정착되는 단계에 왔는데 전쟁놀이와 육체노동을 장악하는 남성들의 우람한 근육보다 여성들의 섬세함과 순발력이 더 높은 위치를 차지하게 될 수 있다는 견해는 사회학자들만의 학설도 넘어섰다. 시골 아낙인 호남의 뇌리에까지 남녀의 기본 체제에 대한 해체분석은 끝났다. 생존하는 것만을 따진다면 어느 환경에서도 호남은 잘 살아갈 것이다. 그렇지만 호남이 그렇게 시류에 휘말리는 사회적 인간이 되는 것을 양지는 막고 싶었다. 호남은 사회인이기 이전에 양지 자신의 동생이었다. 용감하게 이혼장에 날인을 하고 새로운 생활을 시작하려는 용기 있는 여자도 나쁠 것은 없지만 거칠고 억세지 않은, 따뜻하고 다정한 아내로 어머니로 호남이 살았으면 싶었다.

민주주의의 물을 먹고 싱싱한 푸성귀처럼 독신주의나 개인주의의 추세는 확산되어갈 것이고 그 누림을 부추기고 도와주는 산업도 발달해갈 것이다. 그러나 그런 사람들의 숫자가 늘고 점유 영역이 확대되어 가는 반면 더불어서 얽혀 사는 미풍은 서서히 산성화되어 갈 것이며 결혼 적령기나 가정에 대한 애착이 느슨해지고 인내와 이해라는 타자와의 교류도 이상한 방향으로 흘러갈 것이니 내용 있는 독신과 이기적인 방황은 구별되어야 한다고, 한 유명한 독신학자는 경고했지만 그 역시 생의 분기를 환산해볼 때 어떤 개인적 회의까지 다 초월할 수 없었음을 어느 잡지에서 술회한 기록을 보았는데 양지는 이즘에야 그 느낌이 어떤 것인지 어렴풋 짐작할 수 있었던 것이다.

어쩜 이런 난센스가 있담. 양지는 퍼뜩 현실의 표층 위로 뛰쳐나오며

쓴웃음을 지었다. 썩지 않은 씨감자라고 자신을 꼬집은 호남의 비아냥거림이 생각났던 것이다. 양지는 자신의 안에서 저수지처럼 출렁거리고 있는 사유의 물결을 의식했다. 현실과 접합되지 않는 이론은 사문화 될 뿐이며, 현실의 질서를 흩뜨리는 갈등의 뿌리가 되기도 한다. 자신이 호남이와 조금 다른 점이 있다면 긴 가방끈과 도시생활의 연륜에 따른 안목의 격차가 약간 있을 뿐이다. 제 고집대로 살다보면 최씨 가의 딸들은 남성인 아버지의 비웃음에서 벗어나지 못할 것인데도 자신의 생각을 굽히지 않으려는 호남. 하지만 무쌍한 사회변천의 변용물이기보다는 작아도 중심이 되어야 한다. 전체를 장악하기 위해서는 중심 벼리가 되어야 한다, 모순적이게도 양지는 요즘 여성성의 본분에 대한 사색으로 숭숭 벌집이 된다. 우먼파워 시절이라면 상상도 못 했을 부분이지만 이즈음 정신없이 겪어낸 불상사들로 인해 얻은 깨달음들이었다.

"언니는 간단한 것도 참 어렵게 생각해. 그게 탈이다. 봐 지금도 나한 테 아무 일도 없었음 언니 간호는 누구한테 맡길 뻔했노?"

농담 같은 진담을 익살스럽게 구시렁거리며 밖으로 나간 호남은 아직 돌아오지 않는다. 벌써 두 시간도 넘었다. 호남이 가져올 바깥세상의 풍성한 화제를 은근히 기다리고 있는데 노크소리가 났다. 아버지와 오빠도 다녀갔으니 올 사람은 호남이뿐인데 일부러 노크까지 하는 것을 보니 호남은 아니다. 양지는 문 쪽으로 고개를 돌리며 예, 하고 들어와도 좋다는 응답을 보냈다. 조심스럽게 문이 열렸으나 방문객의 얼굴은 얼른 나타나지 않고 애플주스 박스의 모서리가 먼저 보였다. 그리고 삼십대 중반쯤의 여자가 머뭇거리는 걸음으로 양지를 마주보며 다가왔다. 계절로 보아 아직은 이르다 싶은 백색 면바지에 녹색 상의를 입은 날씬한 몸매의 여자. 짧은 커트 머리를 무스로 쭈뼛쭈뼛 세운 선머슴아 같은 헤어스타일이 파격적으로 어울리는, 쌈박해보이는 인상이다. 가지고 온 정보와 부합되는 부분을 찾지 못한 듯 애매한 표정을 풀지 않고 있는 여자를 마주보며 양지는 침상에서 반쯤 상체를 일으켰다. 5인용 병실인데 다른 자리는 내내 비어 있었던 터라 호실을 잘못 든 모양이다. 그러나 여자는 다른 병상을 살펴보는 등의 서슴없이 내처 양지 가까이로 다가오면서 긴가민가하는 탐색의 눈길을 양지의 얼굴에 고정시켰다. 양지는 상대방의 지나치게 엉뚱한 관심이 쑥스러워 다른 곳으로 시선을 피했다.

"혹시 최쾌남 씨이? 맞네, 그래 쾌남이 맞지?"

여자가 먼저 입을 열며 침상에 붙어 있는 명찰을 동시에 읽는다. 만만하게 이름을 부르며 찾아올 방문객은 예상조차 안 해본 상태여서 양지는 당황했다. 그런 양지를 무시한 채 여자는 세월의 두터운 휘장을 걷으며 목청을 높였다.

"정자다, 정자. 알것나? 면서기집 딸."

아, 그렇다. 대문 앞에 커다란 대추나무가 서 있던 면서기 집 공주병 말기쯤의 가시나. 양지는 그제야 경계심을 풀었다.

"어머나, 정자야."

"나는 쪼끔 니 얼굴 알겠는데, 그래, 금방 못 알아보는 게 당연하지. 벌써 이십 년이 다 됐다 그치? 너 초등학교 졸업하고 반년 있다 읍내로 중학교 보내준다는 집에 애 봐주기로 나간 뒤 그만이었잖아."

과거란 때로 참 비열하고 잔인한 정체를 드러낸다. 새삼스레 '아이보기'였던 옛날이라니. 양지는 이래서 고향을 멀리했고, 고향 사람을 달가워하지 않았다. 고향이 기억하고 있는 것이라곤 상처뿐인 생장과정이 전부다. 양지의 기분이 어떨 것은 상관도 없이 정자는 들고 온 주스를 머리맡의 사물함 위에다 얹어놓고 보호자용 의자를 끌어다 앉으란 소리도 하기 전에 제 스스로 앉는다. 세 살 버릇 여든 간다던 옛말이 상기되는 순간이었다. 대개가 농부의 자식들인 반 친구들의 가난한 차림과 볼품없는 도시락을 흉보며 찌푸리던 되알머리 없던 성품이었지만 그녀가 선심 쓰는 단물 빠진 껌을 얻어 씹기 위해 하루살이들처럼 따라붙었던 시절. 굳이 꺼낼 필요 없는 남의 상처를 회상의 지름길이랍시고 들추어내는 그녀의 얄팍한 소갈머리가 예전과 별로 다르게 성장한 바 없음을 한번에 읽어버리게 한다. 월급쟁이 아버지가 일찍 돌아가시고 나자 길래 공주 행세를 할 수 없었던 인생살이가 동네 어른들의 눈총을 받게 된 것도 짐작이 된다. 뭐라고 양지가 말할 기회도 주지 않고 그녀는 다시 얇은 입술을 잽싸게 움직였다.

"수영장 가는데 시장에서 호남일 만났지 뭐고. 한번 보고 싶었는데 잘 됐다 싶어 애프터도 빠지고 곧장 달려왔잖어."

"수영 갔다 온 사람 같지도 않게 깔끔해."

"야아, 촌스럽게 요즘 누가 목욕가방 들고 젖은 머리 표내고 다니냐."

"이제 보니 코 잘 찡그리는 네 인상하고 예전 모습이 조금 되살아난다. 너 숙제는 맨날 옆집 오빠가 해주고 시험 볼 때는 커닝을 해서 벌도 서고 그랬잖아."

양지도 조금 꼬집을 거리를 찾아낸 김에 유치한 대로 반격을 했다.

"으흐흐흐, 그랬지. 학교 우등생이 사회 열등생이고 학교 열등생이 사회 우등생인 거 내가 몸으로 증명한다 아이가."

"그래, 넌 사투리도 별로 안 쓰고 세련된 게 문화생활도 수준 높게 하는 모양이다?"

"너야말로 지금이 언젠데. 티비가 있어서 서울사람들 보고 듣고 따라

하는데 한 나절도 안 걸린다. 서울보다 더 서울시런 것도 많다. 시골하고 서울하고 막 비빔밥 세상인데 너야말로 참 촌시런 소리한다. 그중에서도 내가 좀 앞서긴 했지만 호호호….”

“그래 우리 어릴 때부터 얼마나 원하던 세상이고. 네 모습 확 달라진 걸 보니 잘 사는 것 같아서 보기도 좋다.”

“얘도 촌시럽게 에나 와이라노. 촌닭이 눈 빼 먹는다고 서울보다 더 앞서 가는 것도 많다니까.”

전국이 일일생활권이라는 말이 실감나는 증언이었다. 정자는 또 곧 죽을 듯이 인상을 쓰며 과장스레 상체를 흔들고 손사래를 친다.

“야, 말도 마라. 머리는 서울인데 시골 소도시 사람이 어디 가냐. 나 개인적으로는 되는 게 하나도 없다. 하나도 내 편은 없어. 남편이나 자식은 또 그렇다 치고 엄마까지 내 속 썩히는 거 있지. 아까도 전화로 한 판 하고 나왔는데 너 우리 엄마 알잖아. 샘도 많고.”

엄살 섞인 투정 사이에 뜻밖에도 불쑥 엄마 이야기가 딸려나왔다. 마을에서 들었던 모녀간의 불화가 거짓이 아니며 생각보다 심각함을 짐작케 하는 대목이었다. 말이 나온 김에 그냥 넘어가서 안 될 것 같았다.

“이번에, 뜻밖의 일 때문에 너네 엄마께 폐를 많이 끼쳤어. 인사드리러 갔더니 안 계셔서 인사도 못 드리고 그냥 왔어.”

“우리 엄마한테 무슨 폐를 끼쳤는데?”

금시초문인 듯한 반문에 양지는 잠시 할 말을 잇지 못했다. 마을에서 들은 대로 모녀간의 단절이 깊은 골을 이루고 있음이었다. 그 짜했을 소문을 정자가 듣지 못했다니. 딸 정자집으로 정자 어멈이 안 갔을 거라던 말도 언뜻 부각되었다.

"응, 그럴 일이 좀 있었는데 별건 아니야."

"근데 넌 잘 나간다고 소문만 내놓고, 와 여기 이라고 뭐 있노? 벌써 갔을 거라 생각했는데."

"소문은 무슨?"

"아냐, 우리 촌년들 기죽게 했어. 당골네 딸 명잔가하고 너네들 대단해. 성공하려면 서울로 단보따리 싸야 되고, 시집 안 가고 독신으로 혼자 살아야 되는 것 땜에 얼마나 스트레스 받았는데. 심심찮게 우리들 부부 싸움 시킨 것도 보상해야 돼."

"본의는 아니다만 사과하라면 사과할게."

양지도 조금 기분이 풀려 농담으로 받았다. 그런 소리들을 같은 또래들로부터 진작 들었더라면 아픈 살에 연고 바르듯이 고단한 삶에 조금은 위안이 되었을 것이다. 그러나 정자의 은근한 칭찬은 또 다른 방향으로 빗나갈 전조에 불과했다.

"그렇지만 너 이렇게 힘없이 병원 침대에 누워 있는 거 확인하는 순간에 다 괜찮아졌어. 내가 이렇게 사는 것도 사실은 너 덕택이거든. 아무 것도 안 될 것 같던 너는 승승장구하는데 난 이게 뭐꼬 싶은께 오기가 나서, 나도 죽자코 공부해서 자격증도 따고 꽤 잘나가는 직장도 다닌다."

그러나 양지는 어느새 느긋하게 피어 있는 자신의 미소를 확인했다. 높은 곳에 앉은 수리가 좀벌레 한 마리를 잡기 위해 땅 위에서 촐싹거리는 참새를 바라보는 심정이 이러할까. 놀던 물이 있었다. 정자는 얼른 말머리를 돌려 양지의 전신을 상추 뜯듯이 살폈다.

"근데 너 참 어떻게 아픈 거냐? 얼굴색이 안 좋긴 한데, 노처녀 히스테리 아냐?"

"그럴지도 모르지."

"그렇담 엄살 떨 거 없다. 치료방법은 여자 딱지 떼버리고 신나게 살아라."

"너도 그 소리냐? 자기네는 가족끼리 오순도순 잘도 살면서."

"그래? 그러고보니 또 그런 것 같기도 하네. 근데 너 같은 애들은 좀 자유 누리고 홀가분하게 사니까 다른 줄 알았거든."

"너 같은 애라니, 내가 어떤데?"

"결혼은 안 한 건지 못 한 건지. 콧대 높고 잘난 애들은 그리 사는 게 정상인 줄 알았거든."

"안 하기도 했고 못 하기도 했지만 너 말 참 이상하게 끌어붙인다."

"하하하…. 그래 맞아. 결혼해서 남자를 리모컨 삼아 조종하며 사는 맛도 괜찮긴 하더라."

양지는 접대용 추임새를 넣었다.

"결혼해서 하인 부리듯이 남자를 조종하며 사는 맛도 괜찮다니 넌 그래도 참 다행이다."

"그건 그래, 여자란 뭐니 뭐니 해도 남자한테 기대고 살 때 편하고 대접도 받는다고 생각해. 내 중·고등학교 동창들 중에도 장도리 들고 제 손으로 못 박는 강한 애들 치고 하나같이 남편이 속 안 썩히는 애 없어. 너도 혹시 소문대로 '최강쾌남'이라고 명함 새겼나? 와 요새 텔레비전에 나오는 똑똑한 여자들, 저이 아버지 성하고 엄마 성하고 함께 쓰는 게 유행이데?"

양지는 뜨끔했으나 시치미 뗐다.

"그렇지만 세월 따라 환경 따라 생각도 바뀌게 돼 있어."

"난 내 이름도 잊어먹고 사는 지 오래돼서 그런 진 몰라도 이상하더라. 우리 남편은 그런 여자들 보면 마구 핏대를 세운다. 그 여자 딸이 결혼하면 거기서 난 아이들 성은 몇 개나 덧붙이느냐는 거야. 하여튼 난 촌년이 돼서 그런지 세상 참 요상하고 복잡하게 변한다 싶더라. 또 모르지 내 딸이 깃발 세우고 엄마 성을 써주면 고마울란가 몰라도."

음료를 같이 마시고 이런저런 수다를 떠는 동안 시간은 어떻게 흘러갔는지도 모르게 빨랐다. 양지는 대강 생각나는 이름의 동무들 근황을 물었다. 정자는 묻지 않은 아이들 얘기까지 들먹이며 까맣게 젖혀놓았던 어린 시절을 들추어주었다. 모처럼 가식적인 틀을 잊어버리고 숨길 것 없이 다 아는 시절을 풀어젖히자 아픈 사람 같지 않게 즐거운 시간이 됐다. 웃고 떠들던 정자가 습관적인 동작으로 시계를 보더니 놀라 일어섰다.

"어마 시간이 벌써 이렇게 됐네. 큰애가 학원 갔다 올 시간 됐어. 언제까지 여기 있을 건지, 짬 봐서 또 올게. 애들 연락되면 몇 같이 올 수도 있고."

믿어도 되고 믿지 않아도 되는 가벼운 약속이다. 양지는 가타부타 그 말에 대한 대답은 않고 어머니 오시거든 내가 못 뵙고 가더라도 인사 좀 전해줘. 그러자 정자는 시큰둥한 반응을 보였다.

"울 엄마? 인제 우리 집에 안 올 거야. 엄마, 제발 우리가 모녀간이라는 관계만이라도 고이 간직한 채 살고 싶다고 내가 그랬거든."

"무슨 뜻이야 그게. 너 보니까 잘 사는 것 같은데 좀 잘해드림 될 거 아냐."

양지는 문득 어이없이 놓쳐버린 엄마에 대한 회한이 떠올라 가슴이 울멍해졌다. 그러나 정자는 딴판이다. 심중에 맺혀 있는 말을 하기 위해 다시 아무렇게나 의자에다 걸치는 엉덩방아 자세에 억울함이 잔뜩 뭉쳐져 있다.

"말도 마라. 골치 아프다. 우리 엄만 자식들을 황금거위라도 키워놓은 줄 안다. 달마다 용돈 걷어드리고 철마다 옷 해드리고 여행 보내드리고, 대평 지역 이주민 전체를 봐도 외국여행 제일 많이 갔다 오고 먼저 갔다 온 사람도 우리 엄마다. 그런데 이젠 이 할만네가 얼굴에 검버섯 다 빼고 주름 펴는 성형수술까지 하고 싶어한다. 눈썹이 찔러서 눈을 못 뜨겠다고 야단야단해서 눈 쌍꺼풀 수술도 시켜줬더니 어린애 배고프다고 보채는 것도 아니고 끝도 갓도 없다."

그제야 양지는 정자 어멈을 얼른 알아보지 못했던 이유를 알았다. 말을 낸 김에 정자의 입에서는 청산유수처럼 억하심정이 쏟아져나온다.

"나 직장 다닐 때 우리 애들 키우고 살림 살아줬다고, 이제 그 값을 쳐내란다. 내가 네 종이냐고 따지고 가정부 월급 반이라도 쳐내라고 억지 소리하고, 망령났나 싶어 안 갚다가도 너무 울화가 치밀어. 세상에서 제일 가깝다는 게 엄마하고 딸 사인데 엄마가 자식 일 좀 거들어줬다고 일삯 내놓으라는 게 세상에 어디 있느냐고 따졌더니, 그래도 안 지고 그런 사람 여기 있다고 가슴 쓰윽 내밀고 나서면서 우기더라."

"그래도 서운한 구석이 있었으니까 그러셨겠지 너네 엄마도 보통 분은 아니시잖아."

"너, 그 말 잘했다. 엄마도 그런 소리 하더라만 내가 신경 쓸 사람이 어디 친정엄마뿐이냐. 시부모 생일이나 큰집 제사, 시숙·동서·조카까지 챙길 사람이 한 둘이야? 또 나도 뭔가를 해야 남 뒤떨어지지 않게 사회활동을 할 게 아냐."

"너도 네 욕심 차리기는 마찬가지네 뭐. 부모는 자식 뒷바라지나 하다가 돌아가시란 법이 어딨어. 요즘은 어른들도 그렇게 맹목적이고 어리석지만은 않더라. 내가 볼 땐 네 이기심하고 엄마 서운함이 상충된 갈등인 것 같다."

"물론 그런 것도 없진 않겠지. 하지만 이 할마시가 글쎄 딸자식 사는 걸 질투하나 싶을 때가 있으니까 엄마한테 배신당한 것 같은 기분이 들지. 우리 할머니는 자식들이 필요하다면 자기 금이빨도 뽑아줬잖아. 아무튼 우리 엄만 달라. 너무 별나. 화장품도 외제 아니면 안 되고 속옷도 기능성으로 맞춰입겠다고 그런다. 노인네가 손톱에 매니큐어 칠하고 머리칼 안 빠지는 고급 샴푸 아니면 퇴짜놓고, 너 안 겪어 봐서 그렇지 옆에서 보면 정말 저 노인네가 내 엄만가 싶어 멀거니 쳐다보게 된다. 나 사실 언젠가는 낳아준 게 하나도 고맙지 않다고 대든 적도 있어."

"니들이 그렇게 잘해드리니까 마을에서도 아들딸 효도 받고 산다고 다른 집 어른들 앞에서 기 펴고 대접받잖아. 너네 집에 동네 할머니들 다 모이는 갑던데?"

"몰라, 아무튼 골치 아픈 노친네야. 이제 좀 뒤로 물러서서 점잖게 보살마님처럼 살면 얼마나 좋겠어."

"얘 그런 소린 하지 마. 너도 여자고 엄마처럼 늙을 텐데."

"아유 우리 엄마가 하던 말인데 어쩜 너도 똑같은 말을 하네. 징그럽다 얘. 너네 엄마가 만약 그랬다면 너도 나랑 똑 같았을 거다. 엄마란 사람이 어쩜 그렇게 젊은 딸과 똑같이 못 해서 야단이냐 말이다. 난 절대 안 그럴 거라고 지금부터 맹세한다. 지금 끔찍이 보고 깨우치는 게 그거다."

"사람이 늙으면 본성밖에 안 남는다는데 가능할까? 이 세상 얼마 안 남았다는 강박관념으로 늙은 사람들은 더 허둥대며 못 해본 건 다해보고 싶어서 떼쓰듯이 남은 힘을 다 쏟아낸다더라."

"시집도 안 간 애가 별 소릴 다 한다."

"귀는 그냥 있는 게 아니지. 난 너네 엄마가 너네 할머니랑 다투시고 우물가에 걸레 빨면서 그러시는 것 들었다, 옛날에. 좀 전에 네가 했던 꼭 그대로. 인습은 다만 수 년간 내려오면서 단련되고 진행될 뿐이지 이미 새로움이란 없는 것 같더라."

"야, 말도 마라. 나도 나지만 우리 올케들이 더 네 엄마를 얼마나 존경했는지 모른다. 나이 든 분답게 조촐하고 검소하게 늙어가시는 게 훨씬 품위 있어 뵈고 좋다니까 우리 엄마는 그것도 질투를 해서 며느리나 딸년들 젊은 것들은 똑같다고 욕을 하고 난리가 아녔다니까. 우리 엄마 흉내 한번 내 볼까? 지 자식한테는 봄바람이고 에미한테는 겨울 북풍이라고 내 말 트집도 잡는다. 어떤 경우가 있었냐 하면 큰딸애가 친구들이랑 놀이동산에 갈 일이 있어서 지갑을 탈탈 털어주고 나니까 글쎄 엄마가 자기도 치과에 가야 된다고 손을 내미는 거라. 내일 가라고, 돈이 없다고 했더니 지 자식 놀러보낼 돈은 있어도 에미가 아파서 병원에 간다는 데 그 돈은 아까워서 안 준다고 고함을 지르더라. 그런 억측이 어데 있노. 할머니한테 자기도 그래놓고. 지나고보니 참 옛날 말 틀린데 없어. 분명히 말하는데 너 이건 기억해둬라. 치사랑은 없어도 내리사랑은 있다."

"자식들이란 너도 나도 다 참 못 됐긴 했어."

"그래도 우리 엄만 해도 해도 너무하니까. 솔직히 말하면 자식이 어데 나뿐이냐? 우리 남매가 몇인데."

하다보니 대화의 주제가 턱없이 옆길로 뻗고 있다. 남들에게는 그런 존경스러운 모습으로 비친 어머니한테 나는 뭘 잘했다고 친구에게 이런 충고를 하는가 싶자 미안해진 양지는 먼저 작별 인사할 손을 내밀었다.

"나도 엄마가 계실 때는 너 비슷한 심정이었어. 그런데 막상 엄마가 돌아가시고 보니까 모든 게 후회돼서 그래. 이제와 생각하니 엄마는 단순하게 나의 육체를 낳아준 것뿐 아니라 사상이나 철학 등 인생의 모든 연륜을 갖춘 훌륭한 선배였어. 내가 한 말들이 꼴같잖게 들렸으면 이해해라."

"야 장례식장에 가면 상주들 모두 하는 소린데 너도 비슷한 그런 말 하네. 아무튼 지금은 전혀 감동 안 되는 말이지만 앞으로 생각해보고 참고할게."

정자가 빙싯 웃어주고 돌아가자 휑하게 남은 공간에 그녀와 주고받았던 말들이 여운으로 남아서 맴을 돌았다. 호랑이는 고양이를 보면 물어 죽이고 마는데 그 이유가 저를 닮아서 그렇다던가. 어머니가 살아 있었다면 양지 자신도 정자와 별반 다름없는 반목으로 속상했을 딸이다. 그렇지만 정자와 맞장구를 쳐서는 안 될 일이었다. 딸은 어머니를 감싸야 하고 여자는 여자끼리라도 보호하고 힘이 되어줘야 된다는 깨달음은 정말 뒤늦게야 당도한 정처에 다름 아니다. 결국 어머니를 극복해야 될 시점에서 딸들은 어머니를 헐뜯게 되는가. 부모가 죽음으로 자리를 비켜주고 사라진 뒤에야 무모했던 도전에 대한 후회로 통곡할 때까지 꿈적않는 뒷동산을 발길로 걷어차듯이.

양지는 멀거니 천장을 올려다보았다. 이렇게 호젓이 혼자 있게 된 일들이 꿈속이거나 영상으로 남의 일을 보고 있는 것 같았다. 어머니의 병수발과 대책없이 성깔만 남은 아버지, 이혼한 호남과 처녀의 몸으로 길러야 할 정남의 딸, 무거운 수레바퀴를 돌리려면 무한정으로 넉넉해야 할 돈…. 그러나 추 여사의 동거를 거절했던 것만은 그로 인해 그녀가 목숨을 거둔 사실만 제외하면 어떤 유혹에도 흔들리지 않은 자신이 대견스럽고 뿌듯했다.

저녁식사가 나올 때야 호남은 돌아왔다. 정자가 다녀간 이야기를 하자 호남이 바르르 화를 냈다.

"일 나서 당장 막차로 떠나라. 그게서 입원을 해도 하고. 자존심 상해서 도저히 못 참것다."

언니야, 니 좋아하는 단팥죽도 사왔다 하며 다정하게 굴던 모습이 돌변하며 조심스럽게 꺼내던 먹을거리 꾸러미를 아무렇게나 흔틀만틀 드놓기도 한다.

"시장에서 만났을 때 병원에 있단 소리를 해놓고는 속으로 후회했더마 참말로 문병 온다꼬 왔던가베."

자신의 말실수로 엄청난 일이 빚어진 것처럼 분기탱천하는 호남이 양지는 얼른 이해가 되지 않았다. 아무리 삭이려고 해도 잘되지 않는지 호남의 입에 걸린 불평은 계속되었다.

"공부를 더해서 박사가 되던지 취직해서 사장이 되던지, 니가 돈 못 벌모 내가 벌어댈 낀께 뭐든 다시 시작하란 말이다. 뭐, 지도 촌년이 서울 사람 흉내나 내면서 별로 모범적으로 살지도 못하면서 되게 재고 다니는 거 눈꼴시어서 몬 본다. 괜히 말했다 싶었더마, 이놈으 입주덩이로 째삐리고 싶네. 언니 니 위문 온 게 아니라 저 잘사는 거 자랑하고 지 눈으로 본데다 배로 보태서 동네방네 니 소문낼라꼬 온 거 아이가, 누가 몰라서."

자랑거리가 속에 가득 고여 있는 사람의 본심이란 어떤 계기로든 표출되게 되어 있는 것, 그건 어쩌면 당연한 흐름이다. 된 대로 있는 대로의 현상을 그대로 보고 들어주면 그만인데 호남은 꼬여 있는 현실을 제 심사대로 곡자를 들여대서 직선 재단을 하고 있는 중이다. 양지는 화제의 방향을 돌렸다.

"나간 일은 어떻게 됐어?"

"무슨 일?"

"너 일 보러 나간 거 아녔어?"

"응. 결과 본께 마른 성질 땜에 생긴 병인데 성질 누그러뜨리고 좀 오래 입원 치료하모 개안탄다. 큰 병, 죽을병인가 싶어서 눈 때꾼하게 뜨고 의사선생 입만 처다봤는데 나도 몰래 감사합니다. 감사합니다 하고 몇 번이나 절을 했다 아이가."

"나 아픈 거 말고 네 일."

"아, 그 일? 일할 데는 썼는데 확답은 안 하고 왔다. 참, 언니 이라모 어떨꼬?"

호남은 무슨 대단한 아이디어라도 떠올랐는지 호흡과 자세를 동시에 낮추며 양지의 눈앞으로 얼굴을 들이밀었다.

"나랑 언니랑 서울 가서 사는 거. 거기서 같이 돈을 벌어도 되고."

양지는 대꾸없이 호남의 말을 들었다. 왜 꼭 서울이어야 하는가. 양지는 꼭 서울로 가야 한다고 믿는 호남의 발상이 거북스럽기 짝이 없다.

삶이란 높이로 따질 게 아니라 행복지수로 따져야 되는 데 문화가 발달된 곳에 산다고 사람들 모두 행복한 삶을 누리는 것은 아니다. 양지 역시 얼마 선까지만 해도 서울 지향의 촌년 일 순위였다. 그러나 이번 귀향으로 겪은 여러 가지 일들은 많은 가르침을 주었다.

"무슨 일을 해서?"

건성인 물음을 눈치 못 챈 호남은 망설임도 없이 대답을 한다.

"글쎄, 뭐 어데 난 서울이라꼬 일이사 찾아보모 쌔빌렀을 아이가."

"얼마나 벌건데?"

"아우, 그런 성의 없는 물음이 어딨노. 돈이란 많을수록 좋은 거 아이가."

"호남아, 좌중해야 돼. 이번 일을 계기로 살아온 날들에 대한 점검도 해보고. 넌 지금 실에 매여 둥둥 뜬 풍선처럼 네 본심하고는 너무 다르게 변하고 있어."

듣고 있던 호남의 얼굴색이 조금씩 변하더니 이내 파르족족 경직되었다.

"내 본심이 어떤 긴데?"

"널 나쁘게 하는 말은 아니다."

"그리 얼버무리지 마라. 기본 기고 아니모 아닌 기지, 모두들 와 나한테는 그리 고약시럽노. 내가 뭘 그리 잘못 했다꼬."

양지는 얼른 설득하려던 속내를 접었다. 지금 이 아이는 회초리 맞은 짐승처럼 극도의 피해의식에 젖어 있을 것이다. 이 나마의 평정을 유지하고 있는 것도 평소의 그녀다운 배포가 있기 때문이다. 양지는 얼른 표정을 바꾸고 호남을 달래려 했다. 이때 무례한 기적으로 문이 열리며 때

맞춘 듯이 아버지가 들어섰다.

"쉰밥에 파리 꾀듯이 두 년이 운제꺼정 대가리 맞대고 같이 붙어 있을 것고?"

아버지는 다짜고짜 된소리부터 냈다. 어디서 술을 한 것 같았다. 머쓱해진 자매는 입을 다물었고 호남은 아버지가 앉을자리를 만들어냈다. 그러나 아버지는 자리에 앉지 않았다. 무엇 때문인지 몹시 화가 나 있었다. 언제는 아버지가 우리에게 상냥했던가, 감안을 하더라도 마음속의 어떤 작정이 드러나보이는 거동이었다. 아버지는 아픈 사람인 양지는 본 체 만 체 호남에게로 고개를 돌리더니 후려치는 회초리처럼 매서운 기색으로 호통을 쳤다.

"당장 가서 니 새끼 찾아 안 오고 여서 무인 새살로 그리 늘어놓고 있노. 반피보다 못한 년."

"아부지 무슨 말씀인지 알겠어예. 그렇지만 끼고만 있다꼬 부모노릇 다하는 줄 압니꺼? 그냥 가만히 게시이소. 주영이 장래에 대해서는 제가 아부지보다 더 걱정하고 있으이까네 염려 마시고예."

"종자가 없이모 농사 집 망하는 짝으로 사람 사는 세상도 그와 일리라. 에미가 새끼 중히 여기는 맴이 없이모 이 노므 세상이 어디로 가노. 산으로? 하늘로? 주딩이만 야물었제. 네년들이 도대체 해놓은 기 뭐꼬?"

아버지가 취중인 것 같으니 그만하라고 양지가 눈짓을 했으나 호남은 생수 한 잔을 부어 아버지께로 내밀며 부어오른 입만큼 불퉁스럽게 악다구니를 한다.

"결과만 가지고 너무 그라지 마이소. 우리는 우리 나름대로 열심히 살았어예. 그렇지만 마음 밑바닥은 항상 춥고 서러웠다고예."

"그래서 또 애비 탓으로 돌리는 기가? 똑똑한 년, 순천지자는 흥하고 역천지자는 망한다꼬 옛말에도 있다. 천 리를 그릇 치고 순리를 역행하모 안 된다, 이 말인 기라."

"그래, 악담을 하이소."

"내가 썽 안 나게 됐나. 반피보다도 못한 년들. 니는 그래도 배운 것도 많고 사회 물도 엔간히 많이 묵었은께 그래도 뭣이 좀 나을 끼라 여겼더마 무지랭이 니 에미나 호냄이 저것하고 우찌 그리 똑같노. 아이다, 저울이 있어서 단다 카모 외로 더 몬 한기제."

힐난의 방향이 자기인 것을 안 양지는 숨을 죽였다. 아버지에게 칭찬을 들어본 기억도 없었고, 또 그런 기대를 했던 적도 없지만 지금 이 지경에 처해서까지 힐책을 당하는 것은 덧난 상처에다 소금을 뿌리고 휘젓는 것만큼이나 잔인한 아픔이다. 이제 와서 누구 잘잘못을 따진다는 것이 시들하고 열없었다. 한데 호남은 가만있지 않았다.

"아픈 언니 앞에서 할 소리가 따로 있지, 아부지는 또 뭘 그리 잘했다꼬 우리만 보모 큰소리 칩니꺼."

"야, 이년아. 꼭 손에 쥐어주는 것만 다냐? 눈앞에 뵈는 것만 해주는 기가? 그렇다 카모 저 산천이 니한테 뭐해주더노. 저 하늘이 니한테 뭐해주더노. 그렇지만 그것들이 없이모 니년이 살 것 겉나. 자석도 낳아본 년이 니년은 입이 광저리구녕 겉에도 말할 자격 없다. 에린 자석은 지끔 우떻키 지내고 있는지도 모리고."

억하심정을 발산시키는 아버지는 두 딸을 향해 눈을 흘기면서 고르지 못한 호흡까지 좌충우돌이다. 결 깊은 앙원으로 빳빳하게 곤두선 줄기는 아버지만의 것이 아니다. 양지는 팔에 연결된 주사튜브를 우두둑 뜯어버리며 침상에서 일어섰다. 설마 그런 일이 일어날 것이라는 예상도 못 했던 아버지와 호남의 두 눈이 반목했었다는 흔적도 없이 동시에 호 동그래지며 양지에게로 쏠렸다. 호남이 얼른 양지의 손을 잡아 주저앉 히려 했다.

"언니 와이라노!"

"놔!"

양지가 머리끝까지 뻗어 있는 성깔대로 힘을 다해 뿌리치자 덜렁거리 던 링거병이 병실 바닥으로 떨어지며 박살이 났다.

"나가. 너도 나가고 아부지도 나가이소!"

양지는 주사액으로 젖어오는 발에 슬리퍼를 꿰자 아버지와 호남의 손 을 양손으로 잡아끌며 문 쪽으로 밀었다. 호남이보다 먼저 순순히 밖으 로 나가는 아버지의 어디선가 파스 냄새가 났다. 좀 특별한 체취였지만 두 딸 중 아무도 그 냄새에 신경 쓸 여유는 없었다. 양지는 호남이까지 기어이 밖으로 내몰고 문을 닫았다. 세상이 왜이리 복잡한가. 어디 한 군데 맘 편한 곳이 없고 곳곳이 가시방석이다.

벽을 짚고 멍하니 창밖을 내다보고 있었다. 또 그런 증상이 일어났다. 좀 전까지의 소란이 남의 일이었거나 소리 없는 영상을 관람한 듯 아득 히 멀게 느껴졌다. 이건 정상인가. 아무래도 정상이 아니다. 그럼 혹시 꿈을 꾸고 있는가. 그녀는 멍하니 발밑으로 눈길을 떨어뜨렸다. 질척하 게 번져 있는 주사액과 유리병의 파편 위로 형광등의 불빛이 반사되어 시야를 어지럽게 한다. 그렇지. 저걸 치워야 한다. 복도 끝 화장실에 있 던 청소 용구를 생각해낸 양지는 문을 열고 나왔다.

밀대를 들고 나오는 호남과 화장실 앞에서 마주쳤다.

"가라니까 안 가고 뭐해. 아버지는?"

"갚아서 되나. 달래서 보냈지."

양지는 얼른 어두운 바깥을 일별했다. 왜인지도 모르게 아버지를 혼자 보내고 돌아와 준 호남이 밉지 않았다.

"영감이 말이다 심심하모 강짜를 부린다. 같이 놀자하고 좋게 달래야지, 당신 고함소리에 절절 기고, 우리가 뭐 언내가?"

킬킬 웃는 호남은 아까 양지와 있었던 언쟁에 대한 기억까지도 벌써 말끔하게 지워버리고 없는 것같이 쉽없이 좋알거렸다.

"언니 니 썽깔 그래갖고 평생 살 안 찐다. 짖는 개보다 않는 개가 더 무섭다 카더마 아부지가 와 니 앞에서는 기가 죽는지 인자 알것다."

깨진 유리병을 치운 호남은 간호사를 데려왔다. 실수로 병을 깨뜨렸다고 하자 간호사는 다시 약병을 걸었다. 똑 똑. 일정한 간격을 두고 주사액이 떨어지자 다시 말없는 병실에는 표면적인 평화가 깃든다. 아버지와의 언쟁에 지쳤던지 호남이도 환자처럼 옆 침상에 번듯하게 누워 눈을 감고 있다. 니는 그래도 배운 것도 많고 사회 물도 많이 묵었시니 그래도 뭣이 좀 나을 끼라고 여겼더마…. 화났던 아버지의 음성이 양지의 내심에서 깐질깐질 끌질을 했다. 양지는 호남을 돌아보았다. 서울. 생의 성공은 모두 서울에만 존재하는 것처럼 여기는 사람들 중에 호남이도 있다. 그럴지도 모른다. 호남이 그녀가 매스컴을 통해서 듣고 본 훌륭한 여자들은 대개 서울에 있었다. 하지만 서울, 그곳의 많고 많은 여자들 중에서 호남의 언니 최양지는 모래밭의 한 작은 모래 알갱이일 뿐이었다. 양지는 그래서 호남에게나 자신을 바라보는 모든 사람들의 시선에 부담을 느끼며 살았다. 모범 답안이 있는 것도 아니고 완벽한 정형이 있는 것도 아닌 그 일. 삶이란 정말 풀어도 풀어도 미궁 속이다. 주영을 데려다 길러라. 양지가 그랬듯이 아버지도 그랬다. 모처럼 일치된 뜻이었다. 손위들의 일치한 뜻이면 크게 틀린 말은 아닐 것이다. 그러나 호남은 주영을 데리러갈 것 같지 않다. 볼록하게 솟아오른 호남의 광대뼈가 내리비치는 빛을 받아 더 고집스럽게 도드라져보였다.

잠 든 듯 눈을 감고 있으려니 병원 곳곳에서 여러 가지 소음들이 들려온다. 들락거리는 문소리, 복도를 지나다니는 발소리. 이상하게도 않는 소리는 별로 없고 웃음소리가 더 많이 들린다. 수술환자가 뀐 방귀는 악취조차 환영이고 별 사소한 것들이 다 기쁨과 행복이 되는 곳이 여기다. 부스스 눈을 뜨는 것도 희망이며 의식도 없이 호흡기로 연명하던 환자가 미세하게 손가락만 깐닥거려도 은총이고 기적이 되는 곳, 이 낮은 곳에서 갖는 기쁨들과 행복은 너무나 미미하고 여린 것들이다. 마치 꿈꾸던 이상향처럼 병원은 일시적으로 사람들의 기본 인성을 바꾸어놓지만 병원을 나서는 순간이면 애드벌룬처럼 부풀린 욕망의 허상에 속아 다시 헉헉거린다. 고단한 몸을 편히 뉘인 이대로 생각없이 곤히 영원히 잠들어버리면 좋겠다. 문득 그런 생각을 하던 양지는 소스라치며 머리를 흔든다. 이렇게 맥없이 죽음을 받아들이는 것은 자신에 대한 모독인 거였다. 호남아. 양지는 가만히 손을 내밀었다. 누군가의 살갗이었으면 싶은 따뜻함이 간절했다. 호남이 누운 침상은 저만큼 떨어져 있다. 다시 아버지의 기갈 차던 질책이 상기되었다. 그처럼 꼿꼿하던 아버지의 저력은 대체 어디서 오는 것일까.

그때 누군가 문을 열고 들어오는 기척이 났다. 분풀이를 다 못한 아버지의 출현인가. 미간을 모으고 바라보자 고종오빠가 빙긋 웃음 띤 넉넉한 얼굴로 다가왔다.

"늦었는데, 또 오셨어요?"

양지는 짬짬이 들러주는 고종오빠의 방문이 고마우면서도 미안하다. 아무리 핏줄이 엉켜 있는 사이라지만 인사를 튼 기간에 비해서 너무 많이 빚지는 기분만 쌓였다.

"외삼촌 여기 안 들러셨나?"

과격하게 화풀이를 하려들던 좀 전의 아버지를 떠올리고 양지와 호남의 시선이 부딪쳤다.

"여기서 만나기로 약속하셨어요?"

"영감님이 겉으로 표현은 안 하셔도 동생들 이런 것 보고 속이 많이 상하신 거라."

"그란 해도 한바탕 하고 가셨어예. 언닌들 어디 이라고 싶어 이라것어예? 아픈 사람 앞에서 언내 욱대기듯 막하고 가시모 서로 간에 비위만 더 상하지 금방 무슨 뾰족한 수가 납니꺼."

"그야 이럴 말이겠나만. 연세가 높으면 생각도 높은 산 같다 하더니…."

오빠는 얼른 선문답 같은 말을 끊고 음료수와 컵, 휴지 등이 얹혀 있는 양지 머리맡의 탁자 쪽을 유심히 살피는 것 같더니 호남에게로 얼굴을 돌렸다.

"어른이 뭐 안 들고 오시던가?"

"뭘예?"

"동생 줄라꼬 약을 좀 고우신 모양인데 화재가 좀 빈약하다 싶었던지 약재를 보탠다고 산에 가셨던 모양이라. 마음만 젊었지 인자 나도 다 됐는갑다 하시며 파스를 붙여돌라시더라꼬."

양지는 그제야 아버지의 체취와 함께 풍겨오던 뜬금없던 파스냄새의 정체를 상기했다. 돌연히 옮아오는 호남의 눈길이 옆얼굴에 꽂혔다. 오빠는 그 특유의 조신한 목소리로 말을 이어갔다.

"힘이 들든 어쩌든 소일거리가 됐다. 앞이 텅 비니까 그걸 못 견디시겠던 모양인데, 이놈의 바늘 세상에 사는 것도 아니고, 나는 와이리 간데 족족 안 좋은 것만 걸리고, 내 세상이 와이리 안 펴냐고, 저녁을 같이 드시자 캐도 마다하시고, 안주라도 드시게 할량 장국집엘 갔더마 결국 술만 좀 자시고 통 음식을 안 드시더라. 한실 용남이 조카집에도 가셨던 모양이라."

용남? 양지도 호남도 뜨악한 표정을 지었다. 장애자인 언니가 쑥쑥 낳은 아이가 몇 남매나 된다는 소리를 귀담아 들었다기보다 치종 잘하는 암돼지가 자식들을 꿰차고 두엄 밭에 누워 있는 비루한 행색만을 떠올렸을 뿐 언니라고 한번도 호의적으로 염두에 두어본 적이 없었다. 그제야 양지와 호남을 향했던 아버지의 '반피보다 못한 년'이라는 턱없이 날선 비난과 끈이 닿았다. 아버지가 그쪽으로 내왕하는 것을 호남도 모르고 있었던 모양이다.

"혼자 계시자니 쓸쓸하셨던 모양이라. 거기 가면 애들 줄 거라고 용돈 털어서 학용품도 사고 어떤 때는 삼겹살을 갖고 가시기도 해. 굽은 솔이 선산 지키고 비루둥이 효자노릇한다며 대견해하시는데 여간 위안이 아닌가봐."

"언내는 우짜고예? 설마 앨 업고 거기까지 간 건 아이지예?"

"참, 그 말 안 했던가? 외숙님도 참, 나는 스스로 하신 줄 알았지. 그

애, 지 엄마가 와서 외삼촌하고 상관없는 애라 고백하고 찾아갔단다."

"예에?"

돌연한 호남의 눈길이 다시 양지에게로 향했다. 겨를 없이 치른 일들에 신경이 쏠려 있던 탓도 있지만 잘 해결된 일이란 안도감 때문에 흘려버린 채 지났다. 양지는 아무 말 않는 것으로 이미 알고 있었다는 표시가 됐다. 예상되는 호남의 반격을 의식한 듯 오빠가 먼저 정리를 했다.

"외숙모님 속앓이하시고 돈 날린 걸 생각하모 참 어이없는 일이지만 잘 해결됐다 생각해라. 어른도 내 팔자에 무슨, 하시면서 언내 생각해서 잘됐다고 하시더라."

오빠의 말뜻을 헤아려보던 호남이 갑자기 깔깔 웃었다.

"영감이 그라모 한 판에 천오백만 원짜리 오입을 했다 그 말 아입니꺼?"

곧바로 답을 못 하고 겸연쩍게 어물거리던 오빠가 그나마 다행인 듯 마주 웃으며 무마했다.

"다 지나간 일인데 뭐 흰 강생이 검은 강생이 따지겄노. 어른이 적선한 셈친다꼬 결론까지 내리싰는데."

호남은 다시 놀라움에 찬 시선을 양지에게로 던졌다. 비로소, 과격한 언동으로 딸들을 비난하던, 뻔뻔스럽기조차 하던 아버지의 당당함에 대한 의문이 풀리는 거였다. 참으로 어이없는 시작이었고 결말이라는 비명이 호남의 입에서 쏟아졌다.

"그라모 우리는 우짜라꼬! 누 때문에 내 인생이 이리 쪽났는데."

억울해 못 살겠는 듯 호남이 울부짖었다. 아버지가 잘못 놓은 징검다리에 빠져 파경을 맞고 표류하는 제 인생이 새삼 억울할 법도 했다. 여건도 안 되는 아버지가 서툰 손놀림으로 우유병을 소독하고 분유통을 고르는 일은 지속되어서 안 되는 일이었다. 늙은 아버지는 물론 어린아이에게도 적잖은 고통이 주어질 것은 너무나 당연한 일. 여자가 아이를 찾아간 양심이 두 사람의 고통을 빨리 제거해주려는 따뜻한 배려에서만은 아닐 것은 사실이다. 호남은 엿기름을 걸러마시고 마이신을 사서 먹어도 삭지 않고 팅팅 부어오른 유방의 아픔을 참다못해 유축기 대용으로 아이를 데려간 게 분명하다고 우겼다. 하지만 알 수 없는 야릇한 감동으로 양지는 이미 그녀의 인생을 동정했다. 술에 취해서 비틀거리던 인식 엄마. 한 자식을 살리기 위해 한 자식을 낳아 팔았다고 절규하던 악에 받친 음성도 기억에서 되살아났다. 아이를 되찾아 안은 어미나 꿈에 그리던 평온함을 되찾은 안온함으로 아기 특유의 유순한 모습을 간직한 채 잠들어 있을지도 모르는 아이의 모습도 복원된 명화의 한 장면처럼 간직하고 있었다. 온통 일그러진 것투성이던 인식이네의 환경에서도 버렸던 자식을 되찾아간 모성의 정체로 인해 회복되는 상처를 확인한 느낌이었다.

"언니가 찾아가니 거짓말해서 우리 돈 옭아낸 양심가책을 받았을까요?"

호남의 잇따른 질문에 고종오빠의 사려 깊은 표정은 더 침착해졌다.

"큰애가 잘 안 된 모양이야."

"사기도 엄청난 사기를 쳤으니 끝이 좋을 리 없지."

납득 안 되는 상황을 되새김질하던 호남이 대뜸 결론을 내렸다. 호남의 화풀이를 이해시키듯이 오빠가 덧붙였다.

"돈은 버는 대로 갚는다꼬 했지만 한두 푼 하는 푼돈도 아닌데 그 돈이 쉽게 돌아오겠나. 우리 쪽에서 선선히 잊어버리는 게 쉬운 방법이지."

홀 맺힌 매듭처럼 온 가족을 언제까지나 힘들게 하지 않을까 싶던 일이 호남이까지 알게 되므로 순식간에 스르르 해결된 셈이다. 평생 계속될 것만 같던 질기고 후진 악연이 그렇게 한순간에 끝날 수도 있다는 실감 안 나는 현실을 확인하려는 듯 호남이 다시 물었다.

"언내를 돌려줄 때 아부지는 어떤 반응을 보였을까요?"

"외숙님 기출이 아이라꼬 고백까지 했고, 또 자식을 키우는 데 어미품 이상 없는 걸 왜 모르실까. 자기 관리도 선찮은 노인이 약 멕이고 우유 타 멕이느라 밤잠도 제대로 못 주무시는데 그 고통이 어디 하루 이틀에 끝날 일인가."

순간 양지는 얼핏 호남에게로 시선을 돌렸다. 거칠게 들떠 있는 호남의 마음을 가라앉히는데 자식의 재롱이나 그에 대한 의무는 무엇보다 중한 안착의 힘이 되어줄 것이며 어른들의 잘못으로 살아 있는 어미와 떨어져 살아야 하는 안쓰러운 주영의 처지는 감각이 숙성한 만큼 누운쟁이 정남의 아이보다 더 심각하다.

"큰애 죽은 지 한 주일쯤 됐나보던데, 아는 사람 말을 들으니 대단했던 모양이야. 열 손가락 깨물어서 안 아픈 손가락 없다는 옛말이 하나도 거짓 아니지. 성한 자식보다 성치 못한 자식이 더 부모한테는 애간장을 녹이는 법이거든."

"오빠가 아부지한테 좀 물어보지 그랬어요? 또 아들 잘 낳는다는 여자 있으모 아무하고나 동침할 거냐고."

호남이 던진 실없는 농담에 오빠도 픽 실소를 하며 즉답을 던졌다.

"외숙님도 인제 많이 깨달으셨겠지."

용을 쓰서 뻗대던 에너지 통이 갑자기 증발해버린 후줄근한 허탈감이 병실 안의 세 사람을 감쌌다. 잠시 침묵을 지키고 있던 오빠가 혹시 외삼촌이 집에서 기다릴지 모른다는 말을 남기고 얼른 자리를 떴다.

둘만 있는 깊은 밤이 되자 양지는 은근한 목소리로 호남을 불러 일렀다.

"호남아, 너도 주영이 데려와."

호남은 못 들은 척 개고 있던 수건의 펼 것도 없는 주름만을 매만지는데 열중한다.

"어린 게 남의 눈치 보면서 얼마나 엄마가 그립겠노."

그래도 귀에 걸리는 부분이 없잖았던지 호남이 대뜸 말을 받았다.

"그 계집애는 안 그래. 제 친구들만 있으모 나는 뒷전인데 뭐. 밤에도 집에 안 들어와서 저 할머니랑 아빠까지 동네 아아들 집을 다 치고 다녔던 적도 많았다니까."

"지금은 경우가 다르잖아. 자기한테 불리해진 분위기를 가장 민감하게 파악하는 게 동물하고 어린애란다."

"듣자듣자 하니까, 그만 좀 엔간해라. 대책도 없이 데리고 오모? 내가 좋다고 데려다놓음 나 하자는 대로 가만히 있는 인형하고 아아는 다르다."

"물론 그렇지만 어릴 때 받은 상처는 평생을 좌우한다. 불리한 형편도 함께 견뎌내고 서로를 이해하면서 자라게 하는 게 아이의 인격 형성에 더 중요해. 우리를 봐라."

"책은 언니 니가 더 많이 봤것지만 아아들 심리는 내가 더 잘 안다. 우리 어릴 때하고 지금 아아들은 다르다. 세 끼 밥 배부르게 먹고 옷 안 벗고 있으모 그만일 것 같아? 요새 아들이 그리 맹한 줄 아나?"

"설득하지 못한 탓이지 사람의 기본 심성은 똑 같다고 봐 나는. 모두들 지레 오버하고 있어. 혼자 인내하며 감수한다고 자기 고통 한마디 자식들한테 말하지 않은 엄마 땜에 우리는 얼마나 아픈 가슴을 안고 살아야 되노. 지금 주영이 귀는 저쪽 사람들 쪽으로 무방비 상태로 열려 있어. 엄마에 대한 인식이 삐뚜로 각인되면 영원히 지워지지 않게 될 거야. 늦기 전에 네 입장이나 억울한 경우도 알려주고 이럴 수밖에 없는 상황을 이해시키면서 기르면 오히려 든든한 동지가 되어줄 수도 있어. 제가 만약 같이 살기 싫다고 하면 저 좋은 대로 거기 살게 내버려둬도 상관없지만, 아무래도 시도는 해봐야 돼."

"말은 그럴 듯한데 아이다. 언니는 지금 주영이가, 그 너른 집에서, 공주 겉은 제 방에서 살던 걸 요구 안 할 것 같나? 곧 학교 다니고 다른 아 아들캉 비교하는 눈도 생기고 할 낀데, 안 된다. 최소한 돈이라도 쪼끔 모아서 집이라도 전세 한 칸은 반듯하게 준비해놓고 데꼬와야 뒤탈이 없어."

"너 돈 좀 나눠가진 거 있을 거잖아."

차암, 저렇게 뭘 몰라, 하는 듯이 흘겨보던 호남이 들고 있던 수건을 양지의 머리맡에다 던지 듯한 동작으로 탁탁 정리해놓더니 빈 식수병을 들고 밖으로 휙 나가버렸다.

양지는 설득되지 않는 호남의 복안이 답답했다. 잔가지가 무성하게 웃자라버린 나무는 화목밖에 되지 않는다. 어디선가 읽은 구절이 마음 밑바닥에 어두운 그림자로 깔리며 어린 주영을 싸고돌았다. 올바른 주관이 있을 리 없고 판단능력도 없는 어린것이 어지러운 바람을 혼자 견디다 보면 반드시 성장장애를 입고 만다. 다만 초등학교 기간만이라도 아이는 어미의 사상과 따뜻한 애정을 호흡하면서 자라야 한다. 어릴 때 자리 잡힌 정서의 바른 핵은 외형적인 어떤 유혹에도 흔들리지 않는 강한 심지를 형성하는 법이다. 자, 나를 봐라. 나를 보고 괴물이라고 말한 사람도 있다. 그러나 상충되는 관점과 해법의 차이는 만만한 게 아니다.

잠시 후 호남이 들어서자 양지는 다시 입을 열었다. 왠지 모르게 답답한 가슴을 풀지 않고 이 순간을 넘기면 회복 불가능한 어떤 사태가 올 것 같은 조급증이 일었던 것이다.

"호남아, 네가 안 되겠으면 내가 어떻게 도울 테니까 늦기 전에 주영이 데리고 와. 그 황막한 심정으로 애가 누구랑 어울리겠어. 엄마는 얼마든지 자식을 양육할 권리도 있고 책임도 있어. 이런 말 내 입으로 하기는 뭣하지만 만약에 주영이한테 무슨 일이라도 일어나면 그때 가서 어쩔래?"

"언니야, 악담하나! 아예 무슨 일이 일어나기를 빌어라, 빌어!"

화난 눈길로 흘겨보는 호남을 향해 양지는 더 간절해지는 시선을 던졌다. 하지만 호남이도 지지 않았다. 살아온 세월만큼의 체험적 사고가 다른 것이다.

"언니 니는 안 그럴 줄 알았더마 쌩속이라 그런지 역시 소견 통이 참 좁다. 지금 우리들 신세가 만들어지는 꼬라지를 보고도 그런 말이 나오나. 자식들의 장래는 엄마의 인생에 꼬리를 잡고 시작되는 기라. 엄마는 자기 책임만 생각했지 우리들이 인간이라는 것도 무시하고 우리들의 장래에 대해서는 잔말 말고 앞 사람들 그림자나 따라가라 길들이고 가르쳐서 내비뒀던 거 아이가. 자신은 여자 몸인 게 지긋지긋하다면서 우리들한테 가르친 것은 맨 남자 잘 만나서 그 가문을 위해 헌신하고 살면 끝이 있다꼬만 했지. 아들을 낳아 바쳐야만 가문에 할 일했다는 그 사고방식에 얽매여서 자기 인생뿐 아니라 우리들 인생까지 암흑과 혼란속에 헤매게 만든 기라. 엄마는 이왕 무식한 옛날 사람이라서 그렇다 치더라도 나는 아이다. 지금 이 시기를 놓치모 우리도 기회를 놓치게 되는 기다."

양지는 호남이 다른 주장을 했지만 다시없을 기회를 놓치지 않으려는 안간힘으로 속에 든 말을 계속 불러냈다.

"돌아가신 추 여사님도 나를 볼 때마다 독신으로 사는 것, 아이 낳기를 거부하는 것 이런 것들은 사춘기의 청소년들이나 한때 빠져보는 개인적인 일탈의지일 뿐이지 그래서는 안 된다고 했지. 그럴 때마다 나는 대학 교수님 같은 강의 그만 좀 하시라고 퇴박을 했고. 그렇지만 그치지 않았다. 생물들이 자신의 이 세를 보는 것은 발전이며 진화라고. 그런데 우리는 그저 부모의 그릇된 사고방식에서 저항하는 것만으로 정작 중요한 걸 흘려버리고 있다는 거야. 나도 한때 거울을 들여다보면서 계집애, 가시나, 딸이 될 수밖에 없는 억울하고 슬픈 육체구조를 울었던 적이 없었던 줄 아니? 하지만 생명에게는 자기 고유의 역할이 있음을 인지하고 긍정하는 것이 자기의 자존심을 지키는 거였어. 갑자기 윤택해지는 경제 때문에 우리들은 지금 엄청난 모순에 빠져 있는 거야. 동구 엄마랑 너를 지지하던 젊은 엄마들 봐. 힘을 모아서 사회적인 불균형을 바로 잡을 생각들은 않고 여자들은 왜 자기 속에 내재해 있는, 생명관을 숙명적인 취약점으로 스스로 약자가 되는 건가. 나는 요즘 참 많은 것을 깨닫고 있어. 아무리 불량스러운 종자라도 싹 틔우고 잘 키울 수 있는 옥토의 능력에 대한 자긍심을 되찾아야 돼. 엄마 시대보다 많이 배우고 많은 능력을 갖고 있으면서도 의식은 엄마보다 훨씬 퇴보하고 병들어 있어. 지나친 피해의식으로 상처받은 정체성을 회복하고 거듭나야 될 때라고 생각해. 그런 의미에서 우리 자매들은 현명하고 슬기로운 의식으로 자신의 정체성을 자각해야 돼."

쇠귀에 경 읽는 식일지라도 양지는 멈추지 않았다.

"전통을 부정하면서 앞으로 나갈 수는 없어. 우리는 손상된 여성성을 정비한 가운데 발전을 모색해야 돼. 그리고 굳건한 나무에 핀 꽃과 잎사귀 그리고 열매가 인류의 미래를 풍요하고 아름답게 하는 동력을 만드는 거야. 사람으로서 여자로서 발전적이고 계승적인 구도는 유사이래의 모든 여성들에 의해 개선되고 정립된 것이다. 너나 나는 모두 엇길로 와서 지금 하나의 기로에 놓여 있어. 획득이나 극복을 투쟁일변도로 보는 견해에 수정이 필요하다고 본다. 흔히 여우라고 일컫는 여성들의 유연한 사고와 지혜로 조화를 꾀하는 융통성이 바람직한 거야. 가까운 예로 엄마가 우리를 지켜주지 않았다면 우리는 지금 어떻게 돼 있을까? 방황과 정체부정으로 고민하는 가운데 좋은 시절을 허비해버린다면, 더 이상 여자이기를, 어미이기를 거부한다면, 다른 무엇이 우리를 기다리고 있겠니. 지금 겪고 있는 우리들의 혼란과 비극은 피해자와 가해자밖에 모르는 고정된 논리와 편견에서 비롯된 거야. 왜 피해자와 가해자 외에 화해자도 있다는 것을 간과했을까."

"참 박사 났네. 강연이나 하고 댕기지. 어서 시집을 가서 또 엄마맹키로 아아를 많이 낳을 끼란 말은 와 안 하노?"

깨달았다는 말로 양지의 내면세계에서 발로 된 많은 생각을 호남은 듣기 지겨운 잔소리로 받아넘길 뿐이다.

"그래, 세상에 와 공부한 사람하고 안 한 사람하고 섞여 살아도 지구가 안 뒤비지는지 인제 알것다. 언니 니도 인자 본께 천상 겉 다르고 속 다르다. 니도 시집 가봐라, 말대로 그리 쉽게 되는가. 말대로 책대로 안 되는 기 결혼생활이다."

"이제 내 생각이 좀 달라졌다는 뜻이지 왜곡하지 마. 여자가, 엄마가 제 할일하는 게 와 희생이고 봉사라고 하노. 그래서 우리는 뭔가 크게 착각하고 살아온 거야. 넝쿨식물처럼 남 따라서 줄기만 뻗어갔지. 너나 나는 스스로의 철학이나 사상보다는 남들이 그렇다고 하는 데만 반응을 한 거야. 아직 정립은 못 한 상태지만 난 이제라도 그걸 깨달은 거나마 무척 다행스럽게 여기고 있어."

"하이고 잔소리 많은 학교선생님도 아니고 참 징상시리도 끈질다. 다 지난 지 복대로 사는 기다 그만 좀 하자."

"아부지가 아들 낳았다고 나한테 병원비 얻으러왔다가 입도 뻥긋 못하고 간 날이라 지금도 생생한 기억인데, 우리 회원 중 배신자, 아니 이탈자라고 해야 되나? 하여튼 하나가 결혼해서 아들딸 낳고 행복하게 사는 것도 모자라서 남편의 지원으로 외국유학까지 가는 거야. 그날 축하 파티에서 우리 회원들은 그 친구가 부러워서 안절부절못했다. 나는 그때 내가 가진 여자의 속성, 그 모순 된 정체성을 불현듯 깨달았고 인정했다."

"듣기 싫다. 참말로 니 와카노. 그거는 언니 니 생각이고, 아무리 아파도 이리 약해지모 안 된다. 니는 우리 집 등불이다. 제발 꿋꿋하던 고집쟁이 옛날 기상 그대로 밀고나가라. 벌써 치매 든 것도 아니고 우째 그리 사람이 변하노."

"남이 너라면 나도 네 편들지도 몰라. 그렇지만 너는 내 동생이니까."

"동생이라고? 흥, 이 나이에 나도 가르침 받을 생각 없은께 또 그딴 소리 할라 카모 앞으로 절대 내 볼 생각하지 마라."

머리를 절레절레 흔들며 흉측한 괴물이라도 보듯 양지를 외면한 호남은 양지를 피해 또 밖으로 휭 나가버렸다. 언니가 변했다는 호남의 말을 양지는 인정했다. 그러나 오류를 바로 잡고 이해하는 것이지 사람 자체가 변한 게 아니라는 것은 앞으로 실천해서 보여줄 과제였다.

양지는 창가에서 자신이 꿈꾸었던 나무 한 그루를 떠올렸다. 하늘 같기도 하고 오빠 같기도 하고 또 존경할 수도 있는 남자를 만나 제 능력껏 아깃자깃 행복한 주부가 되고 싶었다. 건강하고 잘생긴 아들딸의 손을 잡고 가족들이 좋아하는 찬거리를 사다 오순도순 정겨운 저녁 식탁을 준비하는 여자. 그리고 틈나는 대로 그림을 그리거나 악기 하나쯤 연주 기능을 기르고 아잇샤 아잇샤 가족들과 어울려 배드민턴을 치거나 산책을 다니는 여자, 그리고 이웃들과 어울려 자원봉사를 다니는 여유 있는 정서생활을 이끌어가는 주부. 서른 살이 넘자 그런 꿈을 자주 꾸었다. 나아가서는 성공한 남편과 출세한 자식들의 엄마가 되고 싶기도 했다. 또 사회적인 성공도 해서 측은하고 안쓰러운 눈으로 지켜보던 동네 사람들을 모아놓고 환하고 당당한 미소를 지으며 구지레하고 어두운 전날의 기억만을 물고 늘어지는 그들의 고정관념을 깨고 싶었다. 하지만 지금은 가족들의 거듭된 불상사 때문에 실신 지경인 채 자리보전까지 하고 있다. 사회 체제를 불신하고 자신의 정체성까지 인정하지 않았던 오만과 편견, 결론적으로 그녀는 자신이 너무 조급한 걸음으로 우회했다는 생각에 이르렀다. 이후로 자녀가 생긴다면 자녀들에게 또는 후배들에게는 나처럼 살지 말기를 전언하게 될 거였다. 그러나 아직 찾지 못한, 나처럼 안 사는 묘법 때문에 골똘할 때가 많았다. 끝없이 부채질되는 광범한 생의 욕구는 있는 기준도 무시하고 펄펄 끓어넘친다. 어떻게 살아야 잘 사는 것인지에 대한 해답도 모호하지만 형질이 변경되는 방식에 대해서도 그렇다. 그러므로 양지는 오늘도 그 묘안의 미로에 빠져 우왕좌왕 헤매고 있다.

그날, 곧이어 돌아올 것이라 여기며 기다린 호남은 끝내 양지의 병실로 돌아오지 않았다.

4. 사람답게 산다는 것

　절연이라도 선언하듯 화를 내고 떠났던 호남이 헐레벌떡 찾아온 것은 거의 한 달이 다 됐을 무렵이었다. 양지를 보자마자 건강회복에 대한 인사보다 뜻밖의 말을 먼저하며 손을 내밀었다.

　"언니야, 돈 좀 주라. 급한 대로 한 300만 원만."

　"얘도 갑자기 와서는 그런 큰 돈을 뭐에 쓸 건데?"

　"이유는 묻지 말고 퍼뜩 좀 내놔라."

　"너, 장 사장 오빠한테도 돈 빌려갔다며? 도대체 뭣땜에 그라는데?"

　"오빠도 참 보기보다 입 싸네. 언니한테 말하지 말랬는데. 좌우튼 얼른 좀 도오."

　"이유 안 대면 나도 안 돼."

　"아유, 술 먹고 노름하고 떡 사 묵고 그랄란다. 얼른. 쫌 급하다."

　"누가 그런 농담 하재? 혼자 사는 애가 저도 돈 있으면서, 좀 있으면 월급도 받을 건데 갑자기 나타나서 맡겨놓은 돈 내놓으란 듯이 조르면 낸들 쉽게 은행가겠어?"

"전셋방 얻고 남은 돈도 있을 거 아니가. 오빠가 방 얻어준다니끼 돈 있다고 거절했다며?"

"너, 내가 방 얻은 것도 알고 있었어?"

"몸이나 회복되면 어디로 가도 가라고 아버지가 하도 부탁을 하는 바람에, 오빠가 방부터 얻어놓고 퇴원할 때 곧바로 밀어넣은 것도 안다."

"오빠가 하는 짐작대로 너 혹시 돈놀이하는 기가? 그때도 사람 저만큼 세워놓고 돈 받아서는 그쪽으로 넘겨주더라며?"

그 순간 잡힌 꼬리가 간지러운 듯 몸을 꼬던 호남이 하하 웃었다. 돈으로 돈을 버는 장사. 양지는 순간 눈살을 찌푸렸다.

"일수, 돈놀이꾼, 그게 얼마나 악랄한 일인지, 그런 짓으로 돈 벌 생각을 하다니 호남아."

"언니야, 돈이란 돌고 도는 기다. 고인 물 퍼서 목이 말라 벌겋게 타들어가는 식물한테 주듯이 필요한데 찾아서 숨통 열어주는데 그게 뭐가 나빠. 그래야 돈이 제 역할 하는 거 아이가. 언니 니가 잘하는 말 있듯이 주영이 델꼬 오는 거, 요새 아아들은 부모 점수도 용돈 많이 주는 쪽으로 매긴다 카는데 나도 돈 많이 벌어야 될 거 아이가."

"그게 만약 나쁜 마음, 갚을 능력이 없어서 회수가 안 되면 너는 그냥 떼이고 있겠어? 일수꾼·고리대금업자 우리가 읽은 책 중에 있던 그 유명한 샤일록 같은 인간이 될래?"

그 순간 호남의 표정이 발끈해지며 붉으락푸르락 일그러졌다.

"샤일록이 뭔데?"

"약속한 날 돈을 갚지 못하는 채무자의 가슴에서, 돈을 못 갚을 때 받기로 약속했다면서 살 한 파운드를 도려내겠다고 우기는, 인간 같지도 않은 돈벌레."

동생의 의중을 정확하게 읽는 수단으로 자극적인 표현만 골라낸 양지의 설명에 호남은 버럭 드높인 목청으로 화를 냈다.

"내가 한가하게 그런 책 읽을 여가나 있었나."

그제야 양지는 저와 동일시한 호남의 처지를 깨닫고 주춤해졌다. 호남이 걸어온 길을 전혀 배려하지 못한 호사스러운 비유에 그친 설득이다. 그런 예를 들어서 미안하다고 사과했지만 양지가 내민 손을 호남은 뿌리쳤다.

"요새 세상에서 돈이 양반이라는 말은 오빠도 그랬듯이 나도 인정한다. 맨 입으로? 하는 말도 있듯이 속마음을 표현하는 가장 확실한 증거니까. 그렇지만 그 돈이 목적이 돼서 인간심이 변질 돼서는 안 돼. 청빈한 가난은 사람을 겸허하게 만든다고 엄마도 그랬어."

"놀고 있네. 엄마가 자기 남편을 두둔할라꼬 지어낸 말이다. 춥고 배고파서 오돌오돌 떨어봐라. 그 말에 찬성하는가. 아무튼 나는 갈고리로 솔갈비 긁어모으듯이 많이많이 벌 끼다. 그게 내 소원이다."

"아이구 답답. 그게 마음대로 되는 일이면 세상 사람들 모두 재벌 됐겠다."

"야튼 됐다. 내가 언내도 아닌께 내 하는 일에 가방끈 흔들면서 일일이 간섭하지 마라. 나도 니가 모르는 세상을 아는 게 많단 말이다."

파르르 화를 내고 밖으로 나간 한참 후, 다시 들어온 호남은 울었는지 붉어진 눈시울로 실토를 했다.

"사실은 내가 일하는 집 사장이 가게를 내놓았어. 장사가 괜찮게 되는 가겐데 남 주기는 아깝고 해서…."

그제야 안심이 된 양지는 호남의 가슴팍을 탁치며 소리를 질렀다.

"가시나야! 그라모 진작 그렇다꼬 바로 말해야지 와그리 사람을 놀리노."

"날 못 믿고 이리저리 캐물을 게 뻔하다 아이가. 마, 그리 됐은께 줄라모 주고 말라모 말아라. 우리 식구들은 날 언제나 시한폭탄으로 인정하는 데 나도 바른 말 나오나."

한 발 물러서서 넌지시 배짱 튕기는 여유를 보이는 호남의 손에다 양지는 자신의 전 재산인 통장과 도장을 얹어주었다. 양지의 통 큰 선심에 오히려 당황한 호남이 떨리는 목소리를 냈다.

"이걸 다 주모 우짜란 말이고. 이리 많은 돈은 필요 없다."

"아무리 전세라도 가게를 인수하려면 돈이 들 거 아이가. 인테리어도 새로 해야 손님도 더 많이 끌 수 있을 거고."

"그렇지만 지금 그대로도 손님은 많아."

"사업이란 생각지도 않은 자금이 많이 필요한 거잖아. 때 맞춰서 물품 구입도 해야 될 거고."

"그래, 아무튼 고맙다. 쓸 만큼만 쓰고 돌려줄게."

바람개비 같은 걸음으로 돌아가는 호남의 옹골찬 뒷모습을 보면서 양지는 비로소 안도의 한숨을 쉬었다. 적지만 제 노력으로 돈을 벌고 그 돈을 차곡차곡 모아서 주영을 데리고 오려니 드디어 기회가 주어진 모양이다. 무엇이 아까워서 동생을 못 도울까.

호남을 돌려보낸 며칠 뒤 양지는 집을 나섰다. 고종오빠에게 전화를 하니 호남이 일하는 불고깃집 위치를 알려주었다. 몇 번 버스를 타야 하는지 몰라 쉬운 대로 택시를 타니 택시기사는 불고깃집 앞에다 양지를 내려주었다. '초원의 모닥불'. 근사하고 번듯한 건물이며 그에 어울리는 상호를 올려다보니 벅찬 가슴이 따끔따끔 옴뛰기 시작했다. 저 멀리 아스라한 곳까지 농부의 경작지가 펼쳐져 있는 도시의 외곽에다 작정하고 벌인 사업장임을 알 수 있다. 멋진 조경수를 배치한 넓은 주차장이 한눈에도 기획적인 면모를 과시하고 있다. 요즘 손님들은 소문난 음식점이면 거리에 상관없이 찾아다녀. 돈을 받아쥔 호남이 걱정 말라는 듯이 안심시켜준 현황이었다. 양지는 절로 흐뭇하고 훈훈해지는 기쁨으로 호남의 배짱처럼 탄탄하게 발전할 미래를 본다. 동생이라고 아심찮게만 보았던 호남이 이런 업체의 주인이 되다니. 비록 전세로 든 임시 주인이지만 이런 기회는 누구에게나 쉽게 주어지는 게 아닐 터. 화분이나 꽃이라도 사올 걸. 아니 모든 일이 술술 잘 풀리고 부푼다는 화장지나 가루비누라도 사올 걸. 뒤늦은 축하 선물을 생각하며 주위를 둘러보는데 한곳으로 쏠렸던 눈을 더 크게 뜬 양지의 걸음이 우뚝 멈춰졌다.

탄 고기의 기름으로 까맣게 더께져 있는 불판을 포개들고 건물 뒤에서 나오던 호남이 양지를 발견하자 어, 뜨거라 놀라는 기색을 뿌리며 나온 곳으로 되돌아 도망을 치는 거였다. 무언지 모를 심상찮은 예감이 양지를 쿠웅 지표 아래로 추락시켰다.

인건비 얼마라도 줄이려는 주인의 알뜰함과는 아무래도 일치하지 않는 동작이었다. 잠시 후에 나온 호남이 계면쩍은 웃음을 바른 채 납득 못 할 현상으로 낙심해 있는 양지 앞으로 양지가 준 통장과 도장이 든 주머니를 내밀었다.

"뭐 한다꼬 여어까지 왔노. 자, 이거 갖고 가라. 얼매 안 썼다."

뜨악해진 양지가 확인을 했다.

"이게 무슨 뜻이고?"

"안에 들어가서 주인 찾으모 금세 들통 날 거, 사실은 언니한테 거짓말 했다."

"그러면?"

그래도 양지는 미련을 못 버린다. 설마, 설마 싶은 제 마음을 달래는 시간이 필요했다. 호남은 기막혀 하는 양지의 의혹은 풀어주지 않고 제 할 말만 늘어놓는다.

"경찰이가 뭐고, 캐묻지 말고 그냥 덮어주라. 내가 쓴 돈은 앞으로 야 무치게 착착 갚을 낀께 걱정 말고, 절대 나쁜데 안 썼은께 샤일록인가 뭔 고 그딴 걱정도 집어쳐라. 아무리 밉다 밉다 캐도 우리 옴마·아부지 딸 인데 그리 나쁜 짓은 안 한다."

"아무리 변명해도 소용없다. 그런 거짓말로 뒤통수치는 데가 어딨노."

"마, 고마해라 안 카나. 달세 정도로 말할라 캤는데 전세라꼬 먼저 크 게 나간 건 언니 니 아이가. 거짓말 한 거는 미안하다만 진짜로 기실 생 각은 아녔다는 것만 믿어주고."

"이렇게 큰 거짓말을 확인했는데, 이유도 안 듣고 곱다시 입 다물 사람 이 어딨노."

"솔직히 말해서 엄마 밑으로 다 쓸 요량했던 돈인데 도둑맞았다 쳐도 안 되나."

점점 뻔뻔하게 나오는 호남을 대적하고 서 있자니 절로 무릎의 힘이 빠졌다. 비실거리며 쳐져내리는 양지를 호남이 재빨리 껴잡더니 조경석 옆에 있는 의자로 데려가 앉혔다.

"니 에나 여서 일하는 건 맞나?"

"이 단체옷을 보모 모르나. 아직 서툴기는 해도 꾀 안파고 제 일처럼 알아서 잘한다꼬 사장님이 인정한다. 오래 같이 일하자는 소리도 엊저녁에 같이 한 잔하면서 약속했다."

"술까지 같이 마셔?"

점입가경이라는 듯이 바르르 꾸짖는 양지의 질문을 호남은 당당하게 받아냈다.

"언니는 회사 댕길 때 직원들 회식 한번도 안 해본 사람이가, 와이라노?"

그런 호남이 얼른 그녀답잖게 자조적인 신세한탄을 늘어놓았다.

"알겠다. 시에미 죽인 죄인으로 동네서는 쫓겨났고, 어린자식까지 뺏긴 년이 이혼까지 당했으니 누가 나를 바로 보겠노. 앞으로 내가 우짤 것 같노? 모르겠제? 그게 내 앞날이다. 믿고 안 믿고는 니 자유니까 알아서 하고, 바빠서 오래 못 비운다. 간다."

선머슴처럼 툭툭 뱉어서 제 할 말을 마무리한 호남은 양지를 남겨놓고 저 먼저 성큼성큼 식당 쪽으로 가버렸다.

별 심각한 기색도 없이 넘기려는 호남이 괘씸하고 속상했지만 못된 짓했을지 모르는 어린애 다루듯이 다시 쫓아가서 추궁을 할 수도 없다. 고종오빠의 말처럼 호남의 바로 선 양심을 믿어야 한다. 어차피 날아갈 돈이라면 아버지의 예를 봐서라도 전전긍긍할 것도 못 된다. 믿자하고 호남의 약속을 기다려볼 뿐이다.

집으로 돌아온 양지는 황당하게 남아 있는 불안을 단호하고 박력 있던 호남의 마지막 모습으로 쓸어버리려 애썼다. 그녀가 부적처럼 뇌이던 아버지 엄마의 딸이라는 믿음도 채울 수 없을 듯이 뻥 뚫린 가슴에다 욱여넣으며 오빠에게 전화를 걸어 하소연을 했다.

"나한테는 누구 급한 사람이 있어서 빌려준다더니 언니한테는 그런 거짓말로 둘러댔는가베?"

"오빠, 저 애가 정말 잘못되면 어떡해요?"

"그러게 돈이란 요물이라 좋게 쓰면 이득이고 잘못 쓰면 패가망신인데, 우리 좋은 쪽으로 믿고 기다려보는 수밖에 별수없잖나."

"주영 아빠랑 나눠가진 돈도 좀 있을 건데 그 돈은 다 어쩌고 우리한테 그랬을까 그런 생각이 드니까 자꾸 불안한 쪽으로 생각이 기울죠."

"촌살림이 뭐그리 큰 돈 될 거야 있었겠나. 필요한 만큼만 쓰고 돌려준 양심을 믿어보자. 양심이 바로 선 사람은 잘못된 판단으로 설령 엇길로 갔다가도 금방 돌아와."

양지는 다시 많은 생각에 짓눌리고 떠밀려서 나날을 보냈다. 시원찮은 건강이 회복되기 전에는 다른 시도를 하기도 마땅찮다. 하지만 선 안에서의 주관과 선 밖에서의 관찰이 보이는 현저한 차이 같은 것도 요즘 들어 깨달은 수확이니 자신이 나아갈 바 행로에 대한 실체의 접근도 이런 때 찾아질 것 같은 좋은 느낌도 없지는 않았다. 그러므로 자매간인 호남을 다그치는 말은 곧 자신을 점검하고 다짐하는 것이기도 했다.

머무는 기간이 얼마나 될지는 몰라도 간단한 세간도 장만을 했다. 촘촘하게 칸이 많은 서랍을 들여놓고 물건 정리를 하고 있는데 기척이 나서 돌아보니 오빠였다.

"뭘 그리 열심히 뒤비노?"

"뒤비는 게 아이라 정리하고 있었심더. 먹고 자고 간단한 일만 하는데도 무슨 부대시설이 이렇게 필요한지 모르겠어예. 시간도 죽일 겸 모처럼 하는 이런 일도 심심하던 참에 잘 찾은 놀이 같애예."

"그런 말 나올 줄 알고 내 부탁하나 갖고 왔지."

"뭔데예?"

오빠는 포켓주머니에 찌르고 왔던 두툼한 종이뭉치를 꺼내더니 양지에게로 넘겨주었다. 아직 정리가 덜된 서류와 작은 서적도 끼어 있었다.

"이게 뭔데예?"

"내가 수집해본 기록인데 동생이 한번 쭈욱 훑어봐 돌라꼬."

그러면서 자리에 앉은 오빠는 침착하고 부드러운 편안함이 느껴지는 음성으로 다시 입을 열었다.

"외숙모님께 들어서 동생은 내 출생에 대해서 잘 알고 있제?"

서두를 그렇게 열면서 장현동 고종오빠는 정리하다만 서류와 서적 등을 펼쳐보였다.

"형평운동선양회?"

서류 제목을 눈으로 훑던 양지가 반문을 했다.

"지역사회에서 밥 묵고 살면서, 뭐든 해야겠다 싶었는데 이 일이 떠올랐던 기라. 내 집안, 아니 내 어머니가 관련된 일이기도 하고."

"진주에서 전국 최초로 백정들의 인권운동이 일어났다는 말은 어렴풋 알고 있었는데…."

"사람이 사는 건 의식주만 해결되면 끝나는 게 아니거든. 사람이 사람답게 사는 것, 사람 위에 사람 없고 사람 아래 사람 없다는 절대 평준의 기반이 바로 사람을 사람답게 하는 기존 가치 아니겠나? 작은 도시에 학교도 많고 병원도 많고, 서부경남의 중심도시라는 그럴싸한 이름에 비해 촉석루나 논개 등 옛날 조상들의 뼈만 잔뜩 우려놓고 곰국 팔듯이 재탕만 하니 발전이 없잖아. 실제로 들여다보면 충신열사를 뒤이을 인물 록은 다른 도시와 변별력 없이 너무 나달나달하게 쳐져 있고, 그러니까 일껏 양성시켜놓은 인재들은 모두 타지로 떠나고 그 여파로 내면은 또 자꾸 침체되고. 자랑삼는 충절과 교육도시의 이름을 그나마 바로 세우면서 내가 먹는 밥값 삼을라는데 모르겠어. 자료가 정리되는 대로 시민 사회에 널리 알려 되새기게 할 거야. 우리 진주는 그런 민본을 중시한 도시라는 점을 되찾아서 '진주정신'으로 부각시키면 우리 진주에 대한 자긍심과 동력도 새롭게 살아나지 않겠어? 이 일을 시작한 내 취지나 동기는 그래."

"오빠도 어머니가 무척 그리우신 거구나."

"그야. 겉으로 표시는 안 하지만 나이 들수록 그렇네. 연세 든 어른들을 보면 지금 살아계신다면 내 어머니도 저 분들처럼 곱게 늙은 웃음을 머금고 바깥일 보고 들어오는 이 아들의 등을 토닥거려주시겠지. 장하네, 내 아들이 어쩜 그리 기특한 생각을 했을꼬, 자애어린 음성으로 칭찬도 해주시겠지. 너무 사무칠 때는 무덤이라도 파헤쳐보고 싶은 때가 없었던 게 아이라."

오빠는 속으로 끓어오르는 어머니에 대한 그리움이라도 간잔 조리는지 맞잡은 손의 엄지를 자꾸 맞돌리고 있었다.

"내 조상인 백정들의 형평운동은 민주주의 정신의 기반을 역동적으로 꿈틀거리게 했는데, 그 운동의 연원에는 갑오농민전쟁이 있어. 일본과 서양의 강대국들이 노리는 조선을 지키기 위해, 우리 민족의 생존을 외면한 채 외국 세력의 앞잡이노릇을 하는 지배층에 대항하여 싸웠고, 그들은 진주에서 정부군과 화해하는 약속을 하면서 대대적인 사회 개혁안을 요구하기도 했던 장한 역사가 있어. 개혁안에는 노비문서를 불태워 없애고 천민들에 대한 대우를 개선하고 백정이 머리에 쓰는 패랭이를 없애라는 주장도 있었는데 천민 신분의 굴레를 없애고 똑같이 대우하라는 데까지 발전을 했던 거야."

"아, 그러고보니 엄마의 친정 아저씬지, 오라버닌지 하는 분도 그 운동의 주축이 되어 활동하셨다는 얘기를 오빠 만나고 나서 엄마한테 들었어요."

"외숙모님 친정, 강씨들! 지역을 대표하는 양반 가문인데 대단한 분들이시지."

"거기 앞장선 몇몇 분들도 설득 안 되는 양반 집안의 가풍 때문에 집안에서 축출당할 뻔하기도 했다던데요."

"그렇지. 기득권을 점유하고 있는 양반이 자신의 불이익을 감수하면서까지 이 운동에 앞장 선 것은 열린 사고와 세계관 나아가서는 인간의 존엄에 대한 확고한 신념없이는 감히 낼 수 없는 용기였지. 이런 항심이 근대 진주역사의 원동력이고 굳건한 애민정신인데 역사의 소용돌이에 휘말려 맥을 못 추고 가라앉아버린 거라."

"요즘 사람들 고기 잘 먹잖아요. 고기 먹고 싶으면 찾는 곳이 정육점이고 정육점 사람들 경제도 윤택하잖아요. 아무리 사농공상으로 신분의 차이를 논했던 사회였다지만 정육업자를 백정이라는 이름으로 그토록 불가촉천민 취급을 했는지, 오빠한테는 더 죄송하고 오빠의 외할아버지는 참 한심해요. 전 그쪽으로는 아는 게 너무 없어서 오빠가 생각하시는 만큼 이 글을 잘 읽어낼 수나 있을지 솔직히 겁나는데요."

"여기 자료집을 찬찬히 읽어보면 알겠지만 역사적으로 백정이라는 말 자체는 원래부터 천한 의미를 갖고 있지 않았고, 세금이나 병역의무를 지지 않던 특수집단의 일반인을 뜻하는 거였단다. 그들은 일반 사람들과 떨어져 살았고 한 지역에 정착해서 살지도 않았단다. 조선시대로 넘어 오면서 세종대왕은 일반 사람들과 동화하여 정착해 살도록 권장하였고 명칭도 보통사람이란 뜻으로 백정白丁으로 바꾸었대. 그렇지만 말 그대로 천민은 비천한 사람들이란 인식이 바뀌지는 않았지. 거기 읽어보면 이런 목멘 울음소리도 나올 끼라. 내가 타고 난 이 마을은 피촌 또는 백정촌…. 이 지역에 거주하는 사람을 가리켜 '칼잡이'니 '백정놈'이라고 한다. 이 지역 외에 거주하는 모든 사람들은 수백 년이라는 긴 시간을 내려오며 대대손손 잊어버리지도 않고, 이름을 불러주는 것보다 백정놈, 백정년, 백정새끼라고 한다. 이것이 내가 타고 난 우리 집은 물론이고 우리의 이웃 사람, 그 외에도 나와 같은 처지에 있는 무리에 대한 유일한 대명사였다. 그런 맥락에서 형편운동은 신분제의 찌꺼기를 없앤다는 과거 유산의 극복 측면에서, 또 평등사회를 향해나간다는 미래 지향의 측면에서 아주 대단한 주목을 끌었지."

양지가 잠시 눈으로 훑어본 자료 속에는 이런 내용이 있었다.

— 1923년 4월 24일. 한반도 남쪽 끝에 있는 경상남도 진주면 대안동의 진주청년회관에는 약 70여 명의 사람들이 모였다. 참석자들은 대부분 백정출신이었지만 그렇지 않은 사람들도 있었다. 그것은 조선왕조 500년 동안 인간 이하의 대접을 받아온 백정들에 대한 사회적 차별을 없애고 평등한 인간 대우를 실행하고자하는 단체의 첫 모임이었고 큰 걸음이었다. 형평사 기성회가 열린 진주청년회관은 지역사회운동의 요람

이기도 했다. 그곳은 진주지역 사회운동의 중심지였고 그런 곳에서 형평사 기성회가 열렸다는 사실 자체가 진주 사회운동가들의 관심속에서 시작되었음을 형평운동이 보여주는 것이었다. —

자료 문에서 눈을 뗀 양지가 아까보다 무척 밝은 얼굴로 장현동을 바라보았다.

"그 자리에서부터 그럼 오빠네 어른들과 우리 외갓집 어른들은 뜻을 같이하고 만나셨겠어요?"

"그렇지. 뒤에 보면 성함도 일부 나올 걸."

"아, 여기 있네요. '위원 강상호·신현수·천석구·장지필·이학찬, 간사에 하석금·박호득, 이사 하윤조·이봉기·이두지·하경숙·최명오·유소만·유억만, 재무 정찬조, 서기 장지문. 공평은 사회의 근본이요 애정은 인류의 본량이다. 연함으로 아등은 계급을 타파하여 모욕적 칭호를 폐지하야 우리도 참사람이 되기를 기함이 본사의 주지이다.' 이런 기본적이고 단순한 말을 하면서 피를 토하는 심정이었을 것을 생각하면 참 안타까워요."

"그렇지? 동지가 반이면 적군도 반인 게 인간사회라. 이 부분을 보면 동생 같은 사람은 곧 이해하고도 남을 끼고만."

양지 앞에 놓인 자료집을 끌어당긴 오빠는 몇 장을 넘겨짚더니 되돌려주었다. 양지는 또박또박 소리 내서 읽었다.

"형평사에 관계하는 자는 백정과 동일한 대우를 할 것. 쇠고기를 절대 사먹지 않을 것을 동맹할 것. 진주청년회에 형평사와 관계 맺지 못하게 할 것. 노동단체에 형평사와 관계 맺지 못하게 할 것. 형평사를 배척하게 할 것. 1923년 5월 형평운동 반대활동을 벌인 진주 사람들의 결의사

항.' 이런 걸 보면 역시 우리나라는 후진국에서 벗어나지 못하고 외세의 간섭을 받을 수밖에 없었네요. '그냥 이대로 살지. 우리 사는 데 아무 문제도 없는데 와 이런 분란을 일으켜서 집안 망신시키고 사회질서를 혼란하게 들끓이는 데 우리 가문의 사람이 참여하고 있다니 가문의 수치다 수치. 새 백정이 뭐꼬 새 백정이!' 저 그런 말이 나왔던 것도 엄마한테 들었던 적이 있었어요."

"역시 동생답네. 편협한 보수주의자들인 수구세력의 입장에서는 수백 년 동안 이어져온 백정차별의 관습이 무너지고 자신들과 동급행세를 할 거라 여기니 얼마나 두렵고 싫었겠어. 새 백정 소리를 듣는 지도자의 집에는 돌을 던지고 지금의 진주고등학교 자리에 소를 끌어다놓고 새 백정 나와서 소 잡아라, 외쳐대며 협박도 했어. 참 기막힌 현상이 또 하나 있었는데 신식으로 열렸다는 기독교 신도들조차 백정들과 함께 예배를 볼 수 없다며 교회를 박차고 나갔어. 사회인심이 그렇게 흉흉하고 맞아죽은 형평사원도 나오니 진주의 여러 사회단체들은 이 충돌 사건을 심각하게 받아들이면서 문제의 발단을 파악하고 해결의 실마리를 찾으려고 노력했지. 백정 해방에만 머무르지 말고 사회전체를 개혁하는 데 협력하자는 시국강연 연사의 주제발표도 참조하면서 형평사의 혁신회의 출발은 전체 사회흐름의 한 가운데로 들어갔지. 따지고 보면 신분차별 혁파와 경제성장 이 모든 것은 사람을 사람답게 만드는 요건들이지. 그러나 경제성장도 사람과 사람 간의 화합을 위해서 쓰일 때에만 진정한 효력을 나타내는 거라. 그런데 또 요즘 세상을 보면 너무 경제관념에 치우친 나머지 배금주의로 인한 새로운 신분의 격차가 생겨서 인격추락을 자행하는 지경이라 속이 안 편해."

"오빠, 내 곁에 오빠 같은 분이 계시는 게 너무 든든해요. 에나, 진짜로 감사합니다."

상기된 양지는 그윽한 눈빛으로 장현동을 바라보며 진정한 동생이 된 어리광 투로 말했다. 이 모습을 역시 그윽한 눈빛으로 바라보던 장현동이 다시 말을 이었다.

"선각자들이 뿌린 형평운동의 씨앗은 우리나라 인권운동의 금자탑으로 기록된 역사적 사건으로 발전해갔는데, 형평사는 1935년 대동사로 이름을 바꿀 때까지 12년 동안 가장 오랫동안 활동한 사회운동단체라는 기록도 갖게 됐지만 지금은 그 운동을 기억하는 사람조차 드물게 기록으로만 묻혀 있어 안타까운 형편이라. 진주정신의 가장 기본을 일깨우고 제대로 활용하고 싶은데 쉽지 않네. 다른 사회운동과의 협력과 또 그 단체들로부터 지지를 받은 것은 형평사의 활동이 단순히 백정사회에만 한정되어 있지 않았다는 것인데 그 정신의 불씨를 유익하게 활용할 방안을 찾는 게 내 목적이라."

"그 운동이 무엇 때문에 사라졌나를 분석해보는 것도 재점화시키는 데 중요하지 않아요?"

"그렇지? 살펴보면 1920년대 후반 전 세계에 불어닥친 경제공황 탓으로 형평사원들이 겪는 경제적 곤란은 이만저만 안 컸어. 게다가 세계 정복의 야욕을 갖고 있던 일제가 만주사변을 일으켰는데 태평양 전쟁으로 치달았지. 심지어 징용과 정신대같이 한국 사람들을 강제로 전쟁터로 끌고 가는 제반 사회적 여건이 만들어지면서 복잡한 양상이 됐지."

"도대체 그런 백정의 존재는 언제부터 생겼어요?"

"형평사의 공식적인 주장은 고려 충신 72인의 후손이라. 이성계가 고려를 뒤엎고 조선왕조를 세웠을 때 협력을 거부한 고려 충신 72명이 고려 수도 송악 근처의 송악산 두문동으로 숨어들어가 산속에 살면서 먹을 게 없으니까 동물을 잡아먹고 버들가지를 이용하여 생활가구를 만들어 팔면서 그 돈으로 생필품 조달도 했던 거라. 조선왕조는 그들을 끊임없이 회유하여 하산을 재촉했지만 끝내 응하지 않자 그들을 산속에서 끌어내기 위해 산불을 놓았다고 해. 할 수 없이 산채에서 도망 나온 사람들은 전국으로 흩어지게 되었고 산속에서 배운 대로 가축을 잡거나 고리버들로 가구를 만들어 팔면서 살아가게 되었단다. 그 후손들이 백정이라는 건데 끝까지 조선왕조에 저항한 탓으로 핍박을 당하고 차별을 받았다는 점을 깊이 새겨볼 필요가 있지. 내가 얼마 전에 만난 집안 어른 한 분은 그래서 더욱 우리 집안 어른들의 교육열은 높았다고 했어."

"저도 오빠의 형제자매들이 유학파나 고학력자들이라고 들었어요."

뒤에 양지가 읽어본 자료집의 내용에는 이런 부분도 있었다.

— 단군의 신하 가운데 하나가 짐승 잡는 일만 전담하였는데 그 후손이 백정이라는 설이다. 또 신라왕조가 무너질 때 노예로 전락한 귀족 가운데 일부는 가축을 잡고 고리제품을 만드는 일로 생계를 잇게 되었는데 그 후손이 백정이 되었다는 설도 있다. 한결같이 백정은 본시 천민이 아니라 귀족이었다는 주장이다. 그런가 하면 이런 주장도 있다. 백정은 원래 북방에 살다가 한반도로 흘러들어온 이민족이라는 설이다. 유목민이었던 그들은 야생동물을 잡아먹으며 생활하였는데 그것이 점점 직업으로 굳어졌다는 것이다. 어느 한 지역에 정착해서 살지 않던 그들은 마을을 찾아다니며 춤도 추고 노래도 불러주면서 돈을 벌었다. 그러한 생활방식은 한 지역에서 대대로 뿌리내리고 농사짓는 현지 주민들에게 아

주 특이한 모습으로 비추어졌고 거주민들과 화합하기 어려웠던 그들은 자연히 자기들끼리 모여서 생활할 수밖에 없었다. 조선 초기 세종대왕이 그들을 일반 사람들과 동화시키려고 노력하였지만 별 효과를 거두지 못하였고 그 후 그들은 조선시대 내내 다른 사람들과 격리되어 차별받으며 살았던 것이다.―

양지는 다음날 고종오빠와 같이 마치 유적지를 탐방하는 심정으로 얼굴도 모르는 고모의 묘소를 찾았다. 사진 한 장도 남아 있지 않은 어머니를 그리며 자랐을 고종오빠. 어머니의 죽음에 얽힌 실화를 접하게 되었을 때 만약 종교인 신분으로 닦여진 인격 소양이 없었다면 그 슬픔과 억울함을 어떻게 발현했을 것인가. 양지는 자신이 자주 어머니를 떠올리며 회억하는 것처럼 오빠가 기획하는 '형평운동선양회' 속에는 뼈저린 사모곡 일부가 발단이었음을 알 수 있었다. 부러움 섞어 전하던 아버지의 음성도 상기되었다.

"자식이 와그리 중한지 때 되모 너그 고모 산소에 한번 가봐라. 손말명이 무덤이라 흔적만 겨우 남은 걸 너거 오빠가 찾아서 사토를 했는디 봉분도 번듯하게 새로 맹글어서 떼를 입히고 석물까지 떠억하니 참 잘 갖차놨다."

제물을 차려놓고 절하는 오빠의 넓은 등을 바라보니 기구하게 끝장난 모자간의 이별이 어머니께 들은 환영으로 떠올라 어린아이라면 꼭 껴안아서 품어주고 싶은 애잔함으로 콧등이 시큰해졌다. 절하고 일어나야 할 때가 지났지만 오빠는 그냥 엎드려 있었고 가늘게 흔들리던 그의 어깨가 눈에 띠게 조금씩 격렬해졌다. 사무친 그리움으로 달려 올 때마다 그랬을 법한 장면이다. 그리움이구나. 오십이 넘은 어른도 품고 있는 부모에 대한 응석이 있었구나. 안타까움이구나. 서러움이구나. 양지는 몸을 돌려 서너 걸음 물러섰다. 저 분은 남자라도 저런 풍부한 정감을 가지고 있는데 어머니가 살아 있을 때 나는 어떠했던가 하는 부끄러움 도 생겼다.

"동생 보는 데는 안 그럴려고 했는데 그만."

오빠는 손등으로 젖은 눈을 쓱쓱 닦으며 쑥스러운 변명을 했다.

"엄마가 그러는데 고모부님도 참 잘생긴 멋쟁이셨대요. 밤마다 정인 을 찾아와 사랑의 신호로 피리를 불던 낭만적인 분은 상상만 해도 아름 다워요."

"할아버지가 그러시는데 엄마가 참 미인이셨다데."

나이 든 어른이 아이들처럼 엄마라는 호칭을 쓰는 것도 비감에서 우 러나는 정감을 일깨운다. 양지는 되도록 일반화한 화제를 만들어내야 할 필요를 느꼈지만 서두는 얼른 찾아지지 않았고 그 범주를 벗어나지 못했다.

"그러니까 사랑의 화살이 두 분을 적중시켰겠죠. 두 분의 로맨스를 시 대가 그렇게 짓밟지만 않았어도…. 참 이런 질문은 송구스럽지만 고모 부님은 그 후 어떻게 사셨을까요?"

"할아버지는 세상 떠날 때까지 입을 꾹 다물고 계셨는데 주위로부터 들었지. 강원도 어느 산중에서 생을 마감하셨는가봐. 어릴 때의 희미한 기억으로 낯선 어떤 스님이 찾아와서 놀고 있는 나를 한참 바라보다 간 적이 있는데 훨씬 뒤에사 그분이 그분이구나 짐작만 했지. 아무리 되짚 어봐도 헌칠한 엄장하고 회색 장삼만 떠오를 뿐 얼굴은 통 기억에 없어. 학생 시절에 찍은 사진도 죄 없애버렸다니 상상 속에서나 아버지를 그려볼 뿐. 다행히 나는 부처님을 존경해. 아직도 연결된 인연이 있다면 아버지·어머니는 내 옆에서 나를 지켜보고 계실 거라 믿으면서."

높낮이없이, 편견없이, 사랑하는 이들 모두 이별없이 잘살 수 있기를. 오빠는 이미 이 목표를 기준 삼아 자신이 투척할 생명의 가치를 정한 것이다. 한이 힘이라고 했다. 한이 없는 사람은 목표도 추진력도 미약하다. 진주정신으로 형평운동을 되살려내고 싶다는 오빠 장현동. 그는 평등과 화목 세상을 재현하는 역사적 사명을 띠고 태어난 사람이 아닐까. 그런 생각을 하니 불편부당한 옛날의 역사 속으로 끌려드는 감당 못할 버거움도 오빠를 돕는 뜻있는 일로 바뀌었다. 오빠가 자신을 인정해주는 기꺼움도 새로운 각오를 다지게 했다.

오늘날과 너무 괴리된 시대 이야기를 하는데 상관없이 산새들의 지저귐은 경쾌하고 산들바람은 감미롭다. 불어오는 훈풍 속에서 다시 또 새 생명들은 천지자연의 일환으로 무럭무럭 생을 구가할 것이다. 양지는 살짝 침음해진 침묵을 깨고 오빠에게 말을 걸었다.

"불교를 숭상하던 신라나 고려시대, 유교가 지배하던 조선시대에도 고기는 다 먹고 살았을 텐데 짐승을 잡거나 살생하고 고기를 다루는 일을 불결하게 여기고 그런 사람들에 대한 살벌함 때문에 거리를 두는 관습이 굳어진 건 참 얼토당토 않는 논리겠죠. 그런 의미에서 오빠가 한번씩 죽은 짐승들에게 제사를 지낸다는 말은 감동 그 자체였어요."

"헌신과 보시에 대한 감사함을 내 나름대로 실천해보는 거지. 아저씨가 그러던가? 역시 우리는 인연이 깊네. 내가 동생을 잘 만났어."

오빠의 목소리는 아주 싱그럽고 대단한 행운이라도 만난 듯 평소답잖게 높아졌다.

"저도 오빠가 그 놀랍고 신선했던 인권운동을, 이 시대의 진주정신을 일깨우는 촉매로 발굴한다니 너무 자랑스럽고 감동했어요."

매우 흐뭇하고 긍정적인 표정으로 키 작은 양지를 굽어보며 끝까지 듣고 있던 오빠가 슬며시 손을 뻗어 양지의 손을 잡았다.

"내가 아직도 천민 백정으로 보이지는 않지?"

"아유 그럼요. 그런 농담의 말씀이 어떤 자신감에서 나오는지 저는 알겠는데요. 오빠처럼 이 도시의 의식 있는 유지에게 설마 그런 망언을요."

"남강하고 촉석루 논개만 줄창 팔아먹고 살았지 이 시대에 걸맞도록 뚜렷이 내세울 뭣도 없이 늙은 소처럼 고도 진주는 자꾸 처져내리는 게 안타까운 나머지 이래는 안 되겠다, 불끈 드는 오기만 믿고 나서서 여러 사람 뜻을 모으고 있긴 한데, 사실은 생각보다 어려워. 이 일에 관심을 갖는 학자들이 없진 않지만 묵재 속에서 찾은 불씨가 언제쯤 횃불이 되어 진주를 다시 드높이게 될지."

"그렇겠죠. 보통 사람들의 심리는 골치 아픈 투쟁보다 거저 편안하게 잘 먹고 잘 사는 걸 바라거든요."

"여기 사람들이 모두 동생만 같아도 결집이 쉬울 건데…."

"제게는 오빠가 말씀하시는 '진주정신'이라는 단어가 마치 머리에 쏟아지는 신선한 물처럼 아주 대단한 각성제가 되었어요. 사람은 뭔가 추구하는 가치관이 높아야 삶의 질도 충만해지고 보람도 있잖아요. 오빠가 필요하다면 저도 무슨 일이든 도울게요."

"동생의 뜻이 여기까지 왔고, 그만하면 오늘 목표는 성공한 셈인가? 하여튼 천군만마다. 동지! 융성한 정신문화로 자긍심 느낄 만한 터전이 형성되면, 돌아온 인재들로 온 진주가 복닥복닥 들끓으며 일어설 날도 오겠지?"

희망하는 세상을 미리 그려보듯 신명 가득한 표정이던 오빠가 상석 위에 진설해놓았던 술과 안주를 묘역에다 널리 뿌렸다. 눈에 직접 보이지는 않지만 아들의 방문을 받은 어머니의 이웃들께도 나누어드리는 거란다.

"동지, 이제 그만 내려갈까? 가다가 내 맛있는 저녁을 살게."

그러면서 오빠는 굳게 잡은 양지의 손을 청년처럼 흔들었다.

"오빠, 정말 감사합니다. 저부터 감화되어 새 정신이 번쩍 나는 것 같은데 지속적으로 애쓴다면 반드시 좋은 결과도 있을 겁니다."

양지는 그날 사람이 구축하는 가치 있는 삶에 대해 깊은 인식을 가졌다. 누군들 잘 산다는 의식 속에 빛나는 보석 한 아름 가치관으로 엮고 싶지 않으랴. 하지만 용기 있게 실행하지 못한 뜻은 아무리 훌륭해도 사장되고 만다. 양지 자신 역시 손에 쥔 것이 미흡하다는 핑계로 아직 그런 구체적인 실행은 시도해본 적도 없다. 그러나 오빠는 미미하나마 아직도 혼삿길에는 장애 작용을 하는 자신의 출신성분을 과감하게 드러내며 차원 높은 단계의 진일보를 꾀하고 있다.

진주정신을 일깨운다는 오빠의 일에 감동하고 간여를 했던 게 직접적인 이유라고는 말할 수 없지만 양지는 곧 떠나리라 작정했던 길을 떠나지 못하고 얼마간 더 머무르기로 했다. 오빠와 자주 만나 대화를 나누는 동안 정신적인 안정감을 찾게 되었고 또 꼭 거기일 필요 있느냐는 생활 터전에 대한 새로운 시각도 열렸던 것이다.

5. 품안의 넓은 세상

　그런 어느 날 의도가 다분히 숨겨져 있는 오빠의 심부름 제의를 받았다.

　"절집에서 같이 공부한 내 도반인데, 지리산 암자에 주지로 와 있어. 집에만 있지 말고 이 물건도 좀 전해주고 운동 삼아 다녀와. 시간 내서 주변 여행도 더러 하면 좋은 점이 많을 게야. 진주는 참 지역적으로 천혜를 받은 곳이라고 타지 사람들도 부러워하는데 아직 그런 여행은 별로 못 해봤지? 뒤로 보면 지리산이 있고 앞에는 또 태평양이 쭉 밀어보낸 남해가 있고."

　천혜라는 표현은 여러 사람에게서 들은 말이다. 서북으로 가면 차로 한 시간 거리에 인자들이 기호하는 지리산 준봉이 있고, 또 남으로 한 시간여 거리에는 싱싱한 해산물이 지천인 삼천포가 있고, 그 바다는 또 넓은 대양으로 통해 있다. 거기 더해서 도동이나 평거의 비옥한 농지에서 나오는 싱싱한 농산물은 또 얼마나 풍성하게 밥상을 꾸밀 수 있는가.

　다음날 아침나절 양지는 중산리행 버스를 탔다. 오빠는 목장에 있는 차를 가져가라 했지만 시간이 많으니 여행 기분도 낼 겸이라며 사양했다. 시외버스로 한 시간여 거리에 한국의 삼신산 중 하나라는 지리산이 있지만 천왕봉은 등산을 해볼 기회도 없었고, 이름만으로 알고 있었던 곳인데 오늘 드디어 그 산협으로 들어간다. 새로운 경험으로 시야를 넓히면 새로운 세상도 보일 것이다. 대체 무엇이 보일지는 알 수 없지만 기분은 생각보다 훨씬 들떴다.

원지를 지나자 치맛주름처럼 펼쳐진 지리산 자락 사이로 강물과 다정하게 차는 달린다. 덕산 초입에 들어서자 내 품이 필요하면 와서 안겨보라는 듯 겹쳐 있는 다른 산 너머로 1915미터의 우뚝한 천왕봉이 얼굴을 쑥 빼서 이쪽을 굽어보고 있는 것이 보였다. 눈으로는 빤히 올려다보였지만 발 빠른 등산객도 몇 시간이나 부지런히 올라야 되는 산길이다. 몰라도 너무 몰랐구나 싶은 가책으로 어젯저녁에 숙지해놓은 천왕봉에 대한 상식을 들추어본다.

지리산은 금강산, 한라산과 더불어 삼신산의 하나로 전래되어 왔으며 신라 5악 중 남악으로 어리석은 사람이 머물면 지혜로운 사람으로 거듭난다 해서 지이산智異山이라 불린다. 백두산맥이 반도를 타고 내려와 이곳까지 이어졌다는 뜻에서 두류산頭流山이라 불리기도 하고 불가佛家에서 깨달음을 얻은 높은 스님을 일컫는 '방장'의 깊은 의미를 빌어 방장산方丈山이라고도 한다. 국립공원으로 명명된 해는 1967년 12월 29일인데 우리나라 최초의 국립공원이며 경상남도 하동군·산청군·함양군, 전라남도 구례군, 전라북도 남원시 등 3개 도, 5개 시·군, 15개 읍·면에 걸쳐 있다. 그 면적은 440,517제곱킬로미터에 이르며 이를 환산하면 무려 1억 3천 평이 넘는 면적이 된다. 이는 계룡산 국립공원의 7배이며 여의도 면적의 52배 정도로 국립공원 가운데 가장 넓은 면적이다. 남한에서 두 번

째로 높은 봉우리인 천왕봉을 비롯하여 1,806미터의 제석봉, 반야봉
(1,732m), 노고단(1,507m) 등 10여 개의 고산준봉이 줄지어 있고 천왕
봉에서 노고단에 이르는 주능선의 거리가 60여 리가 넘고 둘레길은 800
리나 된다.

덕산 휘여진 길로 차가 들어가자 장날인지 사람들이 붐빈다. 덕산 장
날이면 지리산 산삼이 동자로 둔갑하여 내려왔다 간다는 어릴 때 들었
던 전설도 생각났다. 삼거리에서 북으로 가면 비구니승의 요람인 대원
사가 있고 심심산골 유덕골이 있는데, 아부지가 아직 간주를 안 타와서
예 하며 월사금 때문에 집으로 쫓겨가던 어릴 때 친구 영순의 아버지가
일했다는 벌목장도 있고 또 별명을 학교 이름으로 잘못 알고 신기하게
여겼던 가랑잎 학교도 있다. 내원사 뒷산으로 뚫린 산길을 한참 오르면
마지막 '빨치산'으로 살았다는 정순덕의 행적으로 묻혀 있던 심심산골이
세상에 이름을 드러내게 된 빗점골도 있다. 또 지리산은 겸손을 가르치
는 인자의 터전이라는 말도 있다. 그 이유는 방대한 면적을 감안하면 분
명 풍부하게 매장된 지하자원도 있을 법하건만 여신은 치맛단 여미듯이
꽁꽁 숨기고 보여주지 않는다는 것이다.

"자운 처사가 보내신 분 맞지요? 주지스님이 안내해 드리라고 해서 왔
습니다."

중산리 종점에 차가 도착하자 마중을 나와 있던 중씰한 승려가 지게
를 내려놓으며 인사를 했다.

"어이쿠, 안에 뭐이 들었는지 상당히 무거운데예?"

야무지게 묶은 박스가 무거워 보여 양지가 거들자 고맙다는 표시인
듯 불평 아닌 불평이 중얼중얼 승려의 입에서 나왔다.

"보낸 것 잘 받았느냐고 좀 전에 자운이 전화했던데요. 들어오셔서 차 나 한 잔하고 가시지요."

부처님 참배를 하고 나오니 문을 열어놓고 기다리던 주승이 찻상 앞에다 방석을 바로 놓는다.

"오빠가 일부러 저를 보내신 거 잘 압니다."

양지가 다소곳하게 인사를 하자 들킨 속내에 대한 쑥스러움을 지우느라 주승도 얼른 답례의 고개를 숙였다. 보온병에 있던 물을 찻주전자에 부어놓고 알 수 없는 가루차를 넣은 거름종이 위로 물을 붓는 동작도 참 정일하다. 우러난 찻물이 앞에 놓인 잔에 채워질 동안 양지는 간소한 일용품들이 정갈하게 자리 잡고 있는 방안을 시선으로 가만히 둘러보았다. 시루떡처럼 켜켜로 쌓여 있는 경전 중에는 구약이니 신약이니 하는 개신교 교리서도 눈에 띄었다. 그 옆에는 어느 신도가 선물한 듯한 작은 목부처가 갸웃 고개를 돌려 양지를 보고 웃는다. 회색 가사와 장삼이 약간 낡은 밀짚모자와 한 쌍으로 어울려 횃대에 걸려 있고, 그 옆의 벽면 아래는 작은 텔레비전이 놓여 있는데 켜 있는 화면에는 먼 곳 사막 한 가운데의 불교 성지를 장면 바꾸어가며 보여주고 있다. 메마르고 척박한 땅에서 극한의 작업을 하면서도 하나같이 평온하고 웃음 띤 사람들의 모습이 거짓말처럼 아주 인상적이다. 주승과 맞춤한 손길 옆에는 옻칠한 작은 목함이 있는데 넘칠 듯 소복한 염주 알이 알알 또록또록 눈길을 맞춘다. 저 염주를 한 바퀴 다 돌리려면 제법 시간도 걸리겠다 싶은데 고요한 순간을 휘장 걷듯이 주승의 목소리가 들린다.

"차 드시지요."

주승은 이미 단주가 걸린 손목의 옷자락을 다른 손으로 조금 걷으면서 양지 앞에 놓인 잔에다 미색의 차를 따르고 있다. 양지가 마신 잔에다 말없이 주승은 차를 따르고 양지는 꼭 그래야 되는 것처럼 한 잔 두 잔 차를 마셨다. 남루하게 피로한 기색인 양지의 치유를 돕는 보약인 듯 주인은 말없이 천천히 선약 대접을 하고 손은 또 말없이 그 약 대접을 받는 모습이다.

"이건 노루궁뎅이버섯차 우린 건데 위장에 좋은 거랍니다."

이윽고 목이 깔깔해지는 느낌을 받은 양지가 자신이 얼마 전에 위장병으로 고생한 사람이며 성분이 찬 작설차는 부담을 준다는데 하는 생각을 연결 짓고 있을 때였다. 양지는 놀란 눈으로 주승을 건너다보았다.

"오빠가 그런 말씀도 하셨어요?"

"허허허, 귀한 동생이라고 벌써부터 얼마나 자랑을 했는데요."

오빠가 기울여주는 관심이 뻗어오는 먹먹함으로 들고 있는 찻잔을 내려다보고만 있는데 무언의 설법 중인지 정좌한 승려도 말이 없다. 적막한 산골의 곳곳을 순찰 돌듯 뒤꼍 어디선가 고양이 소리가 났고 심심하다 내지르는 까마귀 소리도 산중 어디 먼 곳에서 까욱까욱 날아왔다.

"이것도 좀 드시지요."

책더미 이쪽의 차반에 놓여 있던 약식을 내놓으며 주승이 침묵을 깼다. 경을 읊으면서 닦여진 음성이리라. 낭랑하면서도 부드럽다.

"마주 앉아 차를 마시는 인연으로, 절집에 오신 손님에게 하는 공양 한마디 더 보태서 대접해도 되겠습니까?"

양지를 위한 주승의 미사려구다. 그러시라고. 언어를 만들어내지는 않았지만 충분히 그런 마음이 담긴 양지의 시선은 승려의 가슴에 걸려 있는 염주의 한 부분을 향했다. 승속의 이질적인 경계를 어떻게 접해야 될지 조심스러운 양지에게 주승이 만들어낸 소탈한 분위기는 정갈하게 차만 마실 때보다 훨씬 부드럽고 넉넉하게 거듭난다. 그 바람에 양지도 무릎 꼬고 있던 다리를 풀어 편한 자세로 고쳐앉았다.

"먼 길을 에둘러오신 피로함이 역력한데 제 말이 틀리지는 않지요?"

찻잔을 감싼 손에다 양지는 가만히 힘을 주었다. 오빠가 놓은 다리 위를 걷고 있는 것 같다.

"스님, 제 주변에서 저를 아껴주던 분들이 갑자기 왜 이렇게 자꾸 떠나는지 무섭고 불안해요."

"허허, 죽지 않는 사람도 있습니까? 같은 차를 타고 가던 사람이 자기 내릴 곳에서 먼저 내리는 것과 같습니다. 다만 잘 가라, 내일 어디 어디서 또 보자 그런 약속이나 인사를 못 하고 헤어지는 것뿐. 제가 아는 어떤 이는 전화도 편지도 전달 안 되는 먼 나라로 이민을 갔다 생각하며 사별의 슬픔을 이기기도 하던데요."

"아, 그런 방법도 있겠네요."

"보살님은 인연이라는 거대한 인드라망에 대해서, 지금 자신이 존재해 있는 이유나 환경에 대해서 어떻게 생각하십니까? 크거나 작거나 넓거나 좁거나 또는 어둡거나 밝거나 따뜻하거나 차거나 고맙거나 밉거나 사랑스럽거나 또는 경하거나 중하거나를 자기 뜻대로 결정하고 살았습니까? 그 마음이 지향하는 방향에 따라 받아들이거나 휩쓸리거나 하는 순간 그의 인생 판도도 얼마든지 변화할 수 있는 게 사람살이 아닙니까."

"스님, 지금 저는 첩첩 산골아이가 광막한 바다를 마주하고 있는 듯 막막합니다. 갈 곳도 없지만 배 한 척도 보이지 않거든요. 이런 직접적인 말씀을 듣는 것도 생전 처음이고요."

"허허 그럴 테지요. 현실에서 차단되면 사람들 모두 겪는 정신적 고통
이지요. 눈을 돌리면 바다보다 더 넓은 세계를 자기가 품고 있다는 것도
모르기 때문이고요."

"내면세계를 말씀인가요?"

"그렇지요."

"계속해주세요, 스님."

양지는 스스로 다음 설법을 채근했다.

"흔히들 호리병 속의 새를 어떻게 꺼낼 것인지 그런 물음을 많이 하는
경향이 있는데, 저는 우선 보살님의 주변을 돌아보시라고 권하고 싶습
니다. 눈에 보이는 대로 저 앞을 바라보세요. 저 너른 자연 속에 존재하
는 물체들, 곁에 있는 사람들 모두 인연이 있기 때문에 보이고 만나는 것
입니다. 왜 길가다 옷깃 한번 스치는 것도 몇 겹 인연에 의해서라고 하
는데 하물며 내 형제나 이웃들이야 말해 무엇 하겠습니까. 내가 처해 있
는 위치가 궁금하면 자연을 바라보면 훨씬 이해가 빨라질 겁니다. 평지
의 옥토나 산기슭의 돌 틈도 있고 사시장철 물을 맞고 사는 폭포수 옆의
생물들도 있습니다. 그에 비하면 마음대로 움직이고 스스로의 환경을
만들어가면서 사는 사람은 얼마나 축복 받은 생명입니까. 그렇지만 사
람들은 좀체 그런 생각을 안 하지요. 나무는 나무라서 물은 물이라서 사
람은 사람이라서 서로의 존재를 인정하면 될 뿐인데 우리 사람들은 네
탓 내 탓으로 상대방을 비방하고 원수가 되기도 하지요. 저 감나무가 저
같지 않다고 저 오동나무를 나무라면 오동나무는 가만히 당하고만 있겠
습니까? 간단하게 예를 들어 하나 말하지요. 우리 집 뒷산에는 고양이가

많이 사는데 그들 모두 건강하고 온전한데 어느 날 보니까 앞을 못 보는 놈이 하나 생겼어요. 평소에 보면 활발한 것이 넘쳐서 광포할 정도였는데 이놈이 산 숲을 제 맘대로 휘젓고 다니다가 가시덤불에 눈을 찔렸던 것입니다. 가시는 가시대로 목화솜은 목화솜대로 잘 판단하고 인정하면서 그에 맞춘 대처를 해야 될 것을 이놈이 제 눈을 제가 찌른 격이지요. 내 안의 세계란 그 깨달음으로 열리는 끝없이 넓은 세상이구요."

승려의 모든 비유가 바로 이해되지는 않았지만 아, 그렇구나 싶은 부분도 없지 않아 양지는 점점 대화의 켜 속으로 끌려들었다.

"보살님을 구할 힘은 밖에 있지 않고 보살님 내면에서 찾는 수밖에 없습니다."

양지는 위무 받는 기분으로 홧홧해지는 얼굴을 가리느라 조금 고개를 숙였다.

"되도록 옳고 바르게 산다고 했지만 언제나 엇나갔던 건 인정합니다."

그렇게 답을 하다보니 가슴에 얹혀 있던 무거운 쇳덩이가 짓지르는 듯한 둔통과 함께 울컥 목젖을 눌렀다. 그토록 힘들게 열심히 살았던 삶이 결국 다른 사람들도 모두 알고 있는 그런 평범한 형식이었음을 깨달은 최근의 심경에 대한 고백이기도 했다.

"보살님 그게 사실은 우리 중생들의 본 모습이니 너무 자책할 것은 없습니다. 깨닫고 깨닫는 끝없는 깨달음이 인생길 아니겠어요?"

"곧 죽을 것 같은 시기도 넘겼어요."

"허허, 그랬었군요. 보살님의 지혜가 그만큼 절실한 업을 쌓은 증거를 목격하셨군요. 무엇이든 간절하면 문도 열리는 법이랍니다. 거기서 앞으로 나아갈 힘도 만들어지고 마음의 눈도 뜨게 마련이지요. 그러나 내가 끌어안고 있는 두터운 탐진치의 업장을 타파하지 못하면 영영 불가능할 수도 있구요."

"너무 어렵습니다. 스님. 제가 이렇게 미숙하고 치졸한 인간이었나 싶고, 어머니가 돌아가시고 나자 참 스승을 몰라보았던 청맹과니 행동들이 너무 후회돼요."

종교인과 마주앉아 이런 대화를 해보기 처음이다. 남들이 신부나 목사에게 고해성사를 하듯 숨길 것 없이 자신의 고민을 다 말해도 부끄럽지 않게 응대 받을 수 있을 듯싶었다.

"너무 그렇게 자책할 필요없이 깨달을 계기가 있었음을 다행으로 여기고 정진하면 됩니다. 이 세상 떠날 때까지 개선되는 것이 사람의 인성이니까요. 마음의 문을 열고 보면 겉으로 보이는 것보다 내면세계가 무한대로 더 넓다는 것도 점점 깨우치게 될 것이고요."

"지금 이런 비유가 적절한지는 모르지만 원효대사의 해골바가지 물 생각이 나요. 일체유심조라고 했죠?"

"그렇습니다. 쉬운 말로 마음먹기 대로다, 그런 말. 왜 컵에 담긴 물을 보고도 이것밖에 안 남았어? 하는 부정적인 사람이 있는가 하면 아직 이렇게 많이 남아 있었어? 하는 긍정 의식을 항상 가지고 사는 사람의 차이 아니겠어요?"

"스님 이번에는 제가 스님께 차 한 잔을 올리고 싶은데요."

양지는 손을 뻗어 주승의 잔에다 찻물을 따랐다. 주승도 대접의 의미를 감지한 듯 미소 띤 얼굴로 차를 마신다.

"사람들은 항용 자신의 욕심과 눈으로만 길을 찾다가 실패하고 실망하지요. 보살님, 이 산의 주신인 마고처럼 진짜 어머니가 되시라 권하고 싶습니다. 세상이 이렇게 혼란스럽고 인심이 각박해지는 것도 진정 믿고 의지할 그릇 큰 어머니가 자취를 감췄기 때문입니다."

느닷없이 튀어나온 어머니란 단어에 양지는 내심으로 찔끔 놀랐다.

"이제는 그 방황의 출구를 자신의 내면에서 찾아야 합니다. 그것은 바로 본심의 자아를 찾는 것이지요."

무슨 뜻인지 알 듯도 하고 전혀 아리송한 설법으로 들리기도 한다. 양지는 다시 몸을 조금 움직여 앉음새를 고쳤다.

"이 세상이 이렇게 혼란스럽고 인심이 소박해지는 것도 보살님처럼 젊은 여성들이 자존심이나 자존감을 바로 세우지 못한 결과라고 저는 믿습니다."

자존감이라고요. 의문을 담은 양지의 시선이 앞에 있는 주승에게로 건너갔다. 이제껏 자신이 자신을 지키기 위해서 억세게 곤두세워온 것이 바로 그 자존심이었던 까닭이다. 여러 잔 마신 찻물의 양에도 불구하고 양지의 속마음이 탔다. 무슨 말을 어떻게 해야 앞에 앉은 상대방에게 내 마음을 잘 전달시킬까. 말주변이 없는 편도 아닌데 이 순간에 필요한 적확한 말은 전혀 생각날 기미도 없이 막막할 뿐이다.

양지의 내심을 꿰뚫고 있기라도 한 듯 주승의 말이 이어졌다.

"보살의 눈에 어린 의구심이 무슨 뜻인지 알지요. 설령 부처님은 안 믿는 사람이 많아도 자기 어머니를 안 믿는 사람은 없지 않습니까. 그것은 어머니가 아무리 비루한 여인일지라도 그 속으로 내가 나왔고 나를 낳을 순간에 바친 그분의 희생과 봉사에 대한 거룩함을 이미 영혼에 새기고 있기 때문입니다. 여인이 여인인 것을 비하하고 어머니 되기를 거부하면 세상의 모든 생명들은 결국 멸할 수밖에 없습니다. 젊은 여성들은 흔히 자존심을 내세우는데 자존심과 자존감은 다른 겁니다. 자존심은 남과 경계를 짓는 것이고 자존감은 나를 나 그대로 지키는 것입니다. 자존심은 세다하고 자존감은 강하다고 합니다. 이 세상을 아름답고 평화스럽게 가꾸고 전승시켜나갈 수 있는 열쇠는 자존감 강한 어머니들의 거룩한 자비심뿐입니다."

양지는 한참 생각의 깊이 속으로 자맥질해 들어갔다. 자존심과 자존감의 차이, 얼핏 비슷한 말 같지만 깊이나 폭은 많은 차이가 있다. 그 순간 양지는 쿵쾅거리는 가슴의 동계를 느꼈다. 이제껏 느껴보지 못했던 감동의 파장이었다. 그래 나는 여자다. 나를 인정하는 강한 자존감 하나면 흔들리는 마음을 감 잡아서 이 큰 지리산처럼 묵중하게 나 자신을 이끌 수도 있으리라. 양지는 다시 주승에게 차를 올리고 싶었다. 그때 무엇인가를 박차고 뛰어가는 어지러운 발자국 소리가 밖에서 들렸다.

"허어 저 놈들이."

중얼거리면서 주승은 양지에게로 눈길을 돌렸다. 궁금증어린 양지의 표정을 읽은 주승이 미소를 머금으며 지그려 놓았던 방문을 밀었다. 도망가던 아이를 뒤쫓던, 첫눈에도 나이는 많으나 어리숙해보이는 덩치 큰 소년이 스님을 보고 뛰어오면서 울음을 터뜨렸다.

"어허 동생이 또 형님을 약 올린 게로구나. 옜다, 네 동생도 하나 주고 갈라먹어라."

주승은 찻상에 얹혀 있던 과자를 집어 울고 있는 소년에게 내려주며 저쪽에서 생쥐처럼 몸을 숨긴 채 이쪽을 내다보고 있는 작은 아이를 가리켰다. 그쪽으로 어정어정 걸어간 큰 애로부터 과자를 나누어 받은 작은 아이의 손이 자연스럽게 뻗어 덩치 큰 아이의 허리를 끌어잡는다. 이런 모양을 대견한 듯 지켜보던 주승이 덧붙여서 설명을 했다.

"욕심이 사람을 망친다는 말이 있죠. 아버지의 폭력을 견디다 못한 어머니마저 가출한 아이들이랍니다. 업고 끌고 줄줄이 유랑을 해본들 누가 저 애들을 거둘 수 있습니까. 도탄에서 저 아이들을 구할 수 있는 것은 어미의 거룩한 희생뿐인 것을요. 하나를 취하면 필연적으로 하나는 버려야 하는 것을 우리는 너무 예사로 여기고 있는 게지요. 우선 먹기는 곶감이 달다는 옛말 하나도 거짓 아닙니다. 피한다고 모면되면 도망치겠지요. 그렇지만 본인의 생애마저 종결지을 수는 없지요."

"약자로 구타당하던 저 아이들 엄마, 아니 그 여자의 불행한 인생은 어떻게 합니까? 엄마니까 그래도 참아야 된다는 억지 말씀처럼 들려요."

양지의 음성에 불만이 서린 것을 느낀 주승의 얼굴에 슬며시 미소가 번졌다.

"백세 고지를 겨우 이삼십 고지에서 다 알고 실천하기는 쉽지 않지요. 그래서 스승이나 종교가 있는 겁니다. 그럴 때 지혜를 발휘해야지요. 길이 없는 큰 산이나 배가 없는 큰물을 건너야 할 때 사람은 어떻게 합니까. 도둑을 피하면 강도를 만난다고, 모면하고 기피하는 것만이 능사가 아닌 것은 벌써 우리 선조들이 증명해주고 있지 않습니까. 자식 키우기 힘들다고 요즘 젊은 부모들은 말하는데 자식도 부모를 키운다는 걸 정작 부모 자신들이 모르기 때문에 하는 말입니다. 저 자식들 언제 키워놓고 해방되나 흔히 그런 생각들을 하는데 인생은 동반이지 순서를 따지면 안 됩니다. 만물의 영장인 사람이, 그 영장의 순성이 고장난 장난감 버려지듯 취급되어서야 영장들이 다스리는 이 사회가 어떻게 될 것 같아요? 우리 절에 오시는 노보살님들 하시는 말씀이 참 용해요. 자신들이 찾은 마음의 평화는 자식을 낳아 어미가 된 뒤부터 여자의 본성을 채칼시켜버린 때문이랍니다."

"스님 저희 엄니도 사실은 그런 부분에서 저희들의 반발을 많이 샀어요."

"자식 잘못되기를 바라는 부모는 없지요. 가만히 들어보니까 저 애들 엄마도 대학공부까지 한 식자층이었는데 남편 못지않은 학식을 내세워서 다투다가 번번이 폭력만 당했답니다. 가정이 어디 싸움질하는 투견장이고 자식들은 구경꾼 만들려고 낳는 겁니까? 현명하고 슬기로운 사람에게는 장애는 있어도 고통은 없다는 말도 안 있습니까."

"스님은 부모형제의 인연도 버리고 출가한 분인데 어떻게 저 애들을 기를 생각을 하셨는지 그것도 인연이라 하시겠지요?"

"그렇지요. 저 아이들이 전생의 내 부모형제나 스승, 또는 이웃이나 은인이었을 수도 있겠지요."

"전생·차생·후생을 윤회하며 얽히는 인연, 뭐 그런 걸 말씀하시는 거예요? 저도 어릴 때 제 무덤 제가 밟고 다닌다는 어른들 말을 들은 적이 있었는데 전문가인 스님으로부터 직접 이런 말씀들을 들으니까 제 생각의 외연이 엄청 광대하게 열리는 참 기이한 감이 들어요."

"저도 대자연의 섭리나 흐름은 불생불멸이라고 배웠습니다. 제가 전생은 기억하지 못하고 후생은 아직 경험해보지 못했기 때문에 확인은 안 되지만 가만히 생각해보면 이 우주의 섭리란 참 오묘하지요. 그 기반의 흐름은 어머니들의 거룩함이 맥을 이어주고 있으니 생명체의 모성은 그 위대함이 하늘이나 심해에 비교해도 다할 수 없지요."

"스님, 그런데 세상에 둘도 없이 착하고 선한데도 지독하게 가난하고 병고에 시달리는 사람이 있는가 하면 그와 반대로 분명 나쁜 사람인데도 세상 복을 다 누리고 사는 사람도 있는데 착한 사람이 복 받는다는 말이 이해가 안 돼요. 단순히 종교적인 사탕일까요?"

"그건 인과응보로 풀어야 해석이 쉽겠지요. 전생을 모르면 이승에서의 삶을 보고 후생을 알고 싶으면 현생을 보라고요."

"선업을 많이 쌓아야 다음 생에도 사람으로 태어난다는데 제일 어려운 게 인생살인 거 같아요. 마음은 안 그런데 일상에 늘 발목이 잡히거든요."

"그건 우리 종교인들도 마찬가집니다. 탐진치를 일소하지 못하니 당연히 그렇지요. 제 도반 중에는 나무나 돌로 환생하고 싶어서 열심히 공부하는 이도 있답니다."

저쪽 마당에서 아까 마중 나왔던 그 승려가 젖은 빨래를 널고 있는 게 보이는데 바지랑대가 휘어질 정도로 크고 작은 아이들 옷이 많다.

"아까 그 애들 말고 또 다른 아이들도 더 있나봐요?"

"허, 그냥 저냥 거두다보니 식솔이 꽤 됩니다. 학교 간 애들이 돌아오면 시끌벅적한 놈들 재롱에 부처님 상호가 더 활짝 펴이고요."

그 말을 듣고 보니 양지는 문득 현태와의 결별을 무릅쓰고 수연을 입양 보내지 않았고 주영을 어서 데려오자고 호남을 졸랐던 자신의 뜻이 결코 우연이 아닌 필연의 한 힘일지 모른다는 생각이 들었다.

찻잔을 들고 조급증 없는 차분함으로 주승의 말에 귀를 기울이는 동안 양지는 올 때보다 훨씬 정화된 고요함을 자신이 거느리고 있음을 느꼈다.

"스님, 제가 들은 말 중에 천둥에 놀라지 않는 사자처럼 무소의 뿔처럼 혼자서 가라는 말이 있는데, 그 말이 참 마음에 와 닿았어요."

"오호, 그건 법구경에 나오는 말인데 그런 구절을 이미 알고 있군요."

"직접 경전을 읽은 게 아니라 하도 많이 들은 말이라서 인용은 더러 하지만 깊은 뜻은 잘 몰라요"

"깊은 뜻은 저도 잘 모르지만, 내 해석으로 그 말은 어떤 화두나 목표를 지향해서 용맹 정진할 때의 마음가짐이라 사료되지요."

"이즘 와서 저는 왜 꼭 그렇게 해야 되는가 의문이 들 때가 많습니다."

"우리 불자들도 그렇지만 목표, 즉 화두가 흐려지면 젓가락으로 보리밥 휘젓기로 삶이 혼란해지게 마련입니다."

"젓가락으로 보리밥 휘젓기, 표현이 참 재미있어요. 스님, 법문이라면 너무 진지해서 무겁고 어려운 줄 알았는데 듣기 편해서 참 좋습니다."

양지가 텔레비전 쪽으로 눈길을 돌리자 같이 그쪽을 돌아보던 주승이 흠흠 눈을 감고 염송을 했다. 그런 뒤 덧붙였다.

"나 역시 각성하신 옛날 선사들처럼 올곧지 못한 정신인 것을 누가 따진다면 고백하지 않을 수 없지요. 그래서 저 티비는 변명 같지만 세상 물정이나 흐름을 바로 알기 위한 공부를 한답시고 업경대 삼아서…. 이런 산골까지 문명의 이기가 들어오니 자운이 그랬듯이 저도 서서히 타락하고 있는 걸로 보이겠지요?"

"타락하는 승려. 그런 고백을 스스로 하시는 스님이 오히려 저는 참 진실한 종교인일 거라는 믿음이 가는데요."

"허허어, 대각은 물 건너갔지만 솔직은 하다는 말씀이지요? 사실 요즘은 보살님처럼 유식한 불자들이 하도 넘쳐나는 세상이니 중노릇하기도 힘들답니다. 경전을 인용하면서 설법을 하기도 전에 한 발 더 앞선 단계를 들고 나오니 원."

"그건 그래요 스님. 신도들 보고 반말이나 찍찍하면서 거드름이나 피우고 시주 많이 하는 신도들하고만 어울리는 그런 주지가 있는 절은 건물은 크고 웅장하지만 사이비 같아서 안 좋아요. 빈자일등의 본질이 무시되고 있잖아요. 또 절도 투자건물처럼 팔고사기도 한다니, 이유야 분명 있겠지만 그런 말도 참 듣기 거북했어요."

"하하, 가난한 우리 절 부처님이 대우받는 것 같은데요. 열린 문으로 시원한 바람이 들듯이 속이 뚫리는 것 같습니다만 몸 둘 곳을 모르게 부끄럽습니다. 종교의 세속화도 곧 승려들의 해이된 마음가짐의 증거 아니겠습니까."

승속의 경계를 떠난 소탈함으로 대화는 격의없이 수월하게 이어졌다.

"종교의 중요성을 그리 깊이 갖고 있지는 못했지만 불가해한 어떤 끌림이 있기는 한 데 잘 모르겠어요. 절에 가서 부적을 받아오고 이삿날을 받아오고, 그러고도 또 미심쩍어서 점집에 점을 보러다니는 사람들도 있는 것과 마찬가지로, 저 역시 오늘 여기서 스님과 대화를 하고 있는 것도 사실은 현실감이 미약해요."

"보살님 말씀도 그게 사실은 진정일 것입니다. 기계문명이 발달됨과 동시에 인간심은 갈밭을 헤매는 고양이처럼 불투명한 장래에 대한 불안과 번민에 시달리다 못해 일탈을 일삼게 되는 것입니다. 심산 토굴에서 오도송을 추구하는 진실한 구도자도 많지만 저처럼 절집을 책임 맡고 있는 승려들은 노후에 대한 막연함 때문에 은거할 토막 하나라도 마련하려고 잿밥에 신경을 쓰게 되는 것도 사실적인 고백이고요."

"부처님을 모셔놓은 절집에서 점을 봐주고 문전성시를 이루는 무당절이 많은 것도 그런 맥락의 하나겠죠?"

"무당절 무당절 하시는데, 구시대의 잔재인 미신을 일소한다는 미명 하에 마구 정리를 하는 바람에 음성화되었을 뿐 실은 무속이 한민족의 뿌리 신앙이었으므로 음으로 양으로 찾고 의지를 하겠지요. 하지만 어느 종교가 좋다 나쁘다를 떠나서 한국 불교를 배우기 위해 서양의 승려들이 들어온다는 보도도 있는데 다 함께 가는 겁니다."

"예. 옛날 고승대덕들의 행적을 보면 정신적으로 참 매력 있는 공부라는 생각은 할 수 있죠."

"보살님, 말이 난 김에 내가 참 중요한 얘기 하나 해드릴까요. 얼마 전에 텔레비전에서 보았는데 어떤 대학 교수가 지은 책을 강의하는데 하도 인상 깊어서 메모해놓은 게 있는데 한번 들어 보시겠어요?"

양지는 고요한 긍정의 눈빛을 보이며 경청의 자세를 만들었다.

— 얼마 전, 밖에 나갔다가 본 일인데, 고물장수들 리어카에 무겁게 골동품이 실려가는 걸 보고 아무리 시대의 흐름이라고는 해도 참 마음이 고약해집디다. 그 고물들이 뭔지 궁금하지요? 조상대대로 내려오는 유물들이 귀신단지 치운다고 싹쓸이 처분이 되는 겁니다. 골동품 수집하는 사람들한테 가지고 가면 돈이 꽤 된다고 동네마다 뒤지고 다니는 사람들이 많대요. 막상 자기중심의 빗장이 풀린 것은 눈치를 못 채요. 눈앞의 현상에 혹한 나머지 막상 자신들의 정체성이 깡그리 상실되고 있는데도 말입니다. 우리가 미처 몰랐던 한국인의 장점을 슬프게도 이윤추구를 우선시하는 기업들의 경영방식이 흔적을 찾아볼 수도 없이 마멸시켜가는 겁니다. 상도를 지키지 않고 이윤추구만 하는 기업들, 개발도상국의 급격한 도약 과정에 있는 한국인들은 가장 가치 있는 한국인 자

신의 위상을 제대로 인식할 시간조차 망각한 채 경제가치의 흐름에 휩쓸려 하나의 부품화 상태가 되어가니 안타까울밖에요. 한국인들은 마치 유토피아처럼 선진국 바라기를 하는데 정신문화의 격차로 한국을 능가하는 선진국은 현실세계에 몇 존재하지 않는다고 합니다. 그게 바로 고매한 선비정신이나 홍익인간 등 더 본질적인 차원의 문화인데 우리는 이를 세계에 알려야 한다는 것입니다. 이는 한국뿐 아니라 전 인류가 동의하고 지지할 수 있는 인간문화의 보편적 가치니까 말입니다. 지금 우리가 올려세운 경제력의 바탕만으로도 시대에 맞게 재창조한다면 엄청난 파급력을 나타낼 것입니다. 또 한국의 오래된 농촌 가옥은 조붓하고 포근한 정감이 외국인들도 고향의 정서를 느끼게 한다니 그것도 중요합니다. 그 속에 오순도순 모여사는 가족들의 모습도 상상해보세요. 할아버지·할머니·아들·며느리·손자들이 삼 대 사 대가 같이 살면서 지켜내는 미풍양속이나 울력이 곧 한국의 한국다운 아름다움인데 그런 대가족 정신도 차츰 소가족 중심으로 이분되면서 기둥감이 이쑤시개로 변하는 경고해야 될 현상이 만들어지고 있는 겁니다.—

"제 말이 너무 지루하면 그만해도 되는데요."

전하고 싶은 내용에 열중하던 주승이 문득 양지의 양해를 구하며 뜸을 들였다.

"아닙니다, 스님. 저 자신부터 인심이 너무 성장 위주의 수직으로 급히 흐르다보니 옆 돌아볼 여유 없이 경직되고 메말라버렸음을 이즈음에야 깨닫는 걸요. 그렇지만 스님 말씀처럼 깊이 있는 부분까지는 아직…. 잘 살기 위해, 잘 살기 위해 하는데 과연 어떤 모습의 삶이 기준인지 참 애매하게 여겨져요."

"얼핏 그리 생각할 수도 있지요. 옛날 것을 낡았다고 없애는 것은 한국의 가장 큰 약점으로, 이는 외국인들이 찾고자 하는 한국 고유의 특색을 일부러 없애는 결과를 범하고, 수습 불가능한 미래를 부르는 것과 같다는 진단은 이미 학자들 사이에서 주지되고 있는 사실이랍니다. 한국이 가야 할 길은 과거 전통을 되살려 이것들을 현대적 요소와 어울리도록 재구성할 필요도 강조합니다. 한국인은 우수한 정신문화를 갖고 있으면서도 스스로 인정하지 못하는 모순적 태도를 버리고 자긍심이나 자존감을 찾아야 하고 과거와 현대화된 대한민국을 흐름이 끊긴 별개의 나라로 만들지 말고 우리의 문화적 자신감을 훼손하는 간극부터 지워야 합니다. 우리 문화를 위대한 자산으로 인식한다면 세계 각국에 역사적 비전을 제시하며 중심 역할을 맡게 될 것이 많기 때문이랍니다. 그런 반증을 외국에서 먼저 알아챘는지 우리 절에도 공부 좀 하겠다는 외국 승려가 한 사람 다녀간 적이 있는데 이런 강의와 연결 지으니 대단한 강소국으로 각광 받을 날도 올 것 같아요. 이런 이야기를 산속에 있는 절집 땡초의 입으로 전달하려니 약간 동떨어진 거대담론 같은 느낌도 없잖아 있지만 보살님 같은 분은 이해하실 것 같아서 이런 견해를 토로하는 뜻 깊은 재미도 느낄 수 있었습니다."

"거대담론이 아니라 우리가 간과했던 사실을 지적해주는 좋은 말씀이셨어요. 그렇지만 스님, 저는 전부터 헛기침으로 거드름 피우며 하인보다 더 비겁하게 사는 기득권층의 못 된 양반들 거동이 먼저 떠올라 고매한 선비정신이라는 표현에는 거부감을 갖고 있었어요."

"허허 그럴 수도 있지요. 우리나라가 일제에 무너진 원인을 선비문화의 폐해 때문이라 지적한 학자들도 꽤 있으니까요. 그러나 무엇보다 중요한 일은 남 탓하지 말고 내 마음을 바로 찾아서 여유를 가지면 저절로 눈이 밝아지고 깨달음이 오는데 그것이 바로 실사구시하는 선비정신이며 노소동락하는 세계에 들어서는 거라고 설파하는 제 도반들도 꽤 있어요. 몸으로 삼십 프로 움직이면 정신이 칠십 프로 움직여서 생활이 되니까 정신영역을 더 중시하게 되는 게지요. 우리 모두 그런 정신을 지키고 살면 어떤 고난도 물리칠 힘이 거기서 생성되는 거니까요."

"스님 말씀을 듣고 보니 덕산의 남명 선생 영향을 느끼게 하는데요?"

"하고보니 맥이 그렇게 들릴 수도 있군요. 존경할 만한 어른 이웃에 사니까 저도 모르게 수양산 그늘 맛에 심취했는지 모르지요. 하하하. 컨닝은 제법 한 것 같은데요."

주승의 파안대소를 답하느라 마주 웃는데 땡그랑 울리는 처마 끝의 풍경소리가 언뜻 꽤 많은 시간이 흘렀음을 일깨웠다.

"스님, 뜻밖으로 좋은 말씀도 듣고 좋은 차도 끓여주셔서 잘 쉬었다 갑니다."

"노 보살들이 오시면 댑다 부처님께 절만 하시고는 무에 그리 바쁜지 그냥 돌아가기 바쁜데, 보살님 덕분에 저도 모처럼 후련하고 좋은 시간을 가졌습니다."

"참, 장시간 좋은 말씀도 듣고 좋은 차도 주셨는데 막상 스님 법명도 몰랐어요. 죄송합니다."

"법명요? 허허허. 그저 지리산을 파먹고 사는 땡초로 해두지요. 자운에게는 그 땡초 잘 있더라고 안부나 전해주시고요. 참, 그 사람 요즘도 가게에 물건 들어오면 합장기원하지요?"

"예. 부처가 된 생명이여, 몸 바쳐서 보시하신 이 고기를 먹고 원기 회복한 중생들이 실하고 아름다운 생을 누리게 해주소서, 그러신다고 같이 일하시는 분이 그랬어요. 날 잡아서 정식으로 제사도 지낸다던데요."

절에서 준비해준 산채와 산약초 말린 꾸러미를 들고 내려오다 되돌아보는 양지의 눈에 무설당, 당호의 현판이 들어왔다.

큰 산의 청신한 냉기가 봄을 품은 삽상한 훈기로 변해 양지의 볼을 어루만진다. 흐리멍덩한 찌꺼기로 막혀 있던 정신세계 곳곳을 마저 깨끗이 세척해주는 고마운 바람이다. 미루고 있던 숙제를 푼 문제 학생처럼 마음이 가뿐했다. 전에도 종교에 대한 호기심을 안 가져본 것은 아니지만 제가 살고 싶은 대로 사는 것을 제약하는 계율들 때문에 종교 자체를 도외시했다. 부처나 예수 앞에 절절 기며 스스로 죄인인 양 할 필요는 없다고 생각했던 것이다. 종교에 대한 상식은 많은 것을 듣고 섭렵했으나 제 마음의 양에 차는 그 무엇을 먼저 채워야만 답답하고 막막한 심사가 여유 있는 빈자리를 마련해줄 것이며 그때라야 비로소 다른 것을 담을 수 있으리라 젖혀두었던 뜻에 다름아닌 이유였다.

지리산에서 돌아온 후, 양지는 자신이 앞으로 나가야 될 큰 틀의 방향을 조금씩 수정하게 되었다.

"오빠, 저는 앞으로 육영사업을 해보기로 정했어요."

"육영사업? 학교라도 설립해보려고?"

"그런 큰 자금은 없으니 몸으로 기중 쉽게 접근할 수 있는 일로 보육원 같은 걸 시작하면 될 것 같아요."

"갑자기 그런 사업을?"

"전부터 막연하나마 염두에 두고 있기는 했는데, 이번에 오빠 심부름을 가서보니 피붙이도 아닌 아이들을 스님도 기르고 계시는데 깜짝 놀랐어예. 육아문제는 아무래도 남자보다 여자인 제가 더 적격이라 싶었거든요."

"그렇긴 한데 동생은 아직 미혼인데 외삼촌이 동의하실까?"

"참 오빠도. 저 청개구린 거 아시면서 그라십니꺼. 아무래도 제가 결혼해서 정상적인 생활을 하기는 틀린 것 같고, 또 정남이 애는 물론이고 호남이 딸 주영이도 데려와서 돌봐줘야 되잖아요."

"만혼이기는 해도 동생이 아직 결혼을 포기하는 것도 그렇고, 부모 없는 아이들이 많아야 번창하는 사업인데 어찌 삼이 좀 걸린다."

"악담은 아니지만, 지금 추세를 보면 이혼율이 늘 거라고 학자들이 진단하고 있잖아예. 책임 안 지겠다고 서로 떠넘기는 아이들이 올 데 갈데 없이 떠돌면 결국 어떻게 되겠습니꺼. 그렇잖아도 우리나라가 고아수출국이라는 말도 자존심 상하고."

"허엇 거참. 괜히 그런 심부름을 보냈던 건 아닌지 싶네,"

"오히려 잘된 걸음이라예. 돌아오는데 갑자기 어둡기만 하던 제 앞날을 밝혀주는 불이 확 켜진 것 같았거든예. 앞으로는 분명 물질문화가 풍부해질 거고 그 역작용으로 부모만 자기 자식을 기르던 등식이 수정되는 세상이 올 것 같아예."

"허어허허. 동생이 내 친구를 만나고 오더니 관이 트인 도통자가 됐네. 대단한 자극을 받았구만."

"진지한 대화를 통해 추세가 그렇게 흐르고 있는 걸 보고 들었고 느꼈고 깨달았던 셈이죠."

"지리산 공기를 마시고 와서 생기가 돌아왔나 여겼던 내 추측이 맞아떨어진 것도 그렇고 뚜렷한 생의 의지를 되찾은 것 같애서 일단 보기는 참 좋아. 지금 말한 그 뜻도 귀가 즐겁고 동생이 날 도운다고 했듯이 나도 앞으로 동생의 꿈이 성취되도록 도와야 상부상조가 되겠지?"

"우린 그럼 에나 겹동지가 됐네요. 이제부터 할일이 많아요. 오빠, 자금을 모아야 되니까 제 일자리부터 좀 알아봐주이소. 월급 많이 주는 데를 찾을 때까지 그저 조금씩 적금 부을 수입이라도 있었으면 좋겠어요."

"일사천리다, 일사천리."

얼쑤 좋다. 마치 판소리 공연의 추임새처럼 억양을 흉내내는 오빠 때문에 마치 흔쾌하고 튼튼한 건강 대로에 올라선 마라토너라도 된 양 양지의 온몸으로 무릇 힘의 근력이 뻗어갔다.

"인생 마음먹기 대로라는 말이 이런 때 만들어진 말 아닐까요? 먹구름이 확 걷힌 것 같고 기분이 억수로 해껍고 좋습니더."

생각을 조금 정리하고 있는 듯하던 오빠가 제의를 했다.

"동생이 그런 생각을 할 줄 알았다면 진즉 물어볼 걸."

"무슨 말씀을요?"

"얼마 전에 젊은 목부를 하나 들였는데, 일이 몸에 안 붙고 영 버성겨서 오래 하겠나 싶어. 요양한다 생각하고 조금만 더 기다려봐. 그 친구가 몸 쓰는 일을 영 싫어하고 오래할 것 같지를 않아."

"저 역시 그런 일은 처음인데 괜히 오빠한테 폐 끼치는 짓만 하지 않을까 싶은데예."

"장 노인하고 김씨가 있으이 자네는 몸 쓰는 일 말고 그 사람들하고 어울려서 목장 일 전반을 나 대신 좀 맡아보면, 어쩜 적임자일 것도 같은 생각이 지금 드네. 자네라면 오히려 나보다 더 잘 운영할 것 같은 믿음도 있고."

마음을 붙이면 어디서든 살아갈 수 있다는 생각을 말한 지 아직 몇 분도 지나지 않았는데 그 터전이 만들어졌다. 양지는 묵은 체증이 풀리는 듯한 기꺼움으로 두 손을 마주 잡고 싹싹 비볐다. 왠지 앞날이 잘 풀릴 것 같은 징조 아닌가. 작년 가을에 비하면 불과 몇 달 상관인데도 자신의 인생관에 이런 큰 변화가 올 줄 자신도 몰랐던 양지였다.

그런데 참, 아무리 그럴싸한 계획을 세워놓고 실행을 하려 해도 잠시 잠깐 후의 일은 아무도 모르는 게 인생이다. 사람의 앞길은 왜 액운을 잘 부찔러나가는 씩씩한 전사만이 살아남게 되어 있는 것일까.

오빠네의 일을 도우기로 거처가 정해지자 양지가 다음으로 해야 될 일의 차례가 얼추 정렬되었다. 우선 도 서방이 누나 집에 맡겨놓은 주영을 데려와 돌보기로 작심한 것이다. 어른들이 방심하는 사이에 어린 것의 신상에 무슨 좋지 않은 일이라도 생기면 어쩔까 좀이 쑤셨다. 혼자 누워 천장을 바라보고 있으면 주영이 얼굴부터 떠올랐다. 이모. 모이 먹는 새처럼 앙증스러운 그 작은 입을 쫑긋거리며 살포시 안겨들던 주영의 곱살스러운 모습을 품에 안으면 허한 가슴이 채워지고 펄펄 생동감이 펌프질 될 것도 같았다. 주영이가 지금 겪고 있을 외로움과 슬픔은 어린아이가 당해서는 결코 안 될 고통이다. 그건 모두 어른들의 잘못이다. 양지는 제가 겪었던 외로움으로 인해 주영의 외로움을 누구보다 잘 이해할 수 있었다. 잘 이해한다고 자신감 있게 말할 수 있으면 주영을 돌보는 일도 어렵지 않을 것이다. 자식들의 간절한 바람으로, 갈라섰던 부모가 화해를 한 예는 많았다. 자식을 위해서라면 무슨 희생이든 달게 받아들이는 것이 부모 된 사람들의 진실된 모습이니 말이다. 그러나 주영은 아직 어렸고 봄 저수지의 개구리 떼처럼 같이 모여서 운 힘으로 부모의 마음을 돌려세울 형제자매도 없는 아직 어린 외동딸이다.

양지는 자기 보호력 하나 갖추지 못한 어린아이가 세상과 맞서야 하는 끔찍한 현실을 이미 잘 알고 있었다. 주인집 아들에게 꼬리친 누명을 쓰고 쫓겨난 뒤, 그녀가 작심하고 발 디뎠던 서울이라는 대도시는 그 옛날 성남 언니가 깨달았을 '우물 안 개구리'의 충격 그 이상의, 그야말로 별천지였다. 건물은 산처럼 거대했고 눈이 어지럽게 복잡했고 빛나고 숨가쁘게 빨랐다. 이런 모습은 지각이 뛰어난 사람들의 깨우침과 노력으로 이룩된 결과인 것이다. '말은 나면 제주로 보내고 사람은 나면 서울로 보내라'는 말이 왜인지 실감넘치는 광경에서 양지는 불안과 어지럼증을 느꼈던 그때를 떠올렸다.

이제 막 알을 깨고 나온 병아리처럼 어리둥절, 저 혼자 끌어주는 누구도 없이 무작정 상경으로 수도 진출을 한 양지는 기차 안에서 했던 이런저런 궁리들을 다시 점검해보았지만 막상 아무 생각도 아무런 행동도 할 것이 없었다. 나름대로 궁리했으나 막상 맞닥뜨리게 된 별천지 세상에서 어떤 생각과 행동으로 길을 찾아나가야 할지 겁부터 났다. 말로만 듣던 서울은 어마어마하게 넓고 복잡했다. 머리카락 한 오라기도 틈입하기 어려운 위용이 매끄러운 막으로 포장되어 있다. 이런 현실 속으로 잠입하기 위한 어린 양지의 계획이나 방법은 맨손 맨 바닥이다. 그러나 그 순간 그녀의 머릿속에는 희한하게도 어릴 때 부잣집으로 놀러가서 드나들던, 큰 개가 지키고 있던 대문이 아닌 수챗구멍이나 울타리 구멍이 떠올랐다. 그로인해 양지는 태어나서 십여 년 동안 제 속에 차곡차곡 담아놓은 삶의 지혜가 공구함 속에 든 연모처럼 수월찮이 많은데 나름 용기와 자신감을 얻었다.

절대 촌뜨기 티를 내지 말아야 한다. 높은 건물이 몇 층인지 고개 들고 헤아리지 말 것, 기죽어서 고개 숙이고 걷지 말 것, 어리숙한 표정으로 입을 벌리고 웃는 대신 입술을 꼭 야무지게 다물 것, 아무리 신기한 게 보여도 늘 봐서 예사로운 것처럼 그냥 지나칠 것, 고개를 빳빳이 들고 허리는 쪽 펴고 걸을 것, 두 무릎이 살짝살짝 스치는 식으로 두 다리를 길게 앞으로 뻗어서 당당하게 걸을 것, 정수리에 물컵을 얹고 걷는 듯이 발끝으로 사뿐사뿐 걸어야지 뒤꿈치로 땅을 콱콱 박으며 터들터들 걷지 말 것 등 안주인인 중학교 선생님이 학생들에게 하는 말을 귀담아들어 두었던 대로 행동도 정해놓았다.

작고 볼품없는 촌병아리 계집아이가 손에 든 것은 달랑 단봇짐 하나. 입던 옷가지와 몇 푼의 돈. 믿는 것은 오직 또랑또랑한 눈동자와 부풀려서 착용한 간덩이가 전부. 그나마 다행인 것은 어리지만 그녀가 얼마나 똑똑하고 야무진지 눈여겨보는 사람도 없었고. 여리고 볼품없는 촌뜨기에 대해 관심도 없는 것이다. 흰색인지 회색인지 분간 안 되는 시골 냄새가 풀풀 새겨진 천으로 된 짐보퉁이는 지금 생각해도 나 잡아잡수세요, 광고하는 것처럼 낯간지럽게 촌스러운 행색이었다. 그 집을 나서서 생각한 것이 가방이라도 하나 새로 사야지 않을까였지만 그런 바깥치장에 신경 쓸 만큼 많지 않은 노잣돈이라 어떻게든 참자고 두 눈 질끈 감았던 결과였다.

서울역이란 곳을 사람들과 같이 빠져나왔으나 어디로 가야 할지 아는 데가 없었다. 제 갈 데로 사람들이 다 사라지도록 배회하던 양지의 머리에 언뜻 서울 어디에 있다는 한 곳 주소가 떠올랐다. 집주인 선생님의 여동생이 산다는 곳이었다. 너를 이렇게 내보내려니 너희 어머니한테 아주 미안하다며 측은한 눈빛으로 주머니에 든 돈 얼마를 손에 쥐어주던 주인 선생님. 할머니의 성화에 어쩔 수 없이 따르기는 해도 네가 어떤 아이라는 것을 나는 안다는 듯하던 그의 표정에 미온적이나마 담겨 있던 겨울 햇귀 같은 따뜻함이 언뜻 전에 들었던 주소를 상기시켜주는 힘이 된 것이다. 틈입할 곳 없이 마주 선 유리벽 같은 서울에서 별로 눈여겨 새겨두지도 않았던 그 주소가 언뜻 떠오른 것은 얼마나 다행인가. 자신의 총기가 무한 자랑스러운 양지는 아주 당당한 음성으로 물었지만 귀담아 듣고 그녀가 가야 할 방향을 친절하게 안내해주는 인심은 없었다. 무심하고 굳은 인상으로 서 있던 사람들은 차가 오면 쌩하니 제 갈 곳으로 떠날 뿐이다. 그중 누군가가 영등포 가는 버스는 길을 건너가야 된다고 일러주었으나 막상 버스 타는 곳으로 갔지만 몇 번 차를 타야 되는지 또 난감했다. 정류장에 서 있는 사람들을 나름으로 이 사람 저 사람 살펴본 끝에 양복을 쪽 빼입고 하얀 구두를 신은 멋쟁이 신사와 눈이 마주치자 그에게로 가까이 갔다. 양지는 마치 친척집에라도 가는 아이처럼 말을 걸었다.

"아저씨, 영등포 갈려면 몇 번을 타야 됩니꺼?"

양지가 말을 걸자 팔짱을 끼고 무슨 노랜가를 흥얼거리던 신사가 아래 위를 훑어보며 물었다. 괜히 몸을 흔들거리며 노래를 흥얼거리는 것과 차고 반드러운 눈빛이 약간 마음에 걸리기는 했지만 마치 기다렸던 사람을 만난 듯이 양지의 물음에 대번 친절한 반응을 보이는 것이 여간 고맙지 않았다.

"영등포는 왜 가는데?"

순간 양지는 머뭇거렸다. 여드름쟁이 녀석을 따라 고모라고 해야 할지 그냥 아주머니라고 해야 할지 순간적으로 헷갈렸다. 그러나 신사는 더 이상 캐묻지 않고 선선하게 말했다.

"내가 마침 그쪽을 가니까 같은 차를 타면 돼."

양지는 순간 살았다 싶었다. 기억하고 있는 주소가 정확한지는 알 수 없지만 그나마 앞으로 움직일 수 있는 길을 찾은 안도감이다. 그러나 기다려도 차는 좀체 오지 않는지 버스가 몇 대나 정차했다 떠났지만 신사는 차를 타지 않았다. 그 사이에 퍽 친절해진 신사는 양지에게 여러 가지를 물었다. 영등포에는 누가 있느냐를 비롯하여 배는 고프지 않느냐, 몇 시 기차를 탔었냐는 등. 하지만 양지는 못 들은 척하거나 대답은 간단히 대강하는 작전으로 정처 없는 제 처지를 얼버무렸다. 그러나 점점 더 친절해진 신사는 제 궁금증을 멈출 기미가 아니었다. 양지는 하나 둘 자신의 정체가 맨몸뚱이로 벗겨질 때마다 부끄러움과 두려움으로 웅크리기 시작했다. 마침내는 그에게 홀딱 잡아먹히고 말 것 같은 불길한 상상도 들었다. 하지만 모처럼 대화를 튼 서울신사를 오해한 나머지 끈을 놓치는 것은 아닌지 머릿속으로 이런저런 궁리를 하며 저 나름의 눈썰미로 신사의 이모저모를 관찰하는 것도 잊지 않았다.

그냥 서 있으려니 다리가 아팠던 양지는 길턱의 콘크리트 바닥에 보퉁이를 내려놓고 기대섰다. 안 보는 것처럼 신사도 양지를 슬쩍슬쩍 훔쳐보았다. 어느 순간 신사와 눈길이 딱 마주치자 신사가 슬그머니 웃어주는데 기분이 이상했다. 아니나 다를까 신사가 속내보이는 거동을 드러냈다. 약간 어색한 표정이 된 신사가 길 건너편에 보이는 상점을 가리키며 뜻밖의 심부름을 시켰다.

"넌 목이 안 마르냐? 저기 가서 박카스 두 병 사올래? 너도 한 병 마시고."

신사의 말이 떨어짐과 동시에 양지는 제 보퉁이로 손을 먼저 뻗었다. 보퉁이를 두고 가면 신사도 보퉁이도 순식간에 사라질 것 같은 위기감이 왈칵 솟았던 것이다. 순간 낚아챌 듯 양지의 보따리를 움켜잡으며 신사가 말했다.

"돈은 내가 줄 테니까 보따리는 두고 가라니까."

내 짐작이 맞구나. 왈칵 공포를 느낀 양지는 다부지게 보퉁이를 끌어안았고 둘의 친절 아닌 친절을 눈여겨보는 옆사람들의 시선을 의식한 듯 신사가 슬그머니 손을 거두었다.

"아입니더. 얼른 제 돈으로 사올께예."

말을 뱉어낸 양지는 가게가 보이는 쪽 건널목으로 재빨리 걸어갔다. 곁눈으로 힐끗 돌아보니 이쪽으로 목을 늘인 채 신사가 지켜보고 있었다. 양지는 심부름 잘하는 아이의 약속처럼 신사를 다시 한번 돌아본 뒤 뜀박질을 했다. 마침 전봇대와 다른 사람들에 가려서 신사가 보이지 않는 지점에 이르자 양지는 옆길로 접어들어 몸을 숨겼다. 남의 집 모퉁이에 숨어서보니 좀 전의 그 신사가 이리저리 뚤레거리며 지나자가는 것이 보여 양지는 더 웅크려서 납작 몸을 숨겼다. 행여 또 그 신사의 눈에 띌라 미로처럼 뚫린 길로 제 집을 찾아가는 아이처럼 부지런히 뛰었다. 그때 지나온 큰 길 어디선가 쓰리꾼이다! 저 놈 잡아라! 하는 다급한 고함소리가 째앵한 비명으로 양지의 귀에도 들려왔다. 동시에 양지는 누군가가 제 등을 탁 치는 공포감으로 무릎을 팍 접었다. 아울러 무시무시한 적지에서 용케 빠져나온 안도감이 덮쳐 더욱 힘껏 보퉁이를 끌어안았다. 아아, 여기는 서울이다. 뒤통수 쳐놓고 간 빼간다는 세상. 눈 뜨고 코 베인다는 서울. 여기가 바로 그 서울, 정신 똑바로 차려야 된다. 양지는 잠시나마 혼몽했던 머리통을 통통 치며 주의를 환기시켰다.

이제는 다시 갈 필요 없는 곳이라 여겨선지 그 어릴 때의 기억은 끔찍한 동화처럼 자주 양지의 잠 안 오는 밤을 찾아왔다.

다시 누군가에게 영등포 가는 길을 묻기 두려워 영등포를 포기하자 갈 곳이 없었다. 잘 아는 길을 가는 것처럼 부지런히 걸었지만 큰 선물이나 낯선 거리, 낯선 사람들 모두 한 입에 아앙 베물고 말 괴물처럼 노려보는 것들뿐이었다. 세상에는 좋은 사람과 나쁜 사람이 섞여 살 것은 분명했다. 그러나 어떤 사람이 좋은 사람인지 나쁜 사람인지 쾌남은 아직 구별하지 못한다. 아까의 그 신사는 정말 나쁜 마음을 품고 나를 심부름 시킨 게 아닌데 지레 겁을 먹고 도망을 쳤다면 나는 아마 나쁜 사람 축에 들것이다. 그렇지만 이제 함부로 사람을 믿고 따를 수 없을 것 같았다. 다른 사람에게 의지하지 말고 내 힘으로 방법을 찾아야 한다. 쾌남은 다시 일어서서 서울의 낯선 거리를 일이 있는 아이처럼 걷기 시작했다.

어디를 얼마나 뱅뱅 돌았는지 모른다. 다리는 아프고 마음도 지쳤는데 건물에 가린 해도 밤으로 가는 어둑발을 내릴 참이다. 이때 시장이 가까운지 양손에다 몽탕몽탕 무거워보이는 짐꾸러미를 몇 개나 팔이 늘어지게 든 여자 하나가 뒤뚱 기우뚱 걸어오는 게 보였다. 마침 쾌남이 서 있는 앞에서 여자는 짐을 내려놓고 서더니 아픈 팔을 흔들어 달래며 이마에 배인 땀을 닦기도 한다.

여자가 다시 짐을 챙겨들자 쾌남이 먼저 나섰다.

"지가 같이 좀 들어디릴까예?"

어릴 때부터 익숙하게 했던 친절이라 저도 몰래 나온 말이다. 쾌남을 흘끔 쳐다보던 여자가 반색을 했다. 이제부터 시골아이 티가 안 나게 표준말도 쓰고 억양도 고쳐야지 주의했지만 거기까지는 얼른 고쳐지지 않고 저도 몰래 고향 어투가 튀어나와 애를 먹였다.

"짐이 무거운데, 그래 줄래? 안 바빠?"

들어보니 아주머니의 억양도 남도 쪽이다. 친밀감을 느낀 쾌남은 생긋 웃으며 몇 개의 짐을 서둘러서 들고 여자의 뒤를 따랐다.

"자, 여기다 놔라."

군침 돌게 짜장면 냄새가 풍기는 작은 중화요리집 앞에서 여자가 멈추었다. 짐을 내려놓고 도리없이 또 어디론가 길을 나서야 한다.

"지 짜장면 한 그릇 묵고가모 안 될까예?"

아침부터 아무것도 먹지 못한 뱃속에서도 아우성치며 쾌남을 도왔다.

"참 그렇네, 암튼 들어가자."

맹랑한 어린것이 운반비를 받겠다는 심산인지 잠시 애매한 표정을 짓던 여자가, 이것 들고 안으로 들어가자. 허락을 했다. 좁고 침침한 식당이었지만 기름때 전 오랜 음식 냄새가 와락 쾌남을 품어안았다. 선생님 집 아이들과 같이 먹어본 요리다. 늘큰하고 착착 감기는 짜장면 맛도 맛이지만 달고 새큼한 단무지와 춘장에 찍은 양파 맛은 또 얼마나 도시사람이 된 자부심을 느끼게 해주었던가.

"야야, 손님이다. 얼른 일어나서 자장 하나 맨들어라. 저녁때 다됐는데 여태 낮잠이고."

주방 쪽 어딘가의 문을 드르륵 열더니 여자의 지청구가 쏟아져나왔다.

"참 누님도 설거지해놓고 방금 들어갔거만, 나만 보면 장천 잠꾸러기 타령이서."

투덜거리는 볼멘소리에 이어 수박을 훔쳐넣은 것처럼 불룩한 배를 안고 나이가 짐작 안 되는 젊은 남자 하나가 모습을 드러냈다.

"돈 받을 손님 아니니까 뚝딱 해라."

기름기 밴 식탁에다 손가락 그림을 그리고 있는 쾌남의 앞에 짜장면 그릇이 놓였다. 배고픔을 얼마나 참았던지 면발은 입안으로 쏙쏙 빨려들어 맛을 음미할 새도 없이 미끄러져 들어갔다. 그릇에 묻은 자장까지 닥닥 긁어먹고 나니 움츠렸던 어깨도 좀 펴졌다. 어디서 난지도 모를 용기가 난 것도 그때였다. 쾌남은 그릇을 챙겨드는 아주머니를 보고 말했다.

"아주머니, 저 여기서 심부름도 하고 잠도 좀 재워주면 안 되예?"

"너, 그게 무슨 말이냐, 집 나온 애였어?"

어떤 말로 둘러대야 할지 쾌남이 잠시 망설이는 동안 주인여자가 다시 나무라는 말을 던졌다.

"너 그렇게 안 봤더니 아주 못 된 애구나. 집에서 걱정하고 있을 부모 생각은 않고. 어서 가라. 난 너 같은 애들 안 붙여둔다."

그 소리에 울컥해진 쾌남은 와락 아주머니에게 매달렸다.

"아주머니, 저 사실은 집 나온 것도 아니고 갈 데가 없어요."

"갈 데가 없다니. 부모도 없어?"

쾌남은 울먹이면서 그냥 긍정으로 보일 고갯짓만 끄덕거렸다. 그것을 본 주인여자는 들었던 그릇을 도로 내려놓으며 쾌남이 앞에 마주 앉았다.

"저런, 그래서 어쩌냐. 어린 게 불쌍하게."

쓴 입맛을 쩝쩝 다시며 주방으로 물러갔던 주인여자가 주방 일을 하던 청년과 뭐라고 대화를 주고받더니 도로 나와 쾌남에게 일렀다.

"어린 게 의지가지없는 고아라니 그냥 보낼 수도 없고…. 딱해서 그러니 있어봐라. 대신 네가 말한 대로 먹고 재워주고 월급은 없다."

예에 예예. 쾌남이 고마워하고 있을 때 주방에 있던 청년이 싱글싱글

웃으며 나오더니 이런 말을 덧붙였다.

"그럼 잠은 여기서 나랑 자라고?"

주인여자가 찢어진 입 사이로 이빨을 드러내며 젊은 남자의 등판을 철썩 내질렀다.

"그래 같이 자라 자. 그게 말이나 되냐? 넌 안집에서 동아랑 같이 자고."

당연히 그래야 될 걸 농담 한번 한 걸로 여기는지 청년은 휘파람을 불며 주방으로 들어가버렸다. 측은지심이 묻어나는 음성으로 주인여자가 다시 쾌남에게 일렀다.

"나도 사람 쓸 형편은 못 되지만 네 마음씨가 고마워서 그래. 언제까지 같이 있을지는 모르지만 눈썰미 있게 부지런히 잘해봐라. 어디 가서 이런 일 해봤다고 하면 밥 굶지는 않을 거다."

아, 드디어 발붙일 곳을 마련했구나. 마음이 턱 놓인 쾌남은 부지런히 시키는 대로 열심히 일을 했다. 장사가 끝나고 뒷정리를 할 때는 남의집 살이 때 몸에 밴 대로 시키지 않은 바닥 청소까지 구석구석 스스로 알아서 했다. 하루 종일 일에 지친 몸은 솜처럼 무거워져 방바닥에 등을 대기만 하면 시체처럼 축 늘어졌다. 그러나 단잠을 푹 자고 나면 개운해진 김에 일찍 눈이 떠져 다행이었다. 주인보다 먼저 일어난 쾌남은 손님 치를 하루 일을 미리 준비해놓곤 했다. 아주머니로부터는 네가 있어서 내가 훨씬 수월하다는 칭찬도 받았다. 객지살이에 익숙해질 때까지 눌러 있기 괜찮은 분위기가 만들어지고 있었다.

그렇게 한 달쯤 지난 어느 날 늦은 밤이었다.

안으로 걸쇠가 꽂혀 있는 낡은 방문이 찌걱거리는 소리가 났다. 은밀하게 계속되는 기척에 쾌남은 잠을 깼다. 뒤이어 주방장의 낮은 목소리가 들렸다.

"야, 꼬마야 문 좀 열어봐. 내 물건 가져갈 게 있으니까."

제법 익숙해진 사이가 됐지만 이건 아니다. 지금은 늦은 밤 아닌가. 이 시간에 무슨 물건을. 버럭 긴장한 쾌남은 잠든 척 숨을 죽였다. 더 부드럽고 은근하게 만든 주방장의 목소리가 연이어졌다. 그러나 쾌남이 아무 소리도 않자 주방장은 문틈으로 숟가락총을 밀어넣어 걸쇠 열기를 시도했다. 억지로 문이 열리는 순간 어떤 낭패스러운 일이 생길지 모른다. 쾌남은 그제야 깊은 잠에서 깬 듯 볼멘소리를 냈다.

"아저씨, 뭔데 말만 하이소. 찾아드릴 텐게."

"야, 목소리 낮춰. 잠깐이면 되니까 문부터 따라고."

큰 목소리를 탓하는 바깥의 분위기에 쾌남의 뇌리속은 얼른 나는 네 엄마다 어웅, 해와 달이 된 남매를 연상했다. 구석 안에 있던 보따리를 출입문 옆으로 가져다놓은 쾌남이 걸쇠를 풀자마자 주방장이 밀려들어왔다. 역한 술 냄새를 풍기며 히죽 웃어보였다.

"그새 자냐?"

"뭔 물건인데 어서 갖고 가이소."

물건을 같이 찾아줄 듯이 쾌남이 채근을 했지만 아랑곳없이 주방장은 무너져 앉아버렸다. 불룩불룩 살찐 배가 맞닿을 듯이 가까운 거리였다.

"나도 그냥 자기 심심하던 참이라 같이 놀아주려고 왔지. 너 일하는 것 보니까 제법 쓸 만하더라. 내가 독립하면 우리 같이 안 해볼래? 우리 누님 봤지? 어찌나 잔소리를 하는지 곧 따로나갈 작정이거든."

이런 걸 수작이라는 건가. 쾌남은 나름 경계심을 늦추지 않고 긴장했다. 이럴 때 무른 대응을 해서 무슨 사단이 나면 또 억울한 누명만 쓰게 되리라. 남자 꼭지란 늙으나 젊으나 맛있는 고기나 과일처럼 여자를 탐하게 생겨 먹었다고들 한다. 주방장은 또 히죽 웃으며 쾌남을 바라보았다. 먹이를 덥석 물고 싶은 살찐 산돼지 표정인데 쉭쉭 숨을 내쉴 때마다 불룩한 배가 오르락내리락 우스꽝스럽다. 그 모습에 용기를 얻은 쾌남은 순간 기지를 발휘했다.

"아저씨가 같이 놀자면 놀아드릴께요. 그런데 아저씨를 보니까 갑자기 아저씨가 낮에 만든 그 요리가 먹고 싶어요."

"그게 뭔데? 요리를 한두 가지 만든 것도 아니고."

"돼지고기 썬 걸 밀가루 묻혀서 기름에 튀긴 그거."

"아휴 요런 촌년, 그건 탕수육이야. 그게 그렇게 먹고 싶어?"

"예. 이때까지 먹어본 요리 중에 제일 맛있었어예."

"허 그랬냐?"

"어서 만들어주이소예."

응석부리듯 밀어내는 쾌남의 두 다리를 주방장의 억센 팔뚝이 휘감았다.

"너 보기보다 참 단단하다?"

중얼거리며 주방장은 뭉그적뭉그적 엉덩이를 밀고 나간다. 쾌남은 소름 낀 팔뚝을 문지르며 아무렇지도 않은 척 시치미 떼기 위해 필요하지도 않은 물음을 달았다.

"얼마나 기다리면 돼요?"

요리에 대한 기대를 나타내는 듯한 쾌남의 질문에 주방장은 고기를 꺼내면서 꿍얼거렸다.

"얼마 안 걸리니까 잠시만 기다려."

덜거덕거리는 주방기기 속에 섞여 흥얼거리는 콧노래가 들렸다. 주방장이 영세 꾈 탕수육을 만드는 네 정신을 판 사이 쾌남은 살그머니 그곳을 빠져나왔다. 곧 따라나온 사내의 검센 손길이 목덜미를 낚아챌 것만 같아 무작정 빨리 앞을 향해 뛰었다. 달리는 차량들도 양지더러 어서 먼 곳으로 도망가라고 같이 뛰어주는 듯이 휙휙 속도를 낸다. 꽤 먼 거리까지 도망친 쾌남은 몰아쉬던 가쁜 숨을 토해내며 달리기를 멈추었다. 그러나 위기는 모면했지만 또 어디로 가야 하나 앞길이 막막했다.

하지만 자신을 내려놓고 적응하면 어디든 길은 또 만들어진다. 쾌남은 사람이 없는 빈 공간인 공중변소로 들어가 들고 온 보따리를 내려놓고 숨을 돌렸다. 불결한 공중변소의 변기에 쭈그리고 앉아 용변에 찌든 냄새만 견디면 하룻밤은 넘길 수 있을 것 같은 아늑함이 생겼다. 그러나 잠들만 하면 드나드는 술 취한 사람들의 기척 때문에 몇 번이나 깨어나 불안한 심장을 쓸어내려야 했다. 그날 밤 쾌남은 죽은 성남 언니를 생각하며 소리 없는 눈물을 한없이 흘렸다. 니 공부는 내가 시킬 긴께, 너는 언니만 믿고 공부 열심히 해라. 머리가 좋고 똑똑한 사람은 꼭 큰일을 하게 명령받고 태어났더라. 너도 꼭 훌륭한 사람이 될 거다. 앞으로는 여자들이 큰소리치는 세상이 온단다. 그런 여자가 될라 카모 어쨌든 많이 배워야 된다. 너는 야무지고 똑똑한께 꼭 그런 사람이 될 끼다.

공중화장실에서 토끼잠으로 밤을 새운 쾌남은 다시 어린 몸 하나 깃들 틈 없는 유리벽 도시의 낯선 거리를 풍매화처럼 휘돌아야 했다. 아무도 그녀를 모른다. 관심을 가지고 쳐다보는 이조차 없으니 그녀의 존재는 강가에 쌓인 모래알보다 더 가치가 없고 아예 없는 존재나 마찬가지

다. 어떻게든 뿌리 내릴 틈을 찾아야 하는데 그녀가 말을 거는 순간 전날의 그 신사나 중국음식점에서와 같은 일이 벌어질까봐 이제는 먼저 말을 거는 것도 겁이 났다. 세상은 모두 그림이나 영상물처럼 그녀와 상관없지만 말을 거는 순간 깨어나는 악령처럼 달려들 것 같았다.

하염없이 걷다보니 숲과 친한 단아한 3층 건물 하나가 나타났다. 큰 건물인데도 음식점이거나 여타의 다른 상점처럼 복잡한 간판을 달고 있지도 않은 어쩐지 기품 있어 보이고 안정감 느껴지는 건물이다. 건물로 오르는 높은 층계를 올려다보고 있으려니 책을 옆구리에 낀 청년 하나가 계단을 밟고 내려왔다. 그 순간 문득, 주머닛돈을 꺼내서 여비로 보태주던 주인집 선생님의 여린 겨울 햇귀 같은 선심의 눈빛이 떠올랐다. 책을 많이 보는 사람만 소지하고 있는 눈빛이 따로 있을 것만 같은 믿음으로 용기를 냈다.

"아저씨, 지 좀 도와주이소."

층계에서 내려오자 제 갈 길로 휙 몸을 돌리던 청년이 의혹어린 표정으로 멈춰섰다.

"뭘 도와달라고?"

단정하고 순수한 상대방의 목소리는 예상대로였다. 쾌남은 예감이 맞아떨어진 기쁨으로 가슴이 마구 쿵쾅거리는 소리를 들었다. 그러나 막상 대답이 얼른 나오지 않았다.

"도와달라고 했으면 말을 해야지. 너 시골서 올라왔니?"

쾌남의 행색을 훑어본 청년이 되묻자 기어드는 목소리로 대답하며 쾌남은 고개를 숙였다. 아, 나는 남의 눈에 이렇게 빤히 다 보이는 아이구나. 정처 없는 아이의 비애대로 코끝도 찡해졌다.

"야, 요즘 세상이 어떤 세상인데, 누구랑 같이 왔다가 헤어진 거야? 길을 잃은 거야?"

쾌남은 지난 밤의 끔직한 봉변이 떠올라 가슴이 뭉클 서러워졌으나 입 밖에 내지는 않았다. 이제 영등포도 없다. 혈혈단신으로 기댈 곳은 책을 끼고 있는 이 선량한 청년뿐이라는 단정에 매달렸다.

"너, 어디서 왔어? 경상도 어디? 부모는?"

청년의 관심어린 질문이 깊어지자 쾌남의 기지도 차츰 발동을 했다. 저도 몰래 깜찍한 거짓말이 튀어나왔다.

"경상도는 맞는데 부모는 없어예."

"저런."

불쌍하고 딱한 한숨을 청년이 토해냈다. 청년의 눈빛은 이제까지 보아온 사람들 누구와도 비교 안 되게 맑고 부드러웠으며 깊고 섬세하기도 했다.

"그동안 어디서 지냈는데, 친척집?"

"그런 거는 더 묻지 마이소."

청년의 자상한 성품에 자신을 얻는 쾌남은 제 마음속에 든 생각을 구김살없이 드러냈다.

"하긴 과거보다 현재가 더 중요하지."

잠시 뜸을 들이던 청년이 걸음을 떼며 돌아보았다.

"배도 고플 테니 일단 같이 가자."

쾌남은 짐을 꽉 끌어안고 쾌재어린 걸음으로 쫄랑쫄랑 청년의 뒤를 따랐다. 큰 길을 벗어나자 작은 식당들이 즐비하게 늘어선 좁은 골목으로 청년이 들어섰다.

"비싼 건 못 사주고, 나랑 같이 밥 먹자."

김치찌개·된장찌개 냄새가 간판 글씨로 푹 절은 느슨한 목문을 밀고 들어서자 행주로 탁자를 닦던 안주인이 반가운 얼굴로 맞이했다.

"아이고 오늘은 식사시간이 좀 늦었네."

웬 계집아이를? 식당주인의 빠른 눈길이 쾌남을 함께 훑는다.

"예. 시험은 코앞인데 영 진도가 안 나가서 골칩니다."

"그래도 쉬엄쉬엄 해. 금강산도 식후경이라는데 건강 먼저 챙겨야지."

"옛 알겠습니다, 마마. 난 된장찌개 먹을 건데 넌 뭘 먹을래? 너 먹고 싶은 걸 골라."

"아무 거나예."

둘의 대화를 듣고 있던 안주인이 껴들었다.

"누군데? 고향에서 온 학생 친척인가?"

"예. 뭐 그렇게 됐습니다. 된장찌개로 둘 주세요. 밥은 한 공기 더 주시고요."

음식이 나올 동안 청년은 내내 책을 펼쳐놓고 들여다본다. 밑줄 친 부분도 보이고 깨알 같은 글씨가 콩밭고랑에 심은 열무처럼 빽빽하게 들어찬 곳도 있다.

"자, 먹고 더 먹어라. 배도 많이 고플 텐데."

언제 저도 굶주려본 사람처럼 청년은 밥상이 앞에 차려지자 덤으로 나온 밥그릇을 쾌남이 앞으로 놓아주며 말했다. 쾌남이 숟가락을 들자 청년도 밥을 먹기 시작했다. 눈은 여전히 책에 박아놓은 채 용케도 이것 저것 잘 떠먹는다. 후딱 밥을 먹어치운 청년이 바쁘게 일어서며 주인에게 부탁했다.

"저는 제 방에 올라가서 옷 갈아입고 나갈 거니까, 얘 좀 여기서 쉬어 가게 해주세요."

"그래요, 도련님, 어찌 저리 자상하시기도 할까."

밥집 아주머니는 공부 열심히 하는 자기 자식이라도 어르는 듯 다정한 눈으로 청년을 보고 웃어준다. 쾌남은 시험공부에 집중하는 사람을 더 잡고 하소연할 면목도 없다. 밥을 얻어먹은 것도 감지덕진데 상대에 기내지 말고 또 세 길을 스스로 찾는 수밖에 없었다. 쾌남은 밥 믹은 그릇을 주방으로 가져다놓고 탁자 정리를 했다. 청년과 식당 주인과의 친분을 보면 여기서 비빌 언덕을 찾아봄직도 하지만 어제 일이 생각나서 식당에서 먹고 잘 생각은 아예 접어둔 채여서 말도 꺼내지 않았다.

"저, 도련님과는 고향 친척인가?"

미적거리고 있는 쾌남에게로 주인의 다행스러운 호기심이 먼저 날아왔다. 청년과 마주 앉아 밥을 먹을 때는 손님처럼 점잖게 수발도 받았는데 저를 또 초라한 떠돌이 모습으로 세울 수 없어 쾌남은 엉겁결에 예, 라는 뜻으로 고개를 끄덕거렸다.

"때를 못 맞춰왔네. 어디 고궁이라도 구경시켜서 보내지 절대 그냥 보낼 사람이 아닌데. 오빠가 지금 눈코 뜰 새가 없어. 밥도 제 시간에 못 먹는 것 봐. 밤에는 잠도 안 자고 꼬빡 새우지 아마."

저를 청년의 친척으로 여기는 주인여자의 말을 듣고 있던 쾌남은 또 언뜻 어떤 기지의 일깨움에 눈을 떴다.

"오빠 방에 가서 온 김에 빨래라도 좀 해주고 가면 안 돼예?"

그렇게 기특한 생각을. 안주인의 얼굴이 활짝 폈다.

"그렇게 기특한 생각을 하다니, 역시 그 집 핏줄은 다르네. 그 집 어른들도 돈 받고 밥해주는 나한테도 올 때마다 선물을 주며 고맙다고 하더니."

식당 이층에 있는 청년의 방은 벽면을 둘러싼 많은 책으로 인해 일상 용품은 간단했는데도 아주 좁고 단순했다. 그러나 손닿을 수 없이 높은 곳까지 첩첩 쌓여 있는 책들은 부잣집 창고를 본 것처럼 쾌남을 압도했다. 이 방의 주인이 보인 이해와 따뜻한 배려는 마침내 저 많은 책의 갈피갈피에서 뽑아낸 인간애의 즙 아니겠는가. 쾌남은 아직 이렇게 많은 책 속에 묻혀 사는 사람을 본 적 없었기 때문에 존경심이 우러났다. 나도 공부를 하고 싶다는 잘렸던 욕망이 다시 고개를 들기도 했다. 아버지와 어머니에게도 이 방의 주인처럼 넓은 정보와 깊은 사려가 있었다면 고리타분한 사고에서 벗어나 딸자식일지언정 어떻게든 교육의 길을 열어주어 지금과 같은 처지로 내몰리지 않아도 되었을 것이다. 나도 공부를 많이 하고 나면 여기 이 오빠처럼 불행하고 힘든 사람을 이해하고 도우는 힘을 갖게 될 텐데.

쾌남은 미처 치우지 못한 방을 비질과 걸레질로 말끔하게 청소했다. 내게도 저런 오빠가 있었으면 얼마나 든든하고 좋을까. 감동에 보답하는 마음으로 쌓인 빨래도 챙겨내서 깨끗이 씻어 널었다. 할 일을 다 하고 나니 제 집 일을 끝마친 듯 개운하고 편안함이 느껴졌다. 쌓여 있는 책 가운데 한 권을 펼쳐들고 벽에 기대앉았으나 무슨 내용인지 종잡을 수 없는 복잡한 내용 때문에 검은 글자만 빽빽한 책 속으로 빨려들지 못했다. 억지로라도 몰입해보려는 동안 여기가 어디이며 나는 지금 왜 여기 있는지. 처지도 잊은 노독이 혼곤하게 몰려와 쾌남을 가라앉혔다.

갑자기 활짝 밝아지는 조명에 놀라 눈을 뜨니 청년이 내려다보고 있었다. 푹 잤던 단잠 덕분에 머릿속도 맑았고 몸놀림도 개운했다.

"깼어? 내 빨래를 했다더니 피곤했구나. 어서 자거라."

"아임더, 많이 잤어예."

"나와 친척이랬다지? 너 참 맹랑하고 앙큼한 데가 있네. 잘 응용하면 이 담에 뭐가 돼도 될 것 같은데, 그렇지 않니? 너 주위에서 영리하다는 소리도 듣지?"

갑자기 눈물이 핑 돌았다. 기껏 국민학교 육 년간이지만 몇 년간 우등상을 받았다. 단절된 진학길 때문에 담임으로부터 아까운 아이라는 소리도 들었다.

"저도 공부를 하고 싶어예."

받침이 될 어떤 여건도 없으면서 쾌남은 이 방에 머무르는 몇 시간 동안 축적해놓았던 제 열망의 문을 삽시간에 열어젖혔다.

"그렇지. 사람은 배워야 하니까."

청년의 호의적인 관심에 힘을 얻은 쾌남은 초등학교 시절 꽤 똑똑했던 자신의 이력과 중학교에 보내준다는 약속과 함께 남의 집 아이보기로 들어갔던 것을 술술 털어놓았다. 딱한 듯이 입을 쭉 내밀고 쾌남의 말을 듣고 있던 청년은 마른 입맛을 다시며 부수수하게 제 머리카락을 쓸어댔다. 숙식을 해결하면서 학교를 다닐 수 있는 데라…. 청년은 누구에게랄 것도 없는 혼잣소리를 흘리더니 책상 앞으로 갔다.

"피곤할 텐데, 우선 자거라."

비좁은 공간을 염두에 둔 쾌남이 머뭇거렸지만 청년은 더 이상 말하지 않고 책 위에다 얼굴을 고정시켰다. 양지는 더 이상 잠이 오지 않았다. 우두커니 앉아 있으려니 저절로 공부하는 청년의 모습으로 눈길이 갔다. 꽤 오랜 시간이 지났지만 청년은 책장을 넘기고 펜을 잡은 두 손만 꼬무락거릴 뿐 의자에서 몸을 움직이지 않는다. 같은 방에 다른 사람이 있는 것도 잊어버린 듯 몰아지경이었다. 깊은 밤, 고요만이 가득한 방에는 불빛만 살아 있다. 잠자코 청년을 바라보고 있던 쾌남은 저도 몰래 심호흡을 삼키며 이불을 끌어당겨 제 입을 틀어막았다. 찬탄의 소리라도 내지를 것 같았다. 책 속에 몰입해 있는 청년의 전신에서 알 수 없는 빛이 발광하고 있었던 것이다. 언젠가 연예인들의 쇼를 보러갔는데 열연하는 그들의 몸에서 뿜어나오는 방전현상과 다르지 않은 빛의 현현이었다. 아니 그보다 부처나 예수 같은 성인의 몸에서 배어나오는 거룩하고 담담한 빛이라는 표현이 더 가깝다. 최선과 최고의 열정으로 자신을 투척했을 때 뿜어나오는 인광은 관객을 열광시키는 연예인이나 성인만 가지고 있는 게 아니었다.

"나는 잠 잘 시간이 없으니까 내 걱정 말고 편히 누워서 자도 돼."

말뚱한 눈으로 쳐다보고 있는 쾌남이 뒤통수로도 보이는지 책장을 넘기면서 청년이 말했다. 청년의 공부에 방해될까봐 쾌남은 소리없이 자리에 누웠으나 쉽게 잠들지 못했다. 기차에 몸을 싣는 순간부터 세상에 연줄 없는 단 하나가 되었다. 이전까지와는 전혀 다른 세계로 나아갈수록 모래알 같은 외톨이 신세가 되는 반면 오히려 매인데 없는 홀가분한 자유를 맛보기도 했다. 색다른 세계의 알 수 없는 앞날에 대한 두려움과 희망속에 그녀는 나날이 변용의 내면을 키웠다. 저를 버리는 사람도 저이며 저를 구하는 사람도 저라는 말이 실감나는 날들이었다. 쾌남은 다시 한번 청년에게 매달려보기로 했다.

어린 쾌남은 며칠 뒤 청년의 부탁을 받은 식당아주머니의 주선으로 산업체 학교가 있는 회사에 취직을 하게 되었다. 그 후로도 쾌남은 청년의 도움을 많이 받았지만 외무고시에 합격한 청년이 외국으로 나가면서 자연스럽게 소식은 뜸해졌다. 때마다 고개 드는 고마움 때문에 양지가 전화를 하면 청년은 겸양의 목소리로 양지의 장한 도약과 발전을 치하했다. 전화를 끊고 나면 저도 누군가의 은인이 되어야 한다는 다짐을 곱새기곤 했다. 지금도 만약 그분과 연락이 된다면 훌륭한 멘토에게 자문을 구할 수도 있지만 어찌된 셈인지 그와의 인연은 아름다운 추억 정도로 머물고만 상태다.

이제 어른이 된 양지는 젊어서 고생은 사서도 한다는 말을 가끔씩 음미할 때가 있다. 하지만 누가 하지 않아도 될 고생을 일부러 돈까지 주고 사서할 것인가. 어림없는 일이다. 하지만 어린 쾌남이 체득했던 생의 비술은 그 고통을 이겨냄으로 생성되어진 것들이다. 그의 인생을 통하여 반짝반짝 빛나는 보석이 되고 행복을 열어줄 지혜의 바탕도 이 시기에 잉태된 것임은 굳이 말할 필요도 없다. 그로서 가난다는 것, 고통스럽다는 것은 피해야 할 무서운 맹수나 원수 같은 존재가 아니라 인간의 성숙을 배양시켜주는 만능의 체력장 같다고나 할까. 그 과정에서 얻은 인지능력은 양지의 삶을 관류하는 지주 역할을 하고 있으며 가장 광대하고 심원한 곳집 하나를 마련한 셈이었다. 그때는 객관적인 자평은 하지 못했지만 지금은 다르다. 해서 양지는 누군가의 보호자 노릇으로 자신이 넘겼던 그 위기의 징검다리 역할을 보상해야 된다는 소명을 키운 편이다. 오래 사귀었던 현태와의 결별을 감수하면서까지 지켜낸 수연이 심저에 맺혀 있던 그 결론의 일부였는데 지금은 호남이 방치하고 있는 주영이까지 포함된다. 호남의 말대로라면 아이를 키울 만한 여건을 갖출 때까지 참는 게 맞는 말이긴 하다. 그러나 자신에 비하면 주영은 아직 너무 어리다는 점으로 양지는 더 미루지 못하는 조급증에 시달렸다.

며칠 후, 첫 번째로 주영을 찾아갔던 양지는 빗나간 제 예감에 쓴 안도의 웃음을 지었다. 빈 논인 마을 앞 공터에 한 떼의 아이들이 깡통차기를 하며 와아와아 지껄여대고 있었다. 깡통을 서로 차기 위해 이리저리 몰려다니는 아이들 속에 주영이도 있었다. 저렇게 동네 아이들과 사귀어서 놀고 있는 건 모전여전의 사회성으로 안심해도 좋을 상태다. 지켜보는 동안 주전멤버는 아니고 그저 아이들이 뛰어가는 방향으로 저도 몰려서 따라가는 정도였지만 기죽어서 축 늘어져 있지 않고 유쾌한 웃음도 깔깔깔 따라 웃어댔다. 다른 아이들이 방심한 틈에 깡통을 뺏어 차다가 덜미를 잡혀 빼앗기고도 손바닥으로 입을 가리며 호호호 웃는 모습이 또래 아이들과 별로 차이나지 않는 평범하고 건강한 모습이어서 다른 걱정할 필요없이 다행으로 보였다.

양지는 지금 데리고 가면 저런 동적이고 발랄한 기회는 없을 게 뻔한데 얼마쯤 더 놀게 둔 다음에 손을 내밀어야 되나 뜸을 들였다. 그 사이 쭈볏쭈볏 벼 그루가 삭아가는 들판을 가로질러 깡통차기를 하던 아이들이 논두렁길로 뛰어가기 시작했다. 앞선 아이가 향하는 쪽 산기슭에서 무어라 소리 지르며 어서 오라고 신호를 보내는 아이 두엇이 보였다. 뒤처진 또래들과 같이 주영이도 그쪽으로 달려간다. 양지도 아이들의 뒤를 따랐다.

자그마한 둔덕에 이르자 아이들은 보이지 않고 작은 산개울이 가로질러 나왔다. 어젯밤에 들었던 봄개구리 소리처럼 목소리만 들리는 아이들의 흔적을 찾아 여기저기를 둘러보는데 커다란 바위너덜이 포개진 틈 아래로 빠끔하게 열려 있는 공터에 아이들이 옹기종기 둘러앉아 있는 게 보였다. 가까이로 옮겨가 바위 뒤에 몸을 숨기니 아이들이 노는 모습이 환히 내려다보였다. 불을 피워서 무언가를 구운 모양 아직도 실연기가 피어오르는 모닥불 속에서 아이들은 무언가를 집어들고 신나게 냠냠 뜯어먹고 있었다. 참 대견한 어울림이다. 어릴 때 언니들과 어울려 콩이나 밀 서리를 해먹던 기억이 난 양지는 아이들 모두에게 과자라도 사주고 싶은 고마움과 함께 무리 속에 섞여 있는 주영을 찾았다. 주영이도 그들과 같이 무언가를 추켜들고 맛있게 아작아작 씹어먹고 있다. 무리 없이 동화되어 있는 주영의 모습이 고맙고 기특해서 눈물이 솟구칠 것 같은 찰나 양지는 경악한 눈을 크게 뜬 채 다시 한번 뚫어지게 주영의 손에 들린 물건을 주시했다. 아이들이 먹는 것은 마치 만세 부르듯 사지를 쭉쭉 뻗은 개구리구이였다. 따뜻한 물웅덩이에 오글오글 모여서 밤낮으로 짝짓기 노래를 부르던 것들인데 저 모양의 최후를 맞는다. 그러나 더 놀랍게 양지의 눈길을 끈 것은 무리들 중에서 단연 키가 커보이는 아이들 두엇이 서로 먹기를 탐하며 시시덕거리는 허리띠 모양의 긴 물체였다. 말할 것도 없이 아직 겨울잠을 깨지도 않은 뱀을 돌 틈에서 잡아내서 구운 것일 터였다.

양지는 그날 아이들이 다 떠나도록 그곳에 남아 있었다. 아직도 저런 놀이와 먹거리 장난이 이어지고 있었다니. 무엇보다 환경에 잘 적응하고 있는 주영이 고마웠다. 야생적이고 원시적인 놀이를 하고 있지만 건강만 유지한다면 그 나름으로 인생학습은 제대로 하고 있는 셈이었다. 애틋한 감정을 안고 돌아왔지만 무심코 다른 일을 하던 중에도 개구리

다리를 들고 맛나게 먹던 주영의 모습을 떠올리면 절로 웃음이 나왔다. 그러나 심중에 벼르는 일은 계기만 생기면 다시 표면으로 떠오른다. 고종오빠의 목장에서 일하던 양지는 팔려간 어미 소를 찾아 목메게 울부짖고 헤매는 송아지를 달래다 불현 듯 다시 주영을 데리러갔다.

두 번째 마을에 도착한 양지는 역시 잘 왔구나 싶은 기막힌 현상을 목격하게 되었다. 마을 앞에서 떠들썩하게 뛰놀던 동네 아이들 모습은 보이지 않고 마을은 왠지 인적없이 괴괴했다. 말로만 들은 주영이네 고모집을 찾아가던 양지는 어느 골목의 돌담 모퉁이를 돌다 발길을 우뚝 멈추었다. 심심한 주영이 손에 든 꼬챙이로 손장난을 하며 혼자 놀고 있는 모습이 보였던 것이다. 주영은 손에 든 꼬챙이로 무언가를 자꾸 내려치다가 그도 성에 안차는지 옆에 있던 굵은 몽둥이를 찾아들더니 심술스러운 웃음을 히죽히죽 웃으며 힘주어서 쿡쿡 대상을 찌르고 때리는 동작을 계속한다. 괴이하고 심술스럽게 표정까지 바꾸어가며 집요한 공격을 하는데, 그 대상이 무엇인지 궁금하여 한 발짝 앞으로 나서던 양지는 다시 뒤로 물러서며 몸을 숨겼다. 움머어, 하며 괴롭힘을 견디다 못해 일어서는 소와 함께 왁살스러운 주먹으로 주영의 머리통을 후려치는 여자가 있었다.

"야 이년아. 또 여게 나와서 죄 없는 짐승은 와 해코지하고 그라노!"

소리치는 여자는 양지도 안면이 있는 주영의 큰고모였다. 여자는 울상을 짓고 웅크리는 주영에게로 빨래가 든 대야를 왈칵 밀어안기며 표독스럽게 내질렀다.

"까마귀 괴기를 삶아 처먹고 내질렀는지, 행망쩍기는 내가 몇 번이나 말해야 되노. 땟물이 쏙 빠지게 깨끗이 안 빨아오믄 밥상머리 앉을 생각도 말아라. 알았나?"

빨랫대야를 들고 끄덕끄덕 물가로 가는 주영은 손등으로 훔친 눈물을 제 옷으로 닦기를 거듭했다. 전날과 판이한 정황에 양지는 잘 왔구나 싶었다. 저번처럼 내버려두고는 절대 그냥 돌아가지 않으리라 결심도 굳혔다. 봇도랑가의 빨래터에 앉은 주영은 빨래를 물에 담그고 흔든다. 보아하니 주영의 옷이며 양말이고 걸레다. 맨손으로 찬물에다 빨래를 씻던 아이는 손을 입에 대고 호오호 입김을 불기도 한다. 어제저녁 세탁기로 작업복을 씻었던 깐으로 양지의 눈에는 애처롭기 이를 데 없는 행동이다. 마침내 양지는 주영이 앞으로 나섰다.

"주영아."

아이가 놀랄까봐 조심스럽게 기척을 냈는데도 사람소리에 소스라쳐 놀란 주영이 양지를 바라보았다. 그러나 누구인가를 확인한 아이는 되레 얼굴을 숨기고 돌아앉았다. 너무 뜻밖의 동작이라 당황한 양지는 정면으로 주영을 들여다보며 마주 앉았다.

"주영아, 이모야. 너 서울 이모 알지?"

양지가 끌어안았지만 아이는 좀체 앵돌아진 차가움으로 굳힌 몸을 풀지 않았다.

"주영아, 이모가 너 데리러왔어."

그제야 아이는 아앙 울음을 터뜨리며 발딱 일어섰다. 서슬에 뿌리침을 당한 양지는 하마터면 물에 빠질 뻔하게 뒤로 벌렁 주저앉았다. 아이는 앙칼지게 울며 소리를 질렀다.

"가아! 가아! 싫단 말이야!"

이 강한 거부의 항변이 어떤 성질에서 나온 건지 안다. 양지는 더욱 깊이 주영을 끌어안고 매만졌다.

"주영아, 미안해. 어른들은 어른들 나름대로 다 사정이 있어. 주영이가 왜 여기 와 있어야 하는지 짐작할 수 있잖아. 엄마도 어서 우리 주영이 데리러오려고 열심히 일하고 있어. 어른들이 일하는 건 돈을 버는 거야. 돈이 있어야 우리 주영이가 엄마랑 같이 살 방도 얻고 맛있는 것도 먹이고 예쁜 옷도 사줄 수 있다고 엄마가 그랬어."

자꾸 빠져나가려는 주영을 양지는 놓아주지 않고 빌었다.

"아가, 미안하다. 어른들의 잘못으로 이게 무슨 짓인지, 미안하다. 정말 미안하다."

아이에게 사죄를 하는 동안 양지의 눈에도 걷잡을 수 없이 눈물이 솟았다. 이런 양지의 모습을 바라보던 아이가 이번에는 제 스스로 와락 양지에게 안겨들며 다짐했다.

"이모 따라갈래. 엄마한테 갈래."

"그래, 가자 당장."

아이의 손을 잡던 양지가 놀란 눈으로 아이의 손을 살폈다. 까맣게 때낀 손등이 거북등처럼 트고 딱딱했다. 보드랍고 따뜻한 여섯 살 여자아이의 예쁜 손이 아니다.

"아가, 이 노릇을 어떻게 해야 될꼬."

튼 피부 사이로 피가 삐죽삐죽 흐르는 것을 양지가 입으로 호호 불며 닦고 있는데 어느 결엔가 왜장치는 소리와 함께 아까의 그 여자, 주영의 고모가 나타나더니 양지를 밀어젖히고 주영을 낚아챘다.

"어느 년인고 했더마 역시나 짐작이 맞았네. 꾸어묵고 삶아묵고하는가 싶어서 날마다 감시하러댕기는 갑네. 퍼뜩 들어가자. 가시나야."

양지는 손을 뻗어 그녀의 행동을 제지하며 다급한 소리로 말했다.

"주영이 고모님, 저랑 이야기 좀 하입시더.

"돔바 갈라쿠다 들킨께 무안하지, 이야기는 뭔 놈의 이야기."

"아니요, 주영이 고모님께 찾아가서 애 데려간다고 말씀 드리려고 했어요."

"그 집 양반치레 잘 알고요. 경우 밝히는 것도 잘 아는데 하나도 안 무섭소. 기죽을 나 아닌께 당장 돌아가소. 야 이 가시나야, 퍼뜩 안 들어가고 뭐하노!"

드센 성깔이 황소뿔처럼 치솟은 아낙이 다시 주영의 손을 와락 끌어당기자 서슬에 어정쩡하게 서 있던 주영의 발이 꼬이며 엉덩방아를 찧고 나뒹굴었다.

"이보세요!"

양지도 소리 지르며 얼른 주영을 끌어안아 일으켰다. 훌쩍거리며 안겨드는 주영을 품에 안고 양지는 사정하듯 말했다.

"고모님 심정이 어떨지 저도 이해 못 하는 바는 아닙니다. 하지만 어린애가 무슨 잘못이 있습니꺼. 고모님 부담도 더시게 할 겸 아이는 제가 데리고 갈게요."

"고양이가 쥐 생각하고 있네. 없이요. 델꼬 가도 지가 와서 데꼬가제 와 남이 나서요?"

"남이라고요? 제가 주영이 이몬 줄 아시잖아요."

"가망 없소. 지년이 와서 싹싹 빌어도 원이 풀릴까 말깐데 이기 뭐요? 우리가 그리 시르죽은 이만도 몬 하단 말이요 뭐요? 당장 안 돌아가모 언나 유괴범이라꼬 경찰에 신고할 끼요."

형편 좋을 때, 잠시 맡겨놓았던 아이를 데려가듯 예의 차리고 순리적
으로 안 될 줄은 알았고 또 역지사지해보면 상대방의 이런 역정을 인정
하지 않을 수도 없다. 아이를 생각해서 어른들이 한 발 양보해서 아이만
이라도 데려가게 해달라고 간청했으나, 양지가 선선히 단념하고 돌아서
지 않는 한 빼앗기지 않으려는 쪽이나 뺏으려는 쪽이 되어 실랑이는 좀
체 타협되지 않았다. 그렇게 왈가왈부하는 동안에 동네 사람들이 하나
둘 구경을 나왔고 기고만장해진 주영의 고모는 전날에 품었던 호남에
대한 흠결까지 들추어내며 양지를 망신시켰다. 암, 그거는 경우가 아니
지. 어쩌고 하는 동네 사람들의 비난도 모둠으로 빗발쳤다.

양지는 나쁜 짓한 강아지처럼 덜미잡혀가는 주영의 뒷모습만 바라보
다 그냥 돌아와야 했다. 친엄마가 아닌 이상 더 우기고 다툴 수 있는 명
분이 없었다. 집으로 돌아오는 길에 양지는 호남이 일하는 집으로 전화
를 걸었다. 그러나 호남은 며칠 전에 다른 데로 옮겼다는 말만 돌아왔
다. 헛걸음질만 하고 돌아온 양지는 일손을 잡지 못했다. 더 감시하고
욱대기는 어른의 횡포에 주눅 들어 벌벌 떨고 있는 주영의 환영 때문에
편한 잠을 잘 수도 없었다. 어쩌다 선잠이라도 들면 흉기에 찔리거나 바
위언덕에서 굴러떨어지는 꿈을 꾸다 놀라 깨기도 했다. 방어능력 하나
없는 어린아이를 적지에 두고 온 듯 불안 심리는 깊은 물가에다 배밀이
아기라도 방치해두고 온 것 이상이었다.

다시 한번 주영이 고모를 설득하기로 정해놓고 제 마음이 시키는 대
로 양지는 차근차근 주영을 데리고 와서 같이 살 준비를 하면서 지금은
아니라던 호남의 말을 조금 이해할 수 있었다. 밥그릇과 국그릇은 물론
이불과 베개 등은 물론 혼자 있을 때는 없어도 괜찮았던 물건들이 아이

식구라고 해서 결코 만만한 게 아니었다. 갖출 것 다 갖추어놓고 데려오 겠다는 제 엄마만은 못 해도 주영이 마음 붙이는데 서글픔 적게는 해주 고 싶어 아낌없이 지갑을 열었다.

그런데 그날은 왠지 아침부터 이상했다. 내일이면 늦을지 모른다는 뜬금없는 다급함이 그녀를 몰아붙여 서둘게 했다. 준비가 얼추 되었다 싶어서인지 덜미 잡혀서 끌려가던 아이가 눈에 밟혀 아침밥도 먹지 않 았다. 불현 듯 목장 일을 다른 사람에게 부탁하고 나선 양지는 세수를 하고 머리를 빗었다. 수습 못하게 후회할 일이 생길지도 모른다는 근원 모를 갈급함이 더욱 주영에게로 쏠리며 마음이 바빠졌다. 이 순간에도 그 아이를 덮치는 불행의 그림자는 다가가고 있을지 몰라. 마음이 부채 질하자 증폭된 불길한 예감은 양지를 다그쳤다. 어미는 뿌리다. 모근이 흔들리면 모든 가지도 갈피를 못 잡고 시들어진다. 시들다 못해 부러질 지 모르는 어린 주영을 구해야 한다. 잘 있는 것이려니 믿고 돌아왔던 첫 걸음 때의 후회도 새록새록 되살아났다. 대도시의 낯선 거리를 헤매 고 있을 때 은인을 만나지 못했다면 자신이 어떻게 되었을지 모른다는 생각과 겹쳐지면서 양지는 더욱 걷잡기 어려운 불안함에 휩싸였다. 주 영의 고모가 유괴범이라고 억지 쓸 것을 선수 쳐서 경찰을 대동하고 갈 계획도 세웠다.

가방에 들어 있던 일용품들을 다시 챙겨넣으며 벽에 걸린 겉옷을 내리 던 그녀는 잠시 벽을 응시했다. 자신의 외투 한 벌이 덜렁 걸려 있는 벽 면에는 일상 용품을 걸 수 있는 못이 벌판의 말뚝처럼 몇 개 단단하게 박 혀 있다. 마치 지척에다 사랑하는 가족을 두고서도 서로 손잡지 못하는 호남이네 식구들의 모습을 닮았다. 양지는 지갑을 열고 남아 있는 돈을 헤아려보았다. 고모가 때 맞춰서 어미 없는 미운 오리새끼의 옷이나 제대로 갈아 입혔을 리가 없는 것은 그날의 언사만 봐도 짐작할 수 있었다. 시장으로 가서 공주로 변신시켜올 주영의 옷도 사고 먹일 것도 사야시.

제 생각에 고무된 양지가 막 방을 나서려는데 고종오빠가 헐레벌떡 들어섰다. 순간, 이상한 예감과 함께 양지의 전신으로 소름이 좍 끼쳤다. 언제나 침착하고 신중했던 오빠였는데 가쁜 숨을 몰아쉬며 뛰어온 듯한 경황없는 표정이 일파만파를 시사해준다.

"전화는 와그리 안 받았노?"

"전화요? 세면실에 있을 때 전화벨이 울린 것 같긴 했는데 왜 무슨 일이 있습니꺼?"

"호, 호남이 동생 여즉 소식없제?"

또 그 애 일인가보다. 혹시 돈 때문에 저질러진 불상사는 아닐까. 양지는 아연 경직되었다.

"서로 연락 안 한 지 꽤 됐는데, 왜 그 애한테 또 무슨 일이 생겼어예?"

대답보다 먼저 알아차린 오빠가 낭패스러운 음성을 내뱉는다. 화급을 다투는 부자연스러운 몸짓이 이리저리 수선스럽다.

"어허, 이거 큰일났네."

"와그라십니꺼 오빠. 또 호남이 땜에 뭔 일이 났십니꺼?"

"언내가, 무슨 일이 난 모양인데, 대체 어디 가서 애엄마를 찾나그래."

주영이, 주영이한테 무슨 일이 일어났다니. 양지는 그냥 석상처럼 굳어졌다. 언내라면서 호남이를 찾은 것은 주영에게 생긴 일이다. 양지는 얼핏 안간힘을 썼다.

"오빠, 주영이가 와예? 걔한테 뭔 일이 났십니꺼?"

양지의 뇌리에는 얼핏 주영의 병원행이 그려졌다. 독심을 품고 주영을 나무라며 손찌검도 했을 고모, 그녀의 억센 힘살에 빗맞은 구타였으면 뼈가 부러지고 뇌진탕을 일으킬 수도 있는 거였다.

"주영이 상태가 어떤지 그것부터 말해주이소."

"나도 자세한 건 잘 몰라. 호남이 동생은 외숙님이 알아보신다고 했으니, 좌우튼 우리라도 먼저 가봐야지."

여기는 분명 집인데 너울이 심한 바다의 배 위에 서 있는 듯한 어지럼증이 몰려왔다. 한 물결이 잦아들었는가 하면 또 한 물결이 다가오며 부추기는 이 위기감. 덮칠 듯 낚아챌 듯 위협적이고 공격적으로 뒤채는 이 물굽이는 왜 항상 예기치 못한 사건들을 연속으로 몰아붙이는가. 내쳤던 김이라 오빠를 따라나서기는 쉬웠다.

"어제, 동네 애들 따라서 강으로 놀러갔었단다."

"물가에는 왜 가요? 그 위험한 곳을."

"그러니까 애들이지. 또래들이 가자니 허락받을 어른도 없는 애가 겁도 없이 쫄래쫄래 따라갔을 거고."

"그럼 어제라는 말뜻은?"

"밥때가 돼도 안 와서 제 친구집 어디서 놀고 있겠지 내비뒀단다."

양지는 연이어 목격했던 일이라 주영의 일상을 쉽게 짐작할 수 있었다. 혼자놀기 심심한 아이는 나중에 혼날 처지도 잊은 채 동네 아이들과 함께라면 어디든 따라갔을 것이고 그들이 노는 동작을 같이 하고 놀았을 거였다.

양지는 곤두박질하듯이 사람들이 모여서 있는 강가로 달려갔다. 잠수복을 입은 남자가 고개를 가로저으며 모래톱으로 걸어나오고 있는 중이었다. 웅기중기 모여섰던 사람들 가운데서 붙잡는 손길을 뿌리치고 총알처럼 물로 내닫는 여자가 있었다. 여자는 미친 듯이 잠수부에게 매달리며 잠수복을 할퀴고 뜯는다. 먼저 와 있던 호남이었다.

"우리 주영이, 우리 주영이 어딨어. 우리 주영이 찾아내, 우리 주영이 찾아내란 말이다!"

호남이가 하는 난폭한 동작에다 몸을 맡긴 잠수부는 미안한 표정을 감추지도 않고 옆사람에게 담배를 청해서 피워물었다. 고종오빠와 양지가 다가가자 잠수부는 미안한 듯 변명을 한다.

"며칠 전 봄비가 좀 많이 왔나요. 얼음 풀린 물이라 유속이 더 빠른 법이거든요."

"그렇담 더 밑으로 떠내려갔단 말인가요?"

"단정할 수는 없지만 그럴 공산이 크지요. 아줌마, 진정하이소. 내가 일부러 안 찾는 것도 아니고 참말로 너무하네예."

무작정 흔들고 매달리는 호남의 완력에 부대끼던 잠수부가 비틀비틀 일어나 겨우 중심을 잡지만 이내 다시 뒹굴어진다. 참다못한 잠수부가 쓰러진 자리에서 볼멘 항변을 한다. 이미 와 있던 아버지가 호남을 나무랐다.

"그만 그쳐라, 운다꼬 죽은 자슥이 살아올까. 이럴 줄 몰랐더나. 갈데 없이 혼자 노는 어린 게 얼음 녹은 진창이 어떤지 알고 들어갔을까. 사람들 보기 남세스럽지도 않나?"

조신스럽지 못하다고 호남을 늘 못 마땅해 하던 아버지의 목청에는 거 보란 듯이 강한 호통이 실렸다. 홧김에 소리를 친 것으로 사람들의 시선을 받게 된 것을 안 아버지는 곧 사람들의 시선을 피해 몸을 돌리더니 넋 나간 사람처럼 저쪽 자리로 가버렸다.

"지년이 뭘 안다고. 돈이 먼저가 자식이 먼저가. 몰라도 너무 몰랐제. 자슥이 바로 종자 아이가. 종자가 없이모 뭔 낙으로 살 끼고. 씩뚝깎뚝 아무케나 힘만 쓴다꼬 다 살아지는 게 아이다. 아이고 내 팔자야, 끝이 와이리 되꼬. 앞으로 참혹해서 저 자년들 꼬라지는 또 우찌 볼꼬."

안경을 벗어들고 눈자위를 훔치는 아버지의 주먹이 사뭇 떨리고 있다. 양지는 바짝 정신을 차렸다. 나마저 감정에 흔들려서 정신을 잃고 말면 저 진창에 박힌 신짝 같은 호남이나 아버지는 어쩔 것인가. 아무리 울부짖어도 주영을 안고 간 물은 시치미 떼고 제 갈 길로만 술술 재촉하며 흐를 뿐이다.

"아아, 내가 잘못했어. 그때 언니 말 들었이모 이런 일은 없었을 걸. 우리 주영이는 내가 죽있다. 언니야 나는 인자 우짜모 좋노. 우리 주영이 불쌍해서 우짜꼬. 엄마 언제 나 델로 올 꺼냐꼬 날마다 기다릿을 낀데."

벽처럼 무너져 온 호남에게 쓸려 양지는 진창으로 나뒹굴었다.

"언니 니가 우겨서라도 주영이 좀 데꼬 오지. 우리 주영이, 저 물 차겁은 데서 못 나오고 있다. 누가 우리 주영이 좀 찾아주소오!"

서릿발이 녹아서 풀린 진창으로 곤두박질해 가면서 호남은 떼굴떼굴 굴렀다. 열리지 않는 대문처럼 굳어 있는 사람들을 이 사람 저 사람 잡고 흔들며 마구 오열을 쏟아놓는다. 물속으로 뛰어들었다가 끌려나온 온몸은 젖은 옷으로 착 감겼다. 울음에 지친 쉰 음성이 나무 몽둥이처럼 툭툭 부러진다. 호남의 몸부림에 비해 모여 있는 사람들의 표정이나 분위기는 벌써 정리단계에 있었다. 세상 어디에든 일어날 수 있는 불행한 일 하나 벌어졌다가 마무리되는 상황인 것이다. 목숨이 다한 어린애 시체 하나를 건지는 일은 이제 별스러운 호기심을 자극할 것도 없어 호남이 벌이는 슬픈 원맨쇼만 구경하는 격이다. 제 남편이었던 남자의 멱살을 삽고 같이 빠져죽자며 물가로 끌고 가거니 버티거니 실랑이를 벌이는 젊은 내외의 비극은 잠시 잠깐 볼거리를 제공하다가, 잉태되었던 불상사는 반드시 어떤 결과를 드러내고 마는 종말을 일깨워준 것에 지나지 않는다.

양지는 자지러질 듯이 몸부림치는 호남에게 부대끼며 몸을 거저 맡기고 있다. 마음으로는 호남이를 달래야 한다, 저 진구렁에서 일으켜세워야 한다 면서도 호남에게 자신의 손이 쩍 닿는 순간 자신도 호남이와 동질의 혼령이 되어버릴까 두렵고 겁이 나서 저 먼저 호남에게 손을 내밀어서 감싸안을 용기가 나지 않았다. 미친 듯이 물로 뛰어들려다 제지하는 사람들과 실랑이를 벌이던 호남은 이제 지쳐서 울음소리조차 제대로 내지 못하고 제 가슴과 땅바닥을 번갈아치면서 버둥거릴 뿐이다.

양지는 어이없는 심정으로 강물을 응시했다. 생명을 앗아가는 물은 깊고 무섭다. 일없이 듣는다면 예나 지금이나 소곤거리는 듯 다정할 물소리지만 혈육을 앗아간 물소리는 한스럽고 요사하기조차 하다. 어젯밤 그 물이 지금은 어디쯤 흘러갔는지. 너무 무심하다. 물결을 애무하듯 춤추는 윤슬도 출렁이는 물결과 어우러져 한없이 슬픈 사람의 처신을 비웃는 것 같다. 한 인간의 하늘이 무너진 듯한 슬픔 따위는 아랑곳없다. 아무 일도, 참으로 아무 일도 없었다는 듯 꽃눈을 일깨우는 바람만이 부드럽고 무심하게 강기슭을 어루만지며 몰려다닌다.

소문 듣고 달려온 여러 명의 마을 여자들이 호남을 에워싸고 같이 울었다. 호남의 일로 마을회관에서 보았던 동구 엄마와 마늘밭 노파네 패들이었다. 어떤 노인네는 꼬질거리는 손수건에 싼 요구르트를 호남의 손에다 억지로 쥐어주려 애쓰기도 한다. 자신을 쫓아내기 위해 등 돌렸던 사람들이건만 호남은 꼬부라진 한 늙은이의 가슴팍에 얼굴을 묻고 애곡의 흐느낌을 쏟아놓는다.

"기운 내라. 아무 캐도 산 사람은 사니라. 우리도 니가 밉어서 그랬던 거는 아닌데 일이 이리 되고 본께 죄지은 것매이로 참 송구시럽다."

마늘밭에서 동구 엄마와 맞대거리로 호남을 비난하던 노파가 호남의 등을 투덕거리며 늘어놓는 변명이 울음과 뒤엉켰다. 화해와 매듭은 꼭 왜 누군가의 희생을 먹고야 풀도록 장치되었는가. 참 어이없는 현상 중에는 주영을 못 데려가게 막던 주영이 고모의 변화도 있다. 표독스럽게 양지를 대했던 게 언제였나 싶게 미안스러운 인상으로 눈물을 머금고 다가온 그녀도 양지가 보는 앞에서 통곡을 했다.

"주영이 이모, 참말로 내가 못 된 인간이요. 이리 될 줄 알았음사 즈이 이모가 되꼬 간다 할 때 내가 와 반대를 해으꼬, 인자사 후회가 돼서 죽겄소."

양지는 기막히게 주영의 고모가 미웠지만 아무 말 없이 그냥 들어넘겼다. 후회해보았자 아무 소용없는 일이다. 그러나 아무것도 모르는 철부지 아이를 두고 감정싸움을 한 건 평생 한이 되고도 남을 잘못이다. 따라가고 싶어할 때 그냥 놔둘 걸. 데려가게 그냥 놔둘 걸. 그런 당연한 일을 왜 뒤틀며 반대를 했을지 후회하며 목이 터지게 울며 참회하라. 피가 터지게 울어도 그 애는 이제 돌아오지 못한다. 알량한 어른들의 잘못으로 어린것만 희생됐으니 우리 어른들은 혀를 깨물고 자결이라도 해야 된다. 아무래도 참을 수 없이 치미는 슬픔과 분노의 힘으로 양지는 기어이 주영이 고모를 힘껏 밀어쳤다.

"데려가게 내버려두지, 왜 그랬어요. 어린 게 무슨 죄가 있다고 온갖 악감정을 다 실어서 나무라고 구박하고. 어른들 사이에서 아이만 희생된 거잖아요. 꼭 그래야만 해결이 되나요. 무엇이 왜! 우리는 울 자격도 없어요. 저 물로 들어가서 시체라도 아이를 데려다놓고 우세요. 가증스럽고 뻔뻔하네요."

인간은 모순의 결정체다. 주변 인물들의 환멸스러운 변화에 몸부림치던 양지는 아버지나 오빠의 손에 이끌려 현장을 떠났다. 양지 자신도 바로 인간이었다. 악을 써서 분풀이는 했지만 저 역시 앞으로 얼마나 더 거듭해서 변신의 껍질을 벗고 뒤집어쓰면서 모순의 영육으로 시달리게 될지 모른다.

8 . 노 여 운 사 랑

주영을 그렇게 떠나보낸 뒤 슬픔과 자괴감에 빠져 있던 양지는 가까스로 정신을 차리고 일복을 바꾸어 입었다. 책임진 일은 억지로라도 힘을 내게 하는 괴력이 되었다. 먹이를 되새김질하고, 숨을 쉬며 맑은 눈동자를 굴리는 소들의 동작에서 다시금 생명의 외경심을 느끼는 반면 산 자의 도리를 일깨움 받기도 했다.

오전 일을 막 끝내갈 무렵 오빠의 전화가 왔다.

"오후에 좀 나오지 않을래? 상의할 일이 좀 있는데."

일머리를 아는 이의 부름이다. 틈낼 수 없다는 핑계도 댈 수 없이 나가야 될 외출이다.

약속된 찻집에서 먼저 온 오빠가 기다리고 있었다.

"무슨 일 있으셨어요. 한가하지도 않으신 분이 찻집에서 절 다 부르시고."

양지가 앞자리에 앉으면서 의문을 보이자 오빠는 눈길을 출입구 쪽으로 보내며 의식적으로 팔목을 들어 시계를 봤다.

"누구 만날 손님이 있으십니꺼?"

"참 그 사람도. 바쁠수록 둘러가라꼬 나도 좀 쉬어야지. 동생하고 차도 한 잔하고 싶었고."

오빠는 별스럽지 않게 꾸며 대며 앞에 놓인 엽차를 입으로 가져갔다.

"제가 너무 사무적으로 대했네예. 저도 어떨 땐 참 당황스러울 때가 많아요. 그럼 오늘 차는 제가 살께예. 불러서 휴식시간 만들어주신 대가로. 뭐로 하실까예. 남자들이 좋아한다는 쌍화차?"

양지가 차 주문을 하려는데 종업원이 쪼르르 엽차를 가지고 다가왔다. 다시 출입구 쪽을 살피던 오빠가 말했다.

"아가씨, 차는 조금 있다 마실게요."

엉덩이를 흔들며 걷는 것이 습관인 듯한 종업원이 딱딱 소리 나게 껌을 씹으며 제자리로 돌아간다. 그 모습을 지켜보던 오빠가 마신 찻잔을 내려놓으며 입을 열었다.

"외삼촌은 순열이, 내가 참 안 갈쳐줬나 그 아아 이름? 과수원에다 암탉 몇 마리를 사다놓으싯는데, 당분간 걔 우윳값이라도 대주실 모양이더라."

뜬금없이 웬 아버지 이야기? 싫었지만 양지는 가만히 있었다. 친아들처럼 양지의 아버지를 돌보는 오빠였기에 외삼촌인 양지 아버지의 근황을 입에 올리는 게 이상한 일은 아니었다. 그러나 내용은 뜻밖이었다.

"거짓말한 소행을 따지고 보상을 따지기 이전에 새끼 키우는 에미 심정을 말씀하시는데 뭐라고 드릴 말씀이 있나. 그나마 낙이 된다면 그냥 지켜보는 수밖에."

"새삼스럽게 걔 우윳값은 와예?"

"호남이 딸 그리된 걸 보고 오신 뒤라, 보호받지 못하고 자라나는 애들에 대한 관심이 크진 듯싶어."

아버지가 언제부터 그리 속 깊게 남 생각을 하는 양반이었나 싶은 반감이 고개를 들었지만 남의 일처럼 그냥 들어넘기기로 했다. 잠시 후에 들어서는 아버지로 인해 오빠의 말은 의도된 서두였구나. 짐작이 됐다.

"어서 오이소."

오빠가 마주 일어서며 인사를 하자 양지도 엉거주춤 자리에서 일어났다.

"마이 늦었제? 이놈의 차를 잘못 타 가지고 뺑뺑 안 둘렀더나."

"괘안심더. 삐가리 앵겼다 카더마 운제 까서 나옵니꺼?"

"헛 거참. 에미란 종자는 짐승도 영물이라. 꼬빡 스무날을 품고 앉았더마. 아침에 본께 벌써 한 마리가 대가리를 빼족 내밀고 있는 기라."

"하이고 그래예. 몇 개 앵깄다 캤십니꺼?"

"열다섯 개를 여었는데, 지가 한두 개를 더 낳아 보탰는 기라. 구랄이 몇 개 나온다 캐도 최소 여나므 마리는 안 되겠나."

"쪽제비하고 꿩이가 댕기던데 엇가리도 좀 튼튼하게 손을 봐야 되겠네예."

"그래야제."

비로소 조카와의 대화가 끝났는지 아버지의 시선이 양지에게로 흘러왔다.

"때 조석이나 잘 챙기묵어라. 젊으나 젊은 기 피색도 없이 얼굴 꼬라지가 그기 뭐꼬."

양지는 그냥 고개만 수그렸다. 걱정 말라는 말 한마디쯤은 입으로 해도 될 텐데 아버지와 마주 대하기만 하면 본심보다 먼저 목부터 잠기는 고질병은 아직도 남아 있다. 오빠가 아버지께는 쌍화차를 시켜드리고 양지에게는 커피를 자신은 설록차를 주문했다. 아버지와 오빠는 양지가 들어서 별로 중요하지도 않은 동네 이야기 등을 나누며 가져온 차를 마셨다.

"참 약속이 있었는데 깜빡 했심더. 지는 그럼 먼저 좀 일어날랍니더."

차 마시는 일이 끝나자 오빠가 먼저 일어섰다. 자리를 비켜주기로 한 게 틀림없는 동작이다.

"차 값은 제가 내고 갈 낀께 천천히 쉬었다 오시이소."

어려운 자리에 더 있고 싶지도 않아 양지도 따라 일어서려는데 아버지도 같이 말했다.

"우리도 가야지."

엇나간 약속에 놀란 듯 오빠가 선뜻 아버지의 기색을 살폈다. 밖으로 나온 갈림길에서 오빠가 먼저 헤어져 간 뒤 아버지가 양지에게로 향해 섰다.

"니는 어데 가서 나랑 이배기 좀 하자."

"아까 거기서 하지 그랬십니꺼."

거기 편한 자리에서 하면 될 걸 굳이 따로 해야 될 중요한 말이 무엇이 있단 말인가. 불만어린 양지의 표정을 읽은 아버지가 덧달았다.

"니 썽달가지를 아는데 좋은 말 안 나올 거를 내가 아니께."

선소리를 지른 아버지는 인적이 드문 장소를 찾아 앞서 걸었다. 무슨 복잡한 말의 서두를 찾는지 굳은 표정으로 담배를 피워물더니 비스듬하게 몸을 돌린 채 길게 연기를 내뿜으며 양지가 따라오기를 기다렸다. 양지도 재촉하지 않고 아버지의 입이 열리기를 기다렸다. 참 어색한 분위기가 잠시 후른 후, 아버지 특유의 성마른 태도로 피우다만 담배를 탁 던져서 밟더니 성큼 양지 앞으로 다가섰다.

"니는 앞으로 우짤 생각이고?"

"뭘 말입니꺼?"

"요런, 호남이 저 년 꼬라지 눈으로 보면서도 그런 말이 나오나. 니 좋다 카는 총각이 있었담서? 지끔이라도 안 늦었은께 우찌 서둘러보자. 그 썽달가지로 파토낸 거는 안다만 내가 나서 볼 낀께 주소나 대봐라."

아버지의 서두름을 지켜보던 양지는 헛, 하고 코웃음을 흘렸다. 뒤늦게야 아버지가 현태에 대한 정보를 들은 모양이다.

"지가 와 그 사람하고 헤어졌는지 압니꺼? 저는 엄마처럼 살 수 없었고요. 더 결정적인 이유는….."

"정남이 년 딸아?"

"아버지가 어떻게….."

"내가 모르는 게 있는 줄 아나. 앉아서 장천리고 서서 구만리다. 언내는 델꼬 와서 내가 키우모 된다."

"어디까지 아십니꺼. 정남이는요 아부지, 그게 아부지하고 우리 관계라예. 이런 비정상의 원인이 누구 때문인지 모릅니꺼."

"또 내 탓이라꼬? 여러 말 말고 그년 있는 데도 대라. 결혼도 안 한 가시나가 새끼는 낳아서 시집도 안 간 처녀 셍이한테다 떠넘기놓고. 내 이년을 그냥, 집구석이 우찌 돌아가고, 지 에미가 우찌 됐는지도 모른 채 어느 구석에 처박히 사는고. 식구들이 밤낮으로 걱정하는 거는 모리고."

호남이도 오빠도 정남이가 이 세상 사람이 아닌 이야기는 양지의 부탁대로 발설하지 않은 모양이었다.

"그래도 아버지라고 막내딸 걱정을 하시긴 하셨겠지요. 그렇지만 정남이는 이제…."

양지는 숨이 콱 막히는 억하심정으로 입술을 깨물었다. 더 무슨 말이 나올 것으로 기대하는 아버지의 의혹을 풀기 위해 자초지종을 친절하게 늘어놓기는 더 싫었다.

"제 입으로 다시 말하기 싫으니까 오빠나 호남이한테 물어보이소. 갈랍니다."

돌아서는 양지의 어깨를 아버지의 우악스러운 손이 탁 눌러잡았다.

"시집가서 지 자식은 안 낳아 키우고 남의 새끼만 키운다꼬? 그기 말[ᅰ]이가 되가?"

"앞으로는 아버지 시대하고 다릅니다. 케케묵은 옛날식으로만 세상을 보지 마이소. 산업이 발달하고 지식 있는 여자들의 사회 진출도 늘어납니더. 남자들 못지않은 능력을 가진 여성들이 엄마처럼 남편들의 부속물로 아이만 키우고 있을 리 있겠십니꺼. 책임지고 키울 사람없이 점점 애물단지가 되어가는 아이들을 누가 돌보겠어요."

"잘한다. 면장 났네 면장 났어. 니가 나서서 안 해도 할 사람 꽉 찼다."

"저는 이제 아부지가 이래라 저래라 하는 대로 안 해도 되는 성인인 줄 모릅니꺼? 저는 넓은 세상도 보았습니다. 어른이라고 무조건 우대받는 일도 앞으로는 없을 겁니더."

"저런, 저런. 악담을 해도 유분수다."

"악담이 아니라 세상의 흐름을 바로 보시라는 거지요."

"야이 똑똑한 년들아. 제아무리 시대가 변해도 안 변하는 기 남자가 아아 못 낳고 하늘이 땅 안 되는 것과 일리라."

"아부지 제바알!"

대꾸할 가치도 없는 실랑이라 여기면서도 그가 남이 아닌 아버지기에 양지는 토를 단다. 이론이든 기세든 양지에게 밀리는 꼴이 되자 붉으락푸르락하던 아버지가 씹어뱉듯이 쏘아붙이며 양지를 쏘아보았다.

"야 이년아. 모르겠다. 호냄이 년 꼬라지 보고도 정신 못 채리는 거 보니 또 한마디 해야 겠다. 부모만 자식 살리는 기 아니고 자식도 부모를 살리는 기다. 지 하나 잘 묵고 잘 입고 살자꼬 일하는 부모 있는가 봐라. 돌뎅이겉이 매달리는 자식도 그게 부모 세우는 지팡막대라, 다시 한번 말하는데 깊이 생각해보는 법없이 그리 억불로 나가모 가시나로 늙어 죽든지 말든지, 앞으로 절대 니 일에 간여를 하모 내가 최태벅이 이름을 간다. 에이 순 망할 년들."

만만찮은 양지의 기세에 밀린 아버지가 막말을 내뱉으며 저만큼 가서 이리저리 서성거리더니 다시 돌아왔다. 달래듯 낮은 음성으로 못 다한 말을 이었다.

"사람은 제가끔 타고 난 깜냥대로 사람 꽃도 피어나게 되어 있다. 내가 만약 아니, 니 에미까지 넉넉한 형편으로 해돌라는 대로 다해줌서 키 았으모 오늘 날 니가 있을 것 같나?"

양지는 입을 딱 벌리며 아버지를 쳐다보았다. 이런 괴변이라니. 아버지의 설파는 계속되었다.

"있는 집 자식들 치고 부모 속 썩히고 비리비리하게 사는 것들이 얼매나 많은 줄 아나?"

이론적으로 틀린 말은 아니다. 그렇지만 양지는 너무 뻔뻔스러운 자기변명으로 딸을 설득하는 아버지를 정면으로 응시했다.

"아부지, 저는요. 요즘 들어 저 자신을 곰곰 되돌아보는데, 아버지한 테도 저 같은 자식은 없는 게 더 나을 뻔했어예. 그러니까 결혼, 자식 그 딴 데 집착해서 너무 부모행색하지 마이소. 앞으로는 자식 필요 없다는 사람들 많이 나올 겁니더."

"에레기 순 빌어쳐묵을 것! 그리빽끼 말 몬 하나. 늙어서 내 효도 받자 고 하는 말로빽기 안 들리나? 허허참 최태벽이 꼬라지는 와이런고."

"정칙은 변칙의 저항을 받고 수정되게 마련이에요. 지금 세상에 아버 지 같은 고리타분한 생각만 하는 사람은 뒷방 늙은이 꼰대 취급밖에 못 받아요."

"난 그리 에럽은 말은 몬 알아묵는다. 사람이, 집을 맹글어야제. 사람 이 내일을 보고 살아야 될 거 아이가. 내일, 내일. 네 인생에 미래가 있어 야 될 거 아니냐 이 말이다. 우선 묵기는 곶감이 달다만 지 혼자 벌어서 혼자 먹고 쓰고 살모 내일이 있것나. 이래도 애비 말이 바로 안 들리나. 내 딸년들이 모두 떠돌이로 홑으로 사는 꼬라지를 나더러 우찌 보고 살 란 말이고."

아버지는 강퍅한 인상으로 양지를 찍어보며 발을 동동 굴렀다.

"아부지, 호남이 부부가 이혼해서 주영이만 불쌍하게 된 걸 보고도 그 런 소리를 합니꺼. 차라리 그런 죄를 안 짓고 혼자 사는 게 훨씬 양심적 이고 말입니더."

"우짠다꼬 그 아들 일로 찍어붙이노. 그렇다고 내 입이 막아질 줄 아 나."

양지는 제 속에서 드러난 모순을 행사한다. 호남에게 했던 말과 저항하고 싶은 감정으로 아버지에게 하는 말은 다르다.

"니가 뭐라 캐도 나는 니 애비다. 노여움은 사랑에서 나고 정은 꾸짖음에서 난다꼬 애비가 자식한테 그만 말도 몬 하나?"

"그 지적은 맞십니더, 그렇지만 어른노릇 못 하면 어른 대접도 못 받게 될 거구요. 그런 원인이 어디서 비롯되었는지는 어른들, 특히 아부지는 아무 생각도 안 한다 아입니꺼. 그러니까 이제는 아부지가 우리를 리드할 생각하지 말고 우리를 밀어주시야 됩니더."

"똑똑한 년, 또 그런 말이가? 이것이 보자보자 하니께 늙은이 말이라고 지 발새 낀 때꼽만큼도 안 여기네. 지금은 핏종지께나 끓는다꼬 큰소리친다만 내만큼이라도 살아낼 앞날에 보장이라도 받아놨나? 햇살 볼가진 것 보모 비오기 글렀다꼬 아나 콩콩이다 이년들아."

양지는 발끝을 내려다보며 손바닥으로 무릎을 쓸었다. 성마른 기색을 감추지 못하고 갈팡질팡 멀어졌던 아버지가 그래도 못 버린 미련이 있는지 되돌아왔다. 용건이 이거였구나 싶은 감이 들게 잊고 있었던 물건을 돌려주듯 한 동작으로 봉투 하나를 건네주었다.

"내가 이래도 너무한가 읽어나봐라."

"이게 뭔데요?"

"궁금하모 읽어보고 아니모 내삐리던가."

뒤퉁스러운 음성을 씹어뱉듯이 던지고는 어색한 장소를 피하듯이 빠른 걸음으로 아버지는 멀어졌다.

다시 찻집으로 돌아온 양지는 아버지가 주고 간 편지를 펼쳐보았다. 양지에게 서울로 돈을 얻으러왔다 빈손으로 돌아간 날의 기록이었다. 참고 있기는 아무래도 울화통 터지고 자존심 상하는 일이라서 내 심정

알고 너도 가슴 아파 봐라, 하는 토악질 같은 흔적이었다.

　—나는 지금 자결이라도 하고 싶은 심정으로 이 글을 적바리한다. 꼭 심장의 피를 짜서 유서를 쓰는 심정으로 말이다.

　너한테서 찬바람 쌩쌩 나는 냉대만 받고 와서 내가 어디로 간 줄 아느냐? 세상에 그래도 너는 내 심정 이해하고 도와주리라 싶은 심정으로 째보를 찾아갔던 거다. 그러나 찾아갔던 목적은 이루지를 못하고 자식이, 아들이 얼마나 믿음직하고 좋은 것인지만 다시 한번 사무치게 부러워하면서 돌아온 길이다.

　술이나 한 잔하고 가라고? 고얀 놈. 내가 저한테 그렇게밖에 안 보이는지 그 놈이 그러더라. 내가 저한테 술이나 얻어마시러 간 게 아니란 것을 사정 이야기 듣고 뻔히 알면서도 그렇게 모르는 척하는 거라. 어지간히 씩씩거렸으니 하마 화가 풀릴 만도 한 시간이건만 한번 자극을 받은 울분은 좀체 가라앉지를 않는다. 아무리 다른 생각으로 방향을 돌리려고 하지만 생각의 꼬투리는 시원스레 떨어지지를 않는다. 고얀 놈, 을 연발하며 벌써 몇 대쨀가 수도 없이 담뱃불을 갈아붙였다. 부르르 떨리는 손길로 얼굴을 쓸어보다가 아무것도 없는 빈손을 펴들고 하염없이 들여다보기도 했다. 내가, 내가 무엇을 잘못했어. 도대체 내가 무얼 잘못했냔 말이다. 나는 재티에 주저앉아서 갈가지 새끼모냥으로 손에 잡히는 대로 잔돌과 흙을 집어던지다가 뒤로 벌렁 눕기도 하고 그대로 핑글 굴러서 엎어진 채로 땅을 치기도 했다. 자기에게 주어진 생은 열심히 살아야 하는 것, 물론 여자도 그러할 것이다. 그러나 남자는 더하다. 무엇보다 먼저 후손을 번성시켜야 할 의무가 있다. 울타리 튼튼하게 영토를 넓히고 최고의 영예를 목표로 삼아야 한다. 그러기 위해서 남자는 건강하고 용맹스러워야 하며 분명한 진퇴의 탁월한 안목을 가져야 한다. 하지만 그것은 거대한 숲속에 떨어져 있는 하나의 씨앗이며 넓은 바닷속의 한 마리 갯지렁이에 다를 바 없는 한 나약한 인간에게 있어서는 얼마나 막막한 책무이던가.

여건이야 어떠하든 변명이 허용되지 않는 그 엄격한 시험의 굴레. 형체도 몸에 맞지 않는 갑옷 같은 뻣뻣한 옷에 몸을 맞추기 위해 나는 몸부림쳤다. 형제도 가까운 일가도 없이 고아처럼 외롭게 자란 나에게, 아내와 자식들처럼 가깝게 살가운 정을 나누기 알맞은 존재가 어디 있어 훈련이라도 되었겠는가. 나는 형이 있어서 형에게 미루고 동생이 있어서 동생에게 전가시킬 환경적인 여유가 없었다. 조상대대로 내려온 가통의 무게는 항상 짐이 되어서 내 어깨를 짓누르는 것과 함께 말이다. 나 혼자의 힘으로는 번영을 보태기는커녕 조상에게 물려받은 것이나마 온전히 지키기도 힘들었다. 행여나 조상의 누가 될까봐, 잦다보면 허튼소리 내뱉기 쉬운 입을 다물어야 했고 행동의 절제에 신경을 쓰는 것 그게 고작이었다. 그러므로 나는 꼭 내 역량을 뛰어넘는 탁월한 후계자를 생산해서 대를 물려주어야 할 책무에 시달렸다.

이 불쌍한 인간. 나는 지금 검불마냥 어지럽게 손금만 가득 들어 있는 빈손이다. 가랑잎마냥 윤기조차 없다. 육십 늙은이의 아무것도 쥔 것 없는 맨 주먹, 빈 손. 나는 새삼스럽게 한숨을 쉰다. 아까 보았던 나무들이 빽빽하게 둘러서 있던 산을 떠올려본다. 크고 작은 나무들이 비탈진 산등성을 메우고 있었다. 경이로움이 밴 손길로 손에 닿는 대로 무슨 나무든 어루만져보았다. 나무의 꺼끌꺼끌한 표피와 탄탄한 양감이 손끝을 타고 가슴으로 전달되어 새삼스럽게 눈시울이 뜨거워졌다. 이른 봄에 눈을 틔워서 잎을 피우고 새 가지를 늘였고 꽃과 열매를 키우고는 이제 다시 초로의 늙은이처럼 가을빛을 받고 서 있는 나무들. 거기 서 있는 나무들 중 열매를 주렁주렁 단 돌감나무 하나를 발견한 순간 내 심정이 어땠는지 아나? 미물인 초목조차 제 할일을 하는 데 나라는 존재는 무엇이라 해야 할까.

되짚어보면 청맹과니처럼, 마이동풍 격으로 나잇살만 먹어치웠다는 자괴감이 망연자실하게 나를 짓눌렀다. 성장과 영역확장이라는 미망의 늪에서 끝없이 허우적거려온 삶의 끝에서 확인하게 된 이 기갈스러운 혼미, 허탈.

야, 이년아 너도 나 되어 봐라. 나는 불현 듯 소리 지르며 온몸을 뜬다. 허공에는 딸년, 그 도도한 딸년의 눈초리가 박혀 있다. 아무리 흩어버리려 해도 경멸에 찬 딸년의 얼굴은 지워지지를 않는다. 보세요, 아버지의 친구도 뭐라고 했어요? 그럴 것 같아서 나는 두 눈을 꾹 감으며 고개를 저어 좀 전에 겪었던 일을 지웠다. 어깨 튼실한 아들자식이 있었다면 그 친구 째보도 날 그렇게 홀대하지는 않았겠지. 천만에요. 아버지의 뜬구름 잡는 삶의 방식을 나무랐지 아버지의 가난을 나무라지는 않았어요. 서울딸한테 말하면 됐을 것이라고 그 아저씨도 아는 방법을 아버지는 왜 말 못 하셨지요? 그건 아버지가 쳐놓은 울타리에 아버지가 갇힌 탓이죠. 아직도 남아 있는 그 바늘귀 같은 자존심 때문에 말이죠. 아니 양심이라고 말해드릴까요? 오늘 내가 당한 무안하고 한심한 지경을 들었다면 너는 또 눈도 깜짝 하지 않고 그렇게 대들었겠지.

기대를 했던 건 사실이다. 낯짝에다 쇠가죽을 뒤집어쓴 것도 사실이었다. 그렇잖다면 이 일이 어떤 일인데 언감생심 그런 마음을 낼 요량조차 할 수 있었을 것인가. 딸자식은 말짱 헛것이라는 복안을 집어삼키고 호남이네를 더터 너한테까지 갔던 것이다. 남들 부녀간처럼 정이 단박 건너오리란 것을 바랐던 건 아니지만 요즘 세상에는 딸자식 덕 본다는 부모들이 하도 많기에 행여나 내 딸들도 그런 시대적인 영향으로 아비의 이런 곤고한 입장을 이해해줄지 모른다고 넌지시 바랐던 것이다. 그러나 뿌리지 않은 씨앗이 싹트고 열매 맺을 리는 만무했다. 가져간 사연을 꺼내볼 염도 못 하게 딸년의 반응은 남보다 더 멀고 싸늘했다. 원칙대로 뜻대로 끌고 나가면 언젠가는 일이 제대로 풀릴 줄 알았지 내 신세가 끝까지 이렇게 뒤틀릴 줄은 몰랐다. 생각할수록 발등을 찧고 싶었다. 노여움 찬 한기가 전신에다 소름을 끼얹었었다. 저들한테 베푼 것도 없는 부모가 무얼 바라는가. 그래서는 안 된다고 타일렀지만 가슴 벌렁거리는 노여움을 갈앉히는 데는 많은 힘이 든다.

자식들이나 마누라한테는 평소에 해놓은 공이 없으니 그렇다 하더라도 안면을 믿고 이해하며 제법 도타운 우정을 쌓아놓았다고 믿었던 친구까지 서운하게 하는 데는 내가 정말 세상을 그렇게 헛살았던가 싶은 절망감이 덮쳐왔다. 되새기기도 싫은 좀 전의 상황들이 활동사진마냥 눈앞으로 펼쳐진다.

이리 와서 술이나 한 잔하자니까. 내가 부탁한 건에 대한 대답은 가타부타 답이 없이 째보는 자꾸 그 소리만 했다. 손에 든 술잔을 너울렁거리며 손짓만 하는 째보를 보자 기대는 무너져내렸다. 얼마나 조바심치며 기다렸던 대답인데 겨우 술이나 한 잔. 단번에 거절하기 어려운 부탁을 받았을 때의 완곡한 거절이 그런 것쯤 모르는 내 아니지. 농주가 타작마당으로 배달되는 것을 보면서 감돌았던 군침이 일시에 사약 맛으로 변했다. 그것은 이미 거래의 상대에서 제외된 완곡한 표현 아닌가. 이제 누구를 또 찾아가나. 현금 천오백만 원. 눈앞이 캄캄했다. 어디로든 흔적없이 사라져버릴 수는 없을까, 나는 간절한 심정으로 눈을 감았다. 쓰러질 것 같은 몸을 배릿한 냄새를 풍기며 쌓여 있는 짚단더미로 몸을 받쳤다. 부끄러움과 섭한 마음으로 볼따귀가 욱죄어들었다. 설마했던 미련은 어디까지나 나 혼자의 잘못된 계산이었다. 못 들은 척하고 있으면 다시 뜻을 전달하기 위해 가까이로 오는 동안 저와 내가 과거에 쌓았던 정의를 생각해서라도 혹시 마음을 고쳐먹지 않을까. 거머쥐고 있던 이 일말의 기대는 어떻게 하나. 이런 참담한 기분을 맛보기 위해 농기구 수리소로 시장으로 바쁘다는 사람을 장시간 기다리다가 사정 이야기를 늘어놓았던 것은 아니었는데.

　나는 모로 기댄 채 실눈을 뜨고 친구의 다음 거동을 살폈다. 밥이 칠칠 밖으로 흘러나오기 때문에 찢어진 윗입술을 손바닥으로 막거나 물만 밥을 그대로 훌쩍 마시며 꼭꼭 씹어 음식의 깊은 맛이 어떤지도 제대로 음미하지 못하고 살던 째보. 게다가 코찔찔이네 오줌싸개네 하고 다른 친구들은 놀려대도 나만은 째보를 두둔하며 감싸주었다. 그 역시 나이 든 지금까지 옛날 그 시절의 고마움을 뇌이며 내 친구는 자네밖에 없다고 농익은 곡주처럼 치사를 아끼지 않았다. 그러나 결정적인 순간의 결론은 너무나 참담하다. 내가 미심쩍으면 딸년의 이름으로 된 든든한 차용증은 물론이고 원한다면 고리로 이자를 달래도 줌세. 달려가서 손을 잡고 하소연이라도 하고 싶은 심정이었지만 눈길이라도 한번 더 이쪽으로 돌려주기를 애타게 바라보고 있는 나를 째보는 깨끗이 잊고 있는 기색이었다. 콤바인 기사의 술잔에다 술을 철철 부어 권하고 안주를 챙겨주느라 여념 없는 태평스러운 행동은 이쪽에서 기다리고 있는 사람이 어려울 때 보호자처럼 감싸주던 다정한 옛 친구이며 저도 형편 되면 언젠가 무엇으로든 한번은 은공을 표시할 거라던 옛말도 싹 지워버리고 있는 것 같다. 나는 연기를 내고 있는 담배를 물끄러미 내려다보다 젖은 땅에다 쑤셔박고는 자리를 털고 일어섰다. 나는 앞날이 없기 때문에 이놈 두고 보자는 뼈 아린 원망 한마디 쏘아줄 수 없었다. 와, 술도 한 잔 안 하고? 그놈 째보가 그러더라. 내가 간 목적이 어디 술 한 잔 얻어먹으러 간 거냐.

비칠비칠 힘없어지는 걸음을 몇 행보 길 쪽으로 떼어놓은 뒤에야 영문 모르게 까탈 부리는 친구를 다독거리듯 째보가 그러더라. 미안하이. 자식 놈한테 살림을 넘기고 난 게 이럴 때 후회스럽네. 말은 그렇게 하더라만 나는 제 놈 처지가 나 같으면 그리는 안 한다. 여차즉선 한 친구의 부탁인데 꼭 한번 들어주자고 언제 아들을 설득해보기나 했던가. 그들 부자는 불리할 때 공깃돌 주고받듯이 서로에 대한 방패막이 구실을 참 훌륭하게 하고 있는 것이다.

오해는 말게. 추곡매상은 하고 있지만 농약 값이야 인건비야 나갈게 조옴 많아야지. 나야 그림에 떡이지 용돈 한 푼이 아쉽네. 그라고 농촌 돈에 기천이 뉘집 아 이름도 아이고. 딸들이 출가외인인데 그 많은 돈을 떠맡아서 갚아주겠나. 차라리 맨땅에 헤딩을 해서 핏덩이 에미랑 쇼부를 내는 게 좋을 상 싶네. 지 까짓게 뭐이관데. 주제넘게 그런 해결 방안까지 귀띔을 하나. 그 순간 나는 나도 몰래 어금니를 꾹 깨물었다. 내가 오늘 당한 이 수모를 들으면 이 눈, 이 눈이 누구 때문에 이렇게 됐느냐고 네 에미도, 그때 일을 아는 사람들은 아마 분개할 것이다.

나는 지금 속절없이 쪼그라든 우묵한 눈자위를 어루만지며 회한에 찬 한숨을 쉰다. 피맺힌 젊음의 원한이 함몰되어 있는 곳이다. 인동초처럼 모질게 키워온 내 핏줄, 내 힘, 내 세력에 대한 열망도 이렇게 속절없이 가을 풀처럼 시들고 있다. 사나이 한평생이 이렇게 허무하게 끝나리라고 어떻게 상상이나 할 수 있었던가. 그놈들, 재길이, 재찬이, 재명이…. 떼 몰려서 조롱하던 악동들. 그러나 최태복 씨 아들입니다. 생전에 그런 우렁찬 소리를 내 귀로 듣게 된다면 이 세상에 대한 모든 원한이 봄눈 녹듯이 사라질 것이라는 간절함으로 하루하루를 버티었는데…. 나는 이제 내 능력으로는 아무것도 구할 수 없는 무력감에 빠져 담배 한 갑 벌이도 없이 하루하루를 그냥 넘기고 있다. 그 어린 핏덩이는 너무나 많은 명령을 했다. 지쳐버린 것인지 아예 포기해버린 것인지, 손톱만 한 것도 요구하지 않는 늙은 마누라와 다 자라버린 딸년들에게서는 느껴보지 못한 뜨거움과 힘든 고동을 그 아이는 운명의 주인처럼 요구하고 있다.

망할 놈의 여편네. 니 에미는 오늘도 아무런 말 없이 내 말을 듣고만 있었다. 네 에미가 제구실만 반듯하게 해주었어도 어지간히 정리된 삶의 터전 위에서 나도 남들과 같은 평범한 노년을 맞고 있을 터인데 말이다. 나는 남자라고, 그 조그만 여자를 아무리 무시하려고 해도 시작과 끝은 항상 그 여자에게 연루되어 있었다. 니 에미는 제 잘못에 대한 책임을 져야 한다. 니 에미한테도 오늘 일은 차마 입 밖에 내지 못하고 참고 있자니 울화통이 차올라서 자폭해버릴 것만 같은 심정이다.

시작은 거슬러보면 할아버지와 할머니 그 할아버지와 할머니 또 그 할아버지와 할머니에서 비롯되었을 것이다. 그처럼 또 끝없이 흐름은 계속 이어질 것이다. 아들과 그의 아내, 또 그 아들의 아내와 그들 아들의 아내가 수많은 지류가 모이고 합쳐져서 큰 강의 흐름을 이루듯이 가통의 맥도 연속 발전을 이루는 것이다. 그런데 그 장려한 맥이 내 대에 와서 절손되게 되었는데 내가 왜 미치고 환장하지 않겠느냐. 하지만 네애비 최태복이가 누고? 아직 죽지 않았다. 내일은 제재소 나무장사를 불러다가 도량에 있는 느티랑 포구나무랑 모두 흥정을 해서 필요한 비용을 만들어낼 참이다. 남아일언은 중천금, 사나이 약속은 지켜야 될 것이기에.—

편지를 읽던 양지는 멍하니 그냥 앉아 있었다. 참 괴이한 생각이 들었다. 지난 일이라선지 편지의 내용에 대한 거부감이 일지 않는 것도 그랬지만 아버지의 심정을 조금은 이해할 것 같기도 했다. 아버지는 절손의 두려움 때문에 나댔을 테지만 양지의 눈에는 바람을 피우기 위한 한 수컷 사내의 변명이라고 냉소했는데 말이다.

참으로 오랜만에 어머니가 옛날에 했던 끔찍한 장면도 떠올랐다. 그날도 어머니는 용하다는 점쟁이 집에서 돌아올 때 비방으로 쓰일 흰 장닭 한 마리를 들고 왔다. 새끼줄로 친친 묶은 장닭을 들고 점쟁이가 시키는 대로 삼거리에 도착한 어머니는 하늘에서 태양이 빤히 내려다보는 환한 대낮이라는 것도 아랑곳없이 시퍼런 칼로 단번에 댕강 닭모가지를 잘라버리는 거였다. 모가지 잘린 닭의 몸뚱이에서 날개가 퍼득일 때마다 분수처럼 시뻘건 피가 포물선을 그리며 터져나왔다. 온 길거리에 이리저리 흩뿌려진 피는 행운으로 돌아올지 저주로 돌아올지 헤아리기 어려운 요상한 부적처럼 그려졌다. 그 후에도 어머니는 수태에 좋은 거라면 무엇이든 가리지 않고 집요하고 끈질기게 비방을 실행했다. 자손이란, 사람뿐 아니라 생명 있는 모든 것들의 번식 본능일 것이다. 하지만 양지는 제 스스로 아이를 낳고 싶다는 생각은 하지 않는다. 귀하게 존중받지 못했던 어린 시절의 트라우마에 그녀는 아직 조종당하고 있었다.

양지는 지난 가을 아버지가 득남했다는 호남의 전화로 상심해 있던 날 읽었던 누군가의 글을 떠올렸다. 제목도 저자도 확인 절차 없이 눈에 띄는 대로 기억 된 내용이었다. 그러나 밑줄 친 부분이 있을 만큼 기억은 또렷했다.

— 일본이 우리나라보다 잘 사는 이유는 성씨의 숫자가 훨씬 많은 것과 이 나라 여성들의 고유의상과도 밀접한 관계가 있다.

아버지가 누군지 모르는 애가 수두룩하니 아이를 만든 장소로 성씨나 이름이 만들어진 것을 두고 양반의식에 젖어 있는 우리 선조들은 불상놈들이라고 이들을 비하했다. 싸우면 매번 지면서도 말이다. 혈통중심의 순혈주의가 얼마나 배타적이고 폐쇄적인가를 보여주는 대목이다. 이는 개방성과 역동성이 떨어지고 다양성과 다원성의 세계관도 잃어버린 결과와도 연관된다. 여자의 정조를 따져서 열녀비 따위로 도덕적 기준을 삼는 폐쇄성의 나라, 이런 문화 속에서는 진취성과 생산성과 창조력까지 짓뭉개질 수밖에 없었다. 도덕의 타락을 개탄하며 남자들 자신의 무능으로 끌려갔던 공녀들을 환향녀로 멸시했던 비겁하고 오만했던 그들 양반의 인심.

남녀의 성을 자유롭게 생산적 에너지로 확장시킨 일본에 비해 조선은 남녀칠세부동석 따위의 엄격한 도덕률과 불필요한 정조의식만 강요했으니 창조적·생산적 에너지를 가로막은 우를 범했다고 말하는 학자도 있다. 우리에게도 인구의 절반인 여자들이 있었고, 그들이 가진 사회적 에너지 확장성과 역동성을 살리지 못했으니 말이다. '우리도 그들 못지 않은 넉넉한 자산을 가졌음에도 편견과 오류는 엄청난 손실을 빚었고 외세의 지배 인력까지 끌어들였다. 하지만 뜻있는 사람은 문을 열고 길을 만든다. 이제는 딸들의 능력을 몰라보고 무시했던 아버지가 깜짝 놀라고 후회할 위상으로 거듭날 것이다. 여자들은 위대한 모성까지 갖추고 있지 않은가. 여성성의 반전과 저항이 두려웠기 때문에 핍박하고 폄훼했던 단순한 존재들은 뒤늦게야 영원한 어머니, 모성이 내장하고 있는 능력을 두려워하게 될 것이다. 또 다른 차원의 성장동력을 확보하기 위해 여자들은 사회적인 교육을 받고 이 점을 활용하면 저 막대기 돌쇠들의 핍박을 극복하는 것은 그리 많은 세월을 담보하지 않아도 된다.'—

그때만 해도 양지는 기상 청청하게 자신을 기르고 있었다. 전우의 시체를 넘고 넘어…. 군인들의 노래처럼 용사가 되어가는 자신감으로 충만해 있었다. 굳이 주먹을 불끈 쥐지 않아도 그녀의 나날은 용감하고 당당했다. '아버지, 두고 보세요. 이 딸 최양지의 성장과 발전을!'

9. 사랑의 포자

녹차 한 잔을 더 주문해놓고 한참 동안 그냥 앉아 있던 양지는 간신히, 내일은 또 내일의 해가 뜬다는 누군가의 말을 위안 삼고 일어섰다. 저녁 일을 하러 목장으로 돌아가야 할 시간이었다,

"에이구 저걸 어째!"

주방 쪽에 있던 나이 많은 마담이 벽에 걸린 텔레비전 화면을 올려다 보며 혀를 차는 소리가 조용한 다방 안 분위기를 호들갑스럽게 들쑤셔 놓았다.

무심코 그쪽으로 시선을 옮기던 양지의 온몸에도 왈칵 경직이 일었 다. 여러 사람들이 모여 있는 침통한 분위기의 어떤 가정집 거실 위에 낯익은 한 젊은 여자의 얼굴이 화면에 떠올라 있었다. 김순화. 나이 서 른여섯 살. 엉거주춤하게 일어선 양지는 화면을 주시했다. 있을 수 없 는, 아니 꿈에도 생각지 못한 불상사가 뉴스 화면에 떴다. 납치범들의 내 분으로 사고 여객기는 공중폭파 되었고, 승객과 승무원들 모두 사망한 것으로 보이며 다국적인 여행객들로 붐비는 곳이어서 앞으로 사망자들

의 신원규명에 어려움이 많을 것으로 현지 언론들은 전하고 있습니다. 불행 중 다행인 것은 우리나라의 여행객은 주부 유학생 김순화 씨 한 사람뿐인 것으로 확인되고 있습니다. 어리벙벙해 있는 양지의 시야 속으로 김순화의 아이들과 그 다정하던 남편의 단란하고 행복했던 한 때가 참고 영상으로 흘렀다.

"여자들이 집에서 아이나 잘 키우지 유학은 무슨 놈의 유학을 가서 저 지랄인고. 집구석 쏘(소) 파놓고 고마 객사 죽음 아이가."

입을 벌리고 화면을 지켜보고 있던 저쪽 자리의 장년 남자가 자기 식으로 불편한 심기를 털어내고 있자 찻잔을 가져간 마담이 참견을 한다.

"것도 다 지 사주팔자지. 지 명이 그뿐이모 방안에 가만히 앉아서도 죽는 답디다. 저런 여자들은 그래도 지 할 것 다해보고 죽어서 원도 한도 없지. 북극 얼음판에 떨어져 죽어도 좋으니 나도 그렇게 한번 해봤으면 좋겠다."

"예끼 순 남으 일이라꼬 그리 쉽게 말하모 안 되지. 아니 할 말로 눈 감아바린 저야 모르지만 살아 있는 가족들은 우짤 끼고. 남편이고 아아는?"

"어린아아들이 쪼맨 안 됐기는 하다만 남자야 또 새 장가 들면 나이 젊겠다 직장 좋겠다, 얼매든지 잘 살지. 젊은 홀아비들은 화장실에 다녀오면서도 싱글벙글 한다면서?"

"여자들 하고는. 아무리 그래도 전사만 하겠나."

그들 김순화의 행복과 슬픔을 지운 텔레비전 화면은 이내 우스꽝스럽고 난만한 개그 프로그램으로 돌아가 있었다. 허무감에 빠진 채 꼼짝없이 앉아 있는 양지의 귓가에는 무심하게 나누던 두 남녀의 말들이 예사롭지 않은 앵앵거림으로 남아 있다. 정아의 전화로 그쪽 이야기를 들은 게 며칠 전이라 더욱 그랬다.

얼마 전 정아가 제가 키우던 개에게 물린 상처로 입원했을 때도 문병 온 친구들의 중심 화제는 온통 순화의 집일이었다고 했다. 순화의 시어머니가 시장 간 사이에 집을 나온 큰아이를 이튿날 파출소에서 찾은 일이며 작은애가 폐렴에 걸렸으나 아내에게 부담 줄까봐 알리지 않았다는 순화 남편의 마음씀은 독신녀들의 입에서 부러움과 찬탄이 터져나오게 했다는 등.

양지는 목석처럼 굳어진 채 앉아 있었다. 순화네 가족, 그들의 행복했던 모습은 이제 꺼져버린 화면처럼 속절없이 사라져버렸다. 한 사람의 성장과 발전을 도운다는 명분으로 가족들이 안아야 되는 고독과 이별의 아픔은 이제 어떻게 보상을 받아야 하나. 언젠가 그 인내와 배려를 복기하며 행복을 꽃피우는 날까지 어떤 불상사든 그 가족들을 해쳐서는 안 되는 데 말이다. 천지신명도 그들을 도와야 하고 자연도 문명도 그들을 도와야 한다. 하지만 달리는 야생마처럼 거침없이 당차던 한 여자가 없어진 자리의 어둡고 깊은 수렁은 그들 남은 가족이 안간힘 써서 복원하려는 오붓함마저 넘보면서 절망의 암흑 속으로 발목 잡아 끌어들이려 할 것이다.

집에서 애나 잘 키우지. 양지는 힘주어서 식은 찻잔을 움켜쥐었다. 집에만 있다고 아무 일도 생기지 않는 것도 아니건만 사람들은 제 하기 쉬운 말로 남의 불행을 평하기 좋아한다. 그것이 사람 사는 세상의 양면인 것이 싫다. 세상은 원형의 끝없는 변형과 변주의 반복으로 진행되고 있을 뿐인데 너무 큰 꿈의 세계를 상정해놓고 그것의 환영에 이끌려서 필요없이 먼 길을 에돌아다닌다. 저항과 음모까지도 흉내내면서. 멍하니 앉아 있는 양지의 머릿속에는 아버지의 이죽거림이 다시 깐족깐족 떠올랐다. 공부를 많이 했음사 값을 해야제, 일자무식인 니 에미보다 나은 게 뭐꼬. 네 동생 호냄이 년도 저렇고, 세상 모두가 네 년들 겉음사 사람 씨종자 하나 남것나. 사람이 세상에 태어나서 지 혼자 해놓는 기 표 나는 기 뭐이 있노. 지 아무리 일등 일등만 해도 일등은 또 다음 일등한테 눌리고 최고 최고만 해도 그 최고는 또 다음 최고한테 눌리고 밀리게 돼 있다. 주영의 주검을 한 줌 재로 날려버리고 돌아왔던 날도 아버지는 얼큰하게 취한 김에 솔직하고 미련스럽게 양지를 설득했다. 이제 그만 결혼해서 한 살이라도 더 늦기 전에 아이를 낳아 이 세상에 나왔던 가장 확실한 표를 하라는 것이었다. 아버지의 주장이 수천 년 내려오면서 검증되고 확인된 진실인지 모른다는 생각도 없지 않았다. 그러나 양지는 모멸스러운 자리를 피하는 것으로 불편한 심기를 대신했을 뿐 긍정도 부정도 하지 않았다. 그나마 겉으로 드러내서 반발하지 않은 것은 지난 겨울에 겪었던 많은 일들로 가르침받았던 교훈 때문이었다.

그런데 아버지는 오늘 또 양지를 설득하다 못해 이런 편지까지 넘겨주고 갔다. 앞에 놓여 있는 아버지의 한풀이 수필을 봉투에 넣은 양지는 어릿어릿한 동작으로 자리에서 일어섰다. 밖으로 나와 걸음을 옮기는 동안에도 허둥지둥했다. 나는 이제 어떻게 해야 하나. 어떤 절박한 현실이 그녀를 안절부절못하게 했다. 몸을 지탱한 두 다리에 힘이 들어가지 않았다. 안 돼. 이대로 이렇게 주저앉아서는 안 돼. 그녀는 마른땀이 밴 얼굴을 들어 누군가 자신을 부축해줄 사람을 찾았지만 캄캄해진 망막에는 아무도 보이지 않았다. 누구, 누구, 나 좀 도와주세요. 우리들의 시새움 때문에, 유학 갔던 순화가 비행기 사고로 사망했대요. 이 허망한 순간은 어떤 치환으로 극복하고 무엇으로 결론을 내야 하나요. 나오지 않는 목소리를 짜내기 위해 안간힘을 썼지만 아무런 조언도 부축도 받지 못했다. 똑똑한 여자를 도우고 친절한 세상은 반반 인심도 되지 않는다. 아득한 소음의 바닷속으로 그녀는 마음만 앞서서 순화의 문상을 가고 있었다.

앙칼스럽고 절박하게 우짖는 강아지 소리에 문득 눈이 떠졌다. 눈을 뜨자 골이 띵해지면서 머릿속이 흔들려서 정신을 차릴 수가 없다. 밖은 이미 환하게 밝아 있었다. 몇 시나 되어서 잠이 들었던 것일까. 얼마나 마셨던 것일까. 얼른 정리가 되지 않는다. 빛이 반사되는 방향으로 보아 마시다 취한 채 그대로 쓰러져 잠이 들었음이 분명하다. 소파 밑에 머리가 들어가 있는지 한쪽 손끝에 만져지는 것이 레자소파의 한 모서리인 것을 알겠다. 남들이 보았다면 어젯밤 모습은 정말 가관이었을 것이다. 노처녀들의 해괴망측한 술주정과 회한에 찬 고백….

"몽골아, 쉿! 쉿!"

양지가 기척을 보이며 제 이름을 부르자 몽골이 쪼르르 양지에게로 뛰어왔다가 다시 아까의 자리로 돌아가서 깡깡 짖기를 멈추지 않는다.

"이 애는 어디로 갔나?"

양지는 지난 밤의 술판이 그대로인 방안을 둘러보며 정아의 기척을 탐색했다. 방으로 잠자리를 옮겼을까? 기특하게도 어디 해장국거리라도 사러갔나? 수초 귀를 기울였지만 주방이나 화장실 기척도 감지되지 않았다. 그때 창가에 놓인 책상에서 바람을 탄 인쇄물 몇 장이 펄렁거리면서 거실바닥으로 날아 앉는 것이 보였다. 마감을 몇 차례나 어겼지만 아직도 못 넘겼다던 정아의 번역원고였다. 책상 대용으로 쓰는 다탁 저쪽으로 펄럭거리는 레이스커튼과 허공으로 뻥하게 뚫려있는 창이 보였다. 양지는 입가에 맺힌 미소를 베문 채 손끝에 걸린 프린트 물을 건성 훑어보다 점점 안면을 굳혔다.

＊혼자가 너무 편해서.

＊새로운 가족을 만들면 그들과의 어울림 때문에 겪게 될 갈등과 화해에 대한 번거로움.

＊타인과 스칠 때의 이물감으로 받게 될 스트레스가 너무 싫어서.

＊관계 맺은 가족에게는 최선을 다해야 한다는 의무와 강박감의 기피.

＊무엇보다 자신이 사는 집과 정한 그 자리에 모든 물건이 그대로 있어야 하는데 그게 흩어지는 것을 견디지 못한다.

＊아주 근본적인 이유는 이 모든 걸 뒤엎을 만한 남자가 없기 때문이란다.

＊휴일도 없고 퇴직도 없는 직장, 주부는 피곤하다.

＊배울 권리, 알 권리, 주장할 권리, 여자도 사람이다.

＊제 자식의 양육도 남의 손에 맡기면서 기를 쓰고 직장생활을 하는 여성들.

＊할머니, 어머니보다 많이 배우고 똑똑하다는 여자들이 이 풍요하고 성성한 문화의 텃밭에서 불평불만은 더 많이 생산해낸다.

＊여성성의 박토화와 송곳 심는 방법밖에 안 가르치는 경제사회의 추세….

＊조화 과정의 슬기로움과 완전한 형태의 보존미학.

＊외국 신문에 실린 짧은 만화에 이런 내용이 있었다. 연구실에서 돌아온 한 여성학자가 늦은 저녁을 먹다가 쓰러졌다. 얼마 후. 보고문서 때문에 찾아온 조수는 문안에서 우글거리는 피 묻은 애완용 개들 사이에서 길고 짧은 뼈 마디 몇 개만을 발견했다.

＊사람들은 암암리에 원시를 그리워하게 될 것이고….

심심파적으로 끼적거린 메모 정도였지만 자기의 내면에 가득한 속마음을 투영시킨 내용이라 너도 그랬구나 싶은 진한 동질감이 곁에 있다면 으스러지도록 꼭 껴안아주고 싶도록 안쓰럽다 못해 처연했다. 이 가시나를 해장시켜야 한다. 우거지나 콩나물 어느 쪽을 더 좋아할까. 슈퍼의 방향을 가늠하며 옷을 찾아 입는데, 수선스러운 기척과 함께 현관의 벨이 울렸다. 신호가 떨어지기도 전에 누군가 동시에 현관문을 두드렸다. 어지러운 발자국 소리와 함께 다급한 외침도 쏟아졌다.

"이봐요, 이봐요, 이 집에 누구 없어요? 문 좀 열어보세요!"

차림을 살필 겨를도 없이 문을 열었던 양지는 굳어 있는 몇 사람의 얼굴을 동시에 묶고 있는 급박한 긴장감을 읽었다.

"어서 좀 나와보세요!"

그들은 응답할 사이도 없이 양지의 손을 끌다시피 승강기로 향했다. 하강하는 동안 주민들이 말했다. 한 여자가 투신을 했는데 이 집 사람 같다, 고 경비가 그런다. 나도 알아, 몇 번 봤으니까. 그런 증언의 소리들이 어리벙벙한 양지의 고막으로 꽂혀들었다. 투신, 이라는 말은 이미 양지의 감각을 거의 마비시키고 있었다.

아, 그게 그런 거였구나. 양지는 어제 저녁 정아가 술과 안주거리를 챙기는 동안 그녀와 얽혀서 동거하는 현실의 심경을 집안 곳곳에서 훔쳐보았다. 좀 전에 읽은 문장들 역시 번역 본 속에 있는 문장을 짚어본 것이려니 직업적으로만 생각했을 뿐 설마 이런 심각한 지경까지 심약해져 있을 줄은 몰랐다.

돌이켜보면 어제 내내 정아의 조짐은 달랐다.

양지와 같이 순화의 장례식장으로 가기 전에도 그랬다.

"양지야, 선대의 여자들이라고 다 무식하고 순종적이기만 했겠니. 모든 여자들이 다 섭렵했던 투쟁과 정제 과정을 다만 기록이 미비했던 것으로 우리는 선대의 생활문화를 경시했던 거야. 여러 가지 문헌을 섭렵하고 세계의 문화를 두루 알게 되면서 우리는 빈껍데기 화두를 안고, 죽기 아니면 살기로 그것에 매달렸던 만큼 아까운 청춘만 다 버린 거란 생각이 자꾸 드는 것 있지. 남과 여의 평등, 헤게모니, 우선권 쟁탈에만 혈안이 되어 양보라는 미덕을 한 수 꺾인다고만 생각했으니, 어떻게 화합해서 만든 아름다운 조화인데 이를 인정할 만한 사려가 자리 잡을 수 있겠어. 신이 모든 남자를 다 돌볼 수 없으니까 여자를 만들었다는 말, 참 그럴 듯하지 않니? 이제 어떻게 해? 이 문명만 포식을 하면서 중구난방으로 기성세대에 대한 불평불만만 늘어놓았을 뿐 해놓은 게 없는 노처녀 신세. 종족 번식에 기여하는 기본 역할도 어렵게 됐으니 말이야…."

정아의 넋두리는 밤에도 계속되었다. 먹은 것이라고는 겨우 술이며 안주 같지도 않은 안주, 지쳐서 쓰러져 있던 정아는 가위눌린 것처럼 부르르 일어나더니 다시 죽은 순화의 이름을 부르면서 오열을 터뜨렸다.

"이제 나더러 어쩌란 말이야. 먹고 살기 위해서 바글거리는 개미새끼

속에서 여왕개미를 찾느라 지긋지긋한 개미집에 갇혀서 하루하루를 내가 어떻게 견디고 있는데. 나쁜 년, 난 그럼 이제 어쩌란 말이냐구. 우리는 벌 받을 거야. 미숙한 개도국의 선찮은 먹물가시내들이 건방지고 허세스럽게 선진국 뒤통수만 흉내내며 따라가다가 낭떠러지로 추락하고 말 거라고."

이 상황이 정말이라면 정아는 마지막 절규로 한만을 쏟아놓은 채 자폭해버렸다. 작심한 듯 어젯밤 늦게까지 꽁꽁 묶어놓았던 자신을 풀어서 양지에게 보여준 것이었다. 하룻밤만 딱 같이 자고 가라며 잡던 손길이 다시금 으스스하게 전율을 끼었었다.

어제, 순화의 남편을 상문하고 끝까지 남았던 정아는 고속버스터미널로 향하는 갈림길에서 양지의 손을 붙잡았다.

"너 오늘 가지 말고 나랑 하룻밤이라도 자고 가라."

"안 돼, 본의 아니게 며칠이나 태업을 했는데 일이 밀렸을 거야."

"계집애, 죽은 사람 소원도 들어준다는데 산 사람 소원 하나 안 들어줄래?"

"얘도, 너답지 않게 무슨 소원씩이나? 혼자 있어야 온전히 저다워서 일하기 좋다는 애가 웬일이야. 그 용감성은 다 어디 출장이라도 보냈냐? 싱겁긴."

뜻밖에도 울상을 지은 정아가 빠르게 대꾸를 달았다.

"계집애야, 야밤에 들리는 바람소리가 얼마나 섬뜩한지 넌 모르지?"

"일반 주택엔 그보다 더 심한 바람이 들이닥쳐. 온갖 집기들이 바람에 쓸리면 누군가의 시 구절처럼 진군의 기마부대가 출몰한 것처럼 정신없이 소란스럽기도 하고."

"그렇지만 이유가 분명하니 무섭지는 않잖아."

"지금 무섭다고 했어?"

"나도 모르겠어. 전에는 그런 적 없었는데."

순화의 죽음으로 인한 불안감이 평소의 심리를 더 확대시켰음이리라, 정아를 이해한 양지는 뿌리치지 못하고 그녀를 따라갔다. 그러나 이전 같지 않고 심약해진 정아의 정신상태는 심각하게 몇 번이나 목격되었다. 양지는 요즘 저의 경우를 예로 들며 가슴에서 우러난 조언을 했다.

"너, 어디 몸이 심각하게 안 좋은 건 아냐?"

"그런 건 아닌데 괜히 심장이 두근거리고 안절부절못하겠고 안타깝고 억울하고 뭔가 모르게 다급한 마음으로 물건을 집어던지고 포악하게 나를 괴롭히고 싶고, 나도 모르게 그럴 때가 많아."

"차근차근 짚어보면 분명한 이유가 있겠지."

"이유? 이유라면 이유 아닌 게 어딨겠니."

정아는 괴로운 듯 쓰디쓴 미소를 지으며 얼버무렸다.

"당분간 어머니나 동생 있는데 가서 좀 있다가 안정되거든 와. 누군가 곁에 있으면 얼마나 힘이 되는데."

"난 너하고는 다르다니까. 아우, 괜찮아. 괜찮아. 처음 있는 일도 아니고 그러다 또 정상으로 되겠지뭐. 자 우리 술이나 좀 마시자. 잠 안 올 때 내가 마시던 게 있어 가지고 올게."

정아는 씩씩한 척한 몸짓을 보이며 주방으로 가다가 힐끗 돌아보며 걱정스럽게 지켜보는 양지에게 안심하라는 뜻이 담긴 폼으로 휘익 스핀 동작을 보여주기도 했다. 잠자리에 들 동안까지의 긴 시간을 공유할 수 있는 것은 주거니받거니 술잔을 앞에 놓고 신상을 털어놓는 것 이상 없다. 양지는 이제까지 숨겨왔던 자신의 속내를 출생에서 오늘까지 죄다 털어놓았다.

"야, 그래도 넌 갖출 건 다 갖추고 살았네. 그깟 고민들은 세상 사람들 팔구십 프로는 다 겪으면서 사는 거야. 네 딴에는 네가 제일 불행하고 고통스럽게 살았다고 자랑하지만, 소설로 엮으면 책 몇 권은 될 거라고 엄살떨며 다른 사람들도 말하는 그런 범주에 불과해. 앞뒷집 이웃 동네 모두 비슷비슷한 사연이라서 재미없는 내용들."

"그게 내가 자랑하는 걸로 들렸어? 그런 괴변이 어딨어."

"적어도 내겐 그렇게 들려. 넌 그래도 끝까지 니들을 지켜준 엄마가 있었잖아."

양지는 제 말에 대한 정아의 즉답을 음미했다.

"자, 마시고 이번에는 내 얘기 좀 들어볼래? 언젠가는 베스트셀러로 히트 칠 감인데 미리 들려주는 거야."

정아가 마주치는 술잔에 양지도 보조를 맞춰주었다. 쨍, 정아가 얼마나 세게 부딪쳤는지 컵이 깨졌다. 제길, 어쩌고 구시렁거리며 불불 기어다니면서 수건질을 한 정아가 다시 다른 컵을 가져왔다.

정아와 양지 두 노처녀는 눈이 퉁퉁 붓도록 어제 저녁 내내 울었다. 온전히 소화시킬 기력도 무시한 채 마구 술을 마셨다. 술을 마시면 으레 그래야 한다는 식으로 냉장고 구석에 있는 것들을 뒤져서 가리지 않고 이것저것 안주로 먹었다. 너무 오래 두어서 눅눅해진 오징어와 땅콩을 비롯하여 시들어빠진 오이를 먹었고 양념이 말라붙은 몇 가닥의 김치도 통째로 들어다놓고 손가락으로 집어먹었다. 이제까지 그들이 보여왔던 깔끔하고 지적인 면을 송두리째 뭉그러뜨려버린 아주 홀가분한 풍경 가운데 그들은 완전 무임으로 자신들을 방기했다. 웩 웩 게우고 있는 상대의 등을 두드려주다가 질펀하게 쏟아져 있는 토사물을 보고 뒤틀려버린 비위에서 거침없이 분출되는 덜 삭은 음식물을 엎어져 있는 사람의 등 위에다 그대로 토해서 흘려버리기도 하면서. 둘은 엉금엉금 기어다니면서 서로를 끌어안고 울다가 웃다가 울다가를 반복했다. 그런 중에도 나이 많은 여자처럼 정아는 끝없이 중얼거렸다.

"이게 뭐야. 우리한테 남은 게 뭐야? 돈이 있어, 자식이 있어, 명예가 있어, 가족이 있어? 있는 거라곤 남들이 째려보는 노처녀 딱지뿐이잖아. 허점투성이 속내를 봉창하기 위해서 기브스시킨 거드름에 일상적인 삶조차 불구스럽게 경직되어 버렸고… 하하, 있긴 하나 있다. 이 아파트가 누구 건지 아니? 이게 그래도 입 크다. 내 꿈 내 청춘 다 집어삼키고 시치미 떼고 있네."

게게 흘리는 술침 위로 눈물과 넋두리를 같이 흘렸다. 양지는 물에 잠긴 머리카락을 털어내듯 자주 고개를 내저었다. 정아의 말은 다 맞다. 그러나 긍정하는 순간에 갖게 될 무서운 절망과 허무가 두려워서 입으로 내뱉지 못했던 뼈아픈 고백들이다.

순화의 빈소에서도 정아는 동지들보다 여린 심성대로 오열을 멈추지 않았다. 정아는 어린 여학생처럼 제 감정에 충실했다. 사업을 하던 아버지가 또 다른 젊은 여자를 아내로 얻으면서 이 세상 남자들을 한데 묶어서 저주하는 것으로 사춘기를 보냈던 소녀. 강의 준비를 한다면서 일찍 돌아간 친구 여교수도 첩살이하는 엄마처럼 살지 않겠다고 이를 악물곤 했는데, 지금은 엄마의 여성스러운 모습이 참 따뜻해보인다는 생각이 문득 들어 당혹스러울 때 있음을 고백할 때도 정아는 분통을 터뜨렸다. 남

달리 당찬 의지로 스스로의 길을 개척해나간다며 자위했던 것도 사실은 허세라고 소리쳐서 동지들의 눈총을 받았다. 정아는 눈이 짓무르게 번역 일을 했고, 칼럼을 기고했고, 꼬마들에게 영어를 가르치기도 했다. 부지런한 대가로 생활비는 걱정 없지만 더 큰 일은 손에서 일감을 놓는 순간이면 해일처럼 밀려드는 고독에서 헤어나는 방책을 찾아내는 거라고 했다. 동지들 모두 눈으로만 말했다. 어쩜 너도 나랑 같은 생각을 하니.

"다른 건 몰라도 아이는 꼭 하나 낳아서 기르고 싶어. 시험관 아기 어때?"

인형처럼 구겨져 누운 자세로 멀거니 천장을 올려다보면서 정아가 말했었다. 역시 같은 자세로 드러누워 있는 양지는 정아가 왜 그런 소리를 하는지 얼른 알아들을 수 있었다. 애들마저 없었다면 순화가 이 세상에 났던 아무 흔적도 없는 거잖아. 하는 짓마다 어른들의 눈물을 자아내는 순화의 어린아이들을 잡고 네 엄마, 네 엄마 하면서 다음 말을 잇지 못하고 흔들며 정아는 안타까워했었다. 그동안 흔들리고 있던 정아의 속마음을 볼 수 있는 단적인 증거였다. 위함 받지 못할 생명은 잉태하는 것조차 죄악이라고 부모를 성토했던 시절에는 상상조차 못했던 행동이었다. 너는 현태를 언제 만났니, 지금은 어떤 상태야? 정아가 물었지만 양지는 못 들은 척 아무 반응도 하지 않았다.

"여자가 아이를 낳는 순간 선성도 같이 태어난다는 뜻 너는 모르지? 생명을 품어서 부른 배는 음식을 섭취했을 때의 포만감과는 차원이 달라. 띠웃띠웃 유선이 발달하면 표현 못 할 감정이 복받쳐 올라 고양되는 성숙의 단계 등등."

"애는 책에서 습득한 게 아니라 직접 애라도 낳아본 사람처럼 말하네."

"니들이 몰라서 그렇지 교활하고 생뚱맞고 그게 나였던 거야."

"무슨 엄청난 비밀이라도 품고 있는 것처럼 말한다, 너?"

"이혼한 엄마의 맏딸이었던 나도 언젠가 마음만 먹으면, 순화처럼 사려 깊고 추진력 있게 여자를 상승시켜줄 상대를 만날 수 있다는 꿈을 자존심으로 꽁꽁 싸놓고 버티었지."

그 꿈의 허무한 상실을 정아는 못 견뎌하고 있는 것이다. 그 충격은 솔로의 가능성으로 버티어온 도도함까지도 무참하게 허물어뜨려놓고 말았다. 저렇게 표현이라도 시원하게 하는 정아는 그래도 나보다 나은 게 아닐까? 양지는 그런 의문 같지도 않은 의문으로 돌아누워 있는 정아를 슬그머니 바라보다가 내 이야기 좀 들어보라는 정아의 까탈에 못 이겨 다시 잠의 늪에서 자맥질을 했다. 자다 깨다 시그러지는 양지의 반응에도 불구하고 정아는 작심한 듯 제 인생의 전말을 털어놓았다.

"아버지랑 헤어질 때 엄마는 나와 동생을 택했지. 그때는 우리 엄마가 얼마나 위대하고 우러러보였는지. 되짚어보면 그때만 해도 우리는 순수했고 부모 자식 간의 인간애로 똘똘 뭉쳐 있는 물 샐 틈 없는 관계였지. 외가 식구들, 외할아버지·외할머니는 물론 엄마의 형제들·친척들은 모두 엄마의 평탄한 새 출발을 위해서 우리를 아버지께 넘겨주라고 했지. 물론 우리는 옆에서 어른들의 눈치를 보며 우리들의 어둡고 두려운 미래에 대한 공포에 긴장하고 있었고. 그래도 좋다고, 내 자식들을 나처럼 끔찍이 아끼고 위할 사람이 세상에 어디 있느냐. 아이들을 잡아먹기 위해 야수들만 들끓는 것 같은 세상에 제 아이들을 내몰 수 없다고 엄마는 우겼지. 찬반은 결정적인 순간까지 팽팽하게 맞섰지만 엄마는 우리를 끌어안았어. 우리를 달가워하지 않는 외가 식구들을 피해 엄마는 우리를 데리고 독립을 했지. 결과는…. 자 한 잔. 그렇게 내 인생은 혹독한 시련의 길로 들어선 거야. 들을 만하지 않아?"

정아가 담배 한 대를 피워물며 빨개지는 눈으로 들여다보았다.

"아니, 이제 시작인 것 같은데 뭘. 아직 핵심이 안 나왔잖아."

"계집애, 글쟁이 나보다 더 통달하고 있네. 흐흐흐. 우리를 잘 키우기 위해 엄마는 당연히 직장을 가졌어. 얼마쯤 가지고 나왔지만 방 하나를 얻고 나니 빈손인 거야. 그 여자는 여건에 맞는 직종을 찾기 위해 날마다 달마다 퇴직과 입사를 거듭했지. 그 시대 여자들답게 풍부한 학식이 있는 것도 아니니 당연히 자격증도 없지. 밥하고 빨래하고 아이 낳고 그렇게 평범한 기술이 무슨 월급 받을 수 있는 기술이나 되냐? 좋은 말로 퇴직과 입사라 했지만 사람이 필요한 집이면 된장찌개·김치찌개·순댓국·잔반을 가져와서 먹이던 음식이 나중에는 깎은 지 오래돼서 색 바랜 과일이나 술에 젖어 축축해진 마른 오징어포로까지 바뀌는 거야. 그 이면에는 딸린 혹인 우리들의 육아문제가 늘 걸림돌이 됐겠지. 걸림돌뿐 아니라 사실은 족쇄였겠지. 우리들과 연관되지 않은 게 없는 걸 그때 우리가 뭘 알았나. 나 참 많이 맞았어. 이 손가락 마디 꺾어진 것 봐. 어린 나이로 엄마 일을 도왔던 영광의 상처? 그렇게 파국이 오데. 뭐 홀어머니가 아이들을 키울 때라고 굳이 여자의 경우로 한계를 짓고 싶지는 않지만, 결손가정의 한계 뭐 그런 귀착인 셈이었지. 맞상대할 큰 자식이라는 이유로, 동생을 잘 돌보지 않았다거나, 제 할 일도 제대로 못 한다면서 짜증을 내던 엄마는 기어이 손찌검까지 시작했어. 직장에서 참고 당했던 울분까지, 이게 다 누구 때문인지 아느냐고 어린 내가 알 수 없는 해답까지 강요하면서 때렸지. 스트레스 해소용으로 엄마는 술을 입에 댔고 우리들에 대한 패악이 늘어갔어. 너 듣고 있어? 자는 거 아니지?"

"아냐, 계속해. 눈만 감았지 귀는 활짝 열려 있으니 염려 말고."

"엄마가 썩어문드러지는 반면 내게는 어떤 힘이 싹 터 올랐는지 아니? 독기야. 이전의 엄마가 아닌 배신과 절망에서 울고만 있을 게 아니라 생존본능이 서서히 고개를 든 거야. 엄마의 인간적인 지극히 자연스럽게 표출되는 허점 이런 것까지 온통 배반의 연출과 직결됐어. 마구 쫑알거리며 대들었지. 그때 쏟아냈던 총알 같은 단말마들로 글쟁이 수업이 된 건지도 몰라. 하여튼 잘도 앙큼하고 당돌한 악다구니를 구사했으니까. 드디어 어느 날 직사하게 매타작을 당하는 순간이 왔어. 취기를 못 이겨서 비틀거리는 엄마 모습을 연속보는 게 역겨워진 내가 도끼눈을 뜨고 또 대들었거든. 나 그때까지 참 착하고 순종적인 애였다. 우리를 위해서, 오직 우리를 위해서 희생하고 고생하는 엄마를 위로하는 일이면 죽는 시늉까지 하려던 나였거든. 내가 상상도 못 했던 본색을 차츰 드러내니까 엄마도 무섬증이 드는지 할 말을 잃었지. 그렇지만 잠시 후 곁에 있던 빗자루를 추켜든 거야. 겁도 없이 나도 소리쳤지. 이러려고 우리를 데려왔느냐. 지금이라도 아빠께로 가겠다고. 그 순간 내 몸이 반쪽으로 쪼개지는 충격이 머리로부터 내리꽂혔지. 문제아 비행청소년은 씨앗이 따로 있는 게 아니더라고."

"그야 환경이 백 프로 아냐. 아무리 연약한 존재도 자구책을 찾게 되는 건 당연한 거고."

"그럼, 그때부터 엄마는 엄마가 아닌 거야. 숙제는 했나. 빨래는 했나. 방구석이나 좀 치워놓고 놀지. 설거지는 왜 이렇게 대충했느냐는 잔소리는 끝없이 들었지만 이런 폭력까지 나올 줄은 정말 예상도 못했지. 엄마는 팽 돌아버렸어. 얼마나 두들겨 맞았는지 대들 기운도 없는 나를 꼬집고 뜯으며 끝에는 뭐랬는지 모르지? 죽자, 다 같이 죽자. 기껏 다 같이 죽기 위해 이때까지 살았냐? 속으로 홍 비웃음이 나왔어. 어른도 같잖은 말을 하면 가치나 존중감이 떨어지는 걸 그때 처음 실감한 거야. 고작 거기까지가 인간, 즉 어른 엄마의 한계더라고. 그래서 나도 같이 큰 소리로 대들었지. 이럴려고 우리를 데리고 나왔느냐고. 자, 마시자."

둘은 다시 또 잔을 마주쳤다. 바닥에 흘린 땅콩 한 쪽을 주어 히히히, 나누어씹었다.

"또 하나, 결정적으로 날 이렇게 만든 게 뭔지 모르지? 아직 그 얘기는 안 했지? 엄마에게 혼쭐나고 인생이 시시하고 초라할 때면 나를 위로해주는 오빠가 있었어. 그는 나보다 다섯 살 위인 외사촌 오빠인데 공부도 잘하고 잘 생겼고 무척 유순한 성품도 갖고 있었지. 내가 그 오빠와 가까워진 건 모두들 내가 배울 점 많은 그 오빠와 잘 지내는 것을 다행스럽게 여긴 점이었지. 나도 그런 신뢰를 바탕으로 위로가 필요하면 오빠를 원하게 되었고. 그 오빠와 가까워진 결과로 내 인생이 파토난 결정적인 계기는 엄마로부터 직사하게 얻어맞고 그 후유증으로 누워 있을 때야. 외할머니의 심부름을 그 오빠가 왔어. 딸이 어떻게 사나 걱정인 할머니는 다른 가족들 몰래 엄마를 지원했는데 비밀 보장되는 심부름꾼 역할로 오빠의 무거운 입이 선택된 거야. 아파서 누워 있는 나를 보고 깜짝 놀란 오빠는 눈물을 글썽이며 뛰어나가 약을 사다 먹이고 바르고 아픈 근육을 마사지해서 풀어주기도 했지. 내가 오빠, 아니 남성과 가진 첫 접촉에서 그런 위안과 애틋함을 느낀 건 처음이고, 먼 훗날 남녀가 성인이 되면 왜 그렇게 신체 접촉을 당연시하고 즉석 응교도 가능한가를 이해하게 된 것도 그때였어. 그 오빠는 빗맞은 매질로 퉁퉁 부어 있는 내 손을 물에 담그고 오랫동안 주물러줬어. 일정 시간이 지나자 부기가 가라앉고 내가 좋아하니까 멍든 종아리나 얼굴 부분으로 범위를 넓혀갔어. 그 뒤부터 우리는 만나면 스스럼없이 아팠던 부위를 드러내놓고 점검해서 화제를 삼으며 일테면 연민으로 싹트는 이성교제 비슷한 정감을 나누게 됐지. 가랑비에 옷 젖듯이. 이제 와 생각하면. 내 개인적인 생각이지만 사랑과 연민. 고독한 사람에게 이보다 위안이 큰 유토피아는 없어. 가련한 눈빛으로 나를 바라보며 어루만져주는 따뜻한 손길에 나는 해파리처럼 부드럽게 변해갔고 오빠의 어디든 접착되고 흡수되어 버리고 싶은 간절함으로 점점 해체되어버리는 걸 느꼈어. 이런 감정은 이성적인 제어로는 도저히 불감당이야. 너도 어릴 때 그런 경험 가져본 적 있어? 말 안 하는 것 보니 없네. 나는 오빠한테 매달렸어. 정신적으로만이 아니야. 내가 언젠가 말했지. 인간은 모순의 결정체라고. 고상한 척 도도한 척 온갖 결기를 드러내면서 실은 속물적이기 이를 데 없이. 순화 개 결혼식 때, 첫 아이 돌 때, 유학 가는 날 축하파티 때, 우리 우먼파워들 얼마나 절절한 심정이었니. 얼마나 대단한 결의로 뭉쳤었니. 그런 우리가 말이야. 난 그때 사실 순화가 팍 사라져버리고 내가 대신 주인공이되고 싶어 미칠 것 같았어. 해온 깐이 있으니까, 양심은 있어서 자신을 드러낼 용감성이 있어도 비겁하게 감추고 딴전을 피우고. 이 모든 이유가 어디 있느냐. 하긴 그 입장이 되었으면 나 역시 별수 있겠느냐는 자조와 비애어린 결론에 도달하고…. 자, 마시자. 그게 내가 요즘 도달한 지점의 회돌이 동작이었어. 이것이냐, 저것이냐.”

"그 다음 오빠와의 관계는 어떻게 됐어? 어른들 눈치 못 채게 진도 나간 것도 없이?"

여드름쟁이 고등학생과의 경험으로 양지가 캐물었다. 정아는 기다렸다는 듯 다시 말을 이었다.

"인간을 죽이는 것도 살리는 것도 다 환경이란 만고의 진리야. 사랑을 통제하기 위한 제도와 관습, 만약 그런 게 없었다면 나의 심성은 더 감미롭고 아름답게 성숙되어 갔겠지."

"들켰구나! 결국."

"그 인연으로 너랑 나랑 우먼파워에서 만난 거 아냐? 자, 건배. 우리의 운명적인 만남을 위하여!"

"왜 자꾸 딴 길로 새냐. 숨길 게 있다는 뜻이지?"

"계집애, 유경험자도 아니면서 예민하게 파고들어. 그래서 순화가 부러웠고 우리 몽골이한테 더 지극했던지 몰라. 왜 이제 됐어?"

"그야 일반론인데 뭐."

"야, 악질 순사 같다. 나 심문하는 거냐? 그래 불량청소년 딱지를 받도록 갈 데까지 다 가봤다 됐냐? 무섭고 불안해서 모성도 냉큼 잘라내야 했던 끔찍한 기억….."

술 취한 정아는 엇갈리는 손길로 주섬주섬 앞섶을 열었다. 술 마신 열기로 답답해서 그러나 여기고 있는데 정아가 홀렁 들춘 브래지어 아래로 수유를 했던 늙은 여자의 것처럼 축 늘어진 두 개의 유방이 드러났다. 온전한 처녀의 것으로 여겨지지 않는 유방을 본 양지의 충격은 컸다. 놀라움으로 멍해진 양지의 얼굴 앞에서 정아는 자신의 젖가슴 한쪽을 손가락질해보았다.

"여기를 봐."

"흉터 같은데? 수술자국. 아까 했던 네 말과 상관있는 거야?"

"사랑하는 이는 멀리멀리 유배당하고 퉁퉁 분 젖가슴은 곪아터지고. 어미란 여자는 원인은 제쳐두고 결과만 따지면서 저승사자처럼 굴고…. 그게 지옥이지 사람 사는 세상이냐?"

너무나 충격적인 정아의 실토에 한동안 말을 잃고 있던 양지가 입을 열었다.

"천하의 불상년으로 너만 주홍글씨를 새기게 되고. 그 뒤 그 오빠는 어떻게 됐어? 비난은 조금 받았겠지만 남자니까 이해받고 용서받고 잘 살고 있겠지?"

"유경험자도 아니면서 잘 아네."

"그 다음은 어떻게 됐어?"

"검은 지옥 가시밭길. 너무 속상해서 말하기 싫어."

"아직 행방불명이란 말이야? 그쪽과는 아예 관심 끊었다는 뜻이야?"

참고 있던 폭발적인 웃음을 시니컬하게 웃어젖힌 정아는 빈정거리는 음성을 숨기지 않고 토해냈다.

"외국 박사, 국제변호사 뭐 그런 것까지 취득해서 금의환향한단다. 대학교수 초빙도 받았고."

매몰차고 단호한 음성으로 끝을 맺은 정아는 다시 술을 들고 털어붓듯이 마셨다.

"아, 이제야 의문이 풀린다. 난 네가 왜 그렇게 초조해하는지. 계약한 번역일이 취소돼서 수입원이 단절되는 심각한 일인가 그런 쪽으로만 짐작했더니."

"내가 왜 이렇게 불안한지 곰곰 생각해본 적이 있는데 오늘 저녁 우리가 한 이야기 속에 그 이유가 있어. 어머니라는 선배가 보인 파행이 동질의 여성성으로 내 속에서 꿈틀거리고 있는 걸 확인한 거야. 멋지고 안락한 상류가정에다 돌을 던지는 심술스러운 계교가 매일 몇 개씩 머리를 드는 데, 그게 나의 실체라는 각성을 하면 미치고 환장할 것 같아. 애틋하게 그립고 아름답던 시절을 생각하면 그 오빠에게 내가 그래서는 안 되잖아."

무섭고 불안하다며, 정아가 심약한 모습을 보이던 충분한 이유가 거기 있었다. 울컥 측은지심이 든 양지는 앞에 앉은 정아의 손을 얼른 당겨잡으며 위로의 마음을 실어 흔들어주었다. 흔들리는 자존감과 정체성의 혼란에 시달렸던 정아는 아주 시원한 배설을 하듯 소리 내서 엉엉 울었다. 그러던 정아가 잠시 뒤에는 미친 사람처럼 깔깔 웃으며 양지를 들여다보았다.

"양지야, 인간은 왜 자신이 만든 굴레에 매여 불행과 고통으로 허덕거리는 거지? 우리가 만약 오빠랑 무인도로 도망이라도 갔다면 지금 우리는 어떻게 살고 있을까?"

양지도 얼른 취기를 빈 싱거운 농담으로 받았다.

"아유 안 되지. 그럼 우리가 어떻게 만났겠어."

"내가 나를 좀 아는데 난 고약하고 복잡한 년이야. 강하고 싶다가 약하고 싶고. 그러다가 또 무엇이든 물어뜯고 파기하고 싶고. 이런 인간이 누구랑 어떻게 평탄하게 살 수 있겠어."

둘은 이미 되돌리지 못할 운명의 노선을 잘 알고 있었기에 더 이상 구체적인 맥은 회피했다. 상대의 심정을 잘 알아주는 가장 친숙하고 똑똑한 친구끼리 중언부언 저마다의 사연을 들추어내면서 술과 주정을 동반했는데 눈을 뜨자 이렇게 참혹한 상황과 맞닥뜨리다니.

　망연자실한 상태인 심신을 지탱하며 아파트 아래로 내려가니 둘러서서 들여다보고 있던 주민들이 피 흘리면서 널브러져 있는 한 여자를 보여주기 위해 자리를 비켜주었다. 양지는 하얗게 뒤집혀진 세상이 무너지는 것을 보면서 부러진 듯이 무릎을 꿇었다. 무슨 말이든 하고 싶은데 목소리도 제대로 나오지 않았다. 결국 이렇게 끝내고 말 인생인 걸 미리 알았다면 너는 어떻게 살았을까. 어젯밤 그녀와 나눈 많은 이야기들이 폭우처럼 쏟아져내렸다. 양지는 실신할 것 같은 정신을 겨우 가다듬어 걸치고 있던 상의를 벗었다. 아버지의 말처럼 혼자 벌어서 혼자 쓰고 혼자 먹고 살던 독신여자의 최후가 남들 눈에 그나마 덜 초라해보이도록 친구가 얼른 해줄 수 있는 최선의 처치였다. 양지가 옷으로 얼굴을 가리는 순간 정아는 이 세상에서 사라졌다.

　정아의 시신이 영안실에 안치되는 것을 본 양지는 일상으로 돌아간 '우먼파워' 시절의 동지들께 다시 연락을 했다. 하지만 지쳐서 잠들었는지 전화를 받지 않았고 통화가 된 사람은 대부분 울먹거리며 겹쳐서 겪게 되는 비극으로 아픈 가슴을 더 아프게 할 수 없으니 그냥 집에서 명복이나 빌겠다고 했다. 그게 정답인지도 모른다. 양지도 경찰서 조사를 마치자 정아의 빈소를 떠났다.

　당연히 목장으로 돌아가 그동안 비웠던 자리를 채우고 맡은 일을 돌봐야 될 것이다. 그러나 양지는 마음의 나무 한 그루를 품에 안고 집이 아닌 다른 지역의 고속버스에 몸을 실었다. 내 정원에는 아니라고, 내 취향은 아니라고, 내가 거느린 산수에 동참시킬 수 없다는 이유를 대며 제외시켰던 나무였다. 침 뱉고 떠난 물 다시 먹는다. 누군가 이 말을 할지도 모른다. 그러나 변명을 댄다. 고려했을 뿐이지 굳이 침까지 뱉은 것은 아니라고.

내 마음이 왜 이렇게 설렐까. 차창에 어리는 풍경을 내다보며 양지는 자신에게 물어본다. 그리운 고향을 찾아가는 느낌? 양지는 솔직히 이런 푸근하고 따뜻한 그리움을 안고 고향을 찾아본 적이 없다. 참 어이없는 방문을 하고 있다. 오래 떠돌이생활을 하던 나그네가 비로소 깃들 곳이 어디인가를 깨닫게 된 심정이 이런지도 모른다. 고속버스 좌석에 앉았으나 마음은 벌써 그곳으로 훨훨 날아가고 있다.

현태를 말로 만 들었던 그의 고향으로 찾아가는 길이다. 뭐라고 답할지 꼭 집어서 찾아온 이유도 생각해놓지 못한 상태다. 그저 절실한 어떤 그리움과 이끌림에 따랐다. 그가 보이면 이번에는 제 스스로 달려가서 와락 안길 것이다. 벅찬 기쁨으로 뜨거워진 볼을 어린애처럼 비비고 거부했던 그의 담대한 완력도 성벽처럼 든든하게 여길 것이다. 그 사람은 안타까운 목마름으로 집 나간 아내를 맞이하는 남편처럼 담쑥 받아들일 것이다. 어릴 때 뒹굴고 놀았던 고향의 언덕처럼, 멱 감고 놀던 물처럼 스스럼없이 편안하게 품어줄 것이다. 그리고 왜 이제야 왔느냐고, 애간장 태우면서 기다리고 기다렸다고 말할 것이다. 보송한 솜털이 피부에 닿으면 전율이 왔고 흡입하면 혼절할까봐 애써 외면하던 달고 깊었던 그 남자의 입김 속에 섞여 있던 향훈이며 체취. 내게도 있었던 수줍던 시절의 그 사나이. 어떤 높은 산과 깊은 물도 그와 함께라면 거뜬히 극복해나갈 힘이 생길 것이다. 제 백사하고 그의 품에서 다시 시작하겠다고 스스로 고백할지 모른다.

양지는 준비한 선물꾸러미를 다시 챙겨들며 길을 재촉했다. 현태가 사는 마을로 가는 버스를 타기 위해 정류장에 서 있는데 처음 온 곳인데도 전혀 낯설지 않고 건물도 주변 풍경도 모두 다정하고 편안하게 보였다. 들고 있던 선물꾸러미를 내려놓고 차가 오는 방향을 바라보고 있는데 깔맞춤한 차림의 여인들이 한 떼 걸어오더니 옆자리에 선다. 누구 결혼식장에라도 다녀오는지 중씰한 여인들 모두 화장을 했고, 제법 돈 들인 외출복 차림을 했으나 본판인 시골사람 모습까지 다 가리지는 못했다.

"한참 기다려야 할세."

"그새 버스가 지나갔나베."

"동서, 내 등 좀 두드려주게."

뚱뚱한 몸집을 가진 한 여인이 곁에 있는 사람 앞으로 등을 들이밀며 부탁을 한다.

"와 속이 안 좋소?"

"암캐도 얹혔는갑다."

"속이 복개서 인자는 음식도 많이 못 먹어."

"여편네가 손은 커서 뭔 음식을 그리 많이 장만해서, 권하는 맛에 자꾸 자꾸 먹었더니."

두 동서의 주고받는 말 사이로 옆에 있던 여자도 껴들었다.

"아이갸 남의 잔치에 실컷 잘 얻어먹고 설마 숭보는 건 아니제?"

"농담이제. 숭이야 볼까만 식당 음식만 해도 걸더만. 떡이야 잡채야 튀김이야 가짓수도 조옴 많았나."

"얼매나 기다리던 혼산데 맘 묵고 실컷 장만했다 카더라."

"근데 오늘 새 신랑은 지가 좋아하던 아가씨가 따로 있었다면서?"

옆에 있던 사람이 짐짓 경계하는 표정으로 주위를 훑은 다음 말을 이었다.

"쉿 그런 소리 다시는 입 밖에 내지 마라. 낮말은 새가 듣고 밤말은 쥐가 듣는단다. 저쪽 집에 들어가서 기분 좋을 소리는 아닌께."

"요새 세상에 그게 뭔 비밀로 할일이고. 현태가 원래 좋아하는 아가씨가 있어서 서울로 선까지 보러갔었는데 그 아가씨가 먼저 등을 돌렸다네."

"꿩 대신 닭이 된 처지를 알면 신부가 가만있을까?"

그 순간 양지는 제 귀를 의심했다. 오늘이 그럼 현태의 결혼식이며 이 사람들은 동네 하객들?

"아 또, 지난 일 가지고 따따부따할 게 뭐 있나. 자식 낳고 살다보면 그냥 살아지는 게지."

"우리들 시대하고 다른께 그라지. 요새 각시들이 얼마나 대차고 까탈시런데."

"그렇지만 그 집 세가 괜찮으니까 앞으로 무마는 잘 안 되겠나. 번듯한 부모형제들 우애 있고 화목하고 먹고 사는데 걱정 없고, 그만하면 복 있는 사람은 따로 있는 게지 뭐."

"그래 예전 그 아가씨가 얼마나 잘났는지는 모르지만 복을 찼지."

"홧김에 서방질한다고 어른들 시키는 대로 선도 안 보고 혼인을 했는데 현태 그 아 맴이 어쨌을고. 그게 좀 짠하기는 하더라."

"나도 그 얘기 듣고 첫날밤이 어떨지 싶더라니까."

딱 맞춤해서 현태의 결혼식 정보를 듣게 되자 양지는 기가 막혔다. 여기까지 찾아올 만큼 자신의 마음이 변할 줄 알았다면 그렇게 미련없이 싹 자르지 말고 한 걸음 물러서서 기다려 볼 여유라도 남겨둘 걸. 양지의 눈에는 어느 새 눈물이 맺혔다. 충격을 받은 양지가 비틀, 정류소의 벽을 잡고 미끄러져 내리자 그것을 먼저 본 사람이 소리를 질렀다.

"아이갸, 젊은 사람이 갑자기 와이라누?"

그 말을 신호삼아 사람들이 몰려들었다. 양지는 얼른 아무렇지도 않은 듯 자리를 털고 일어났다.

"제가 빈혈이 좀 있어서 그래요."

살펴보니 대개 현태네 푸네기들인데 행여 자신에 대한 억측이라도 생겨 본집에 전달될지도 모른다. 양지는 얼른 지나가는 택시를 잡아타고 그곳을 떠났다.

그녀가 도착한 곳은 현태가 결혼식을 올렸다는 예식장 앞이었다. 택시에서 내리려던 그녀는 다시 목격한 충격적인 장면으로 쥐어박힌 듯 가슴이 쿵 내려앉았다. 부모들에게 인사를 건넨 현태가 막 승용차에 오르는 중 아닌가. 딸랑딸랑 줄에 맨 깡통을 꽁무니에 달고 달려가는 허니문 카.

"손님, 안 내리세요?"

그 장면을 같이 구경하고 있던 택시기사가 넋 나간 듯 움직일 줄 모르는 양지에게 물었다. 양지는 간신히 목 멘 음성을 숨기고 다음 행선지를 말했다.

"아저씨, 저 좀 고속터미널로 데려다주세요."

10. 맨발의 기로

　양지는 그 길로 위탁모의 집을 찾아가 수연을 끌어안았다. 이 아이가 없었다면 나는 지금 어떤 모습을 취하고 있을 것인가. 주체할 수 없이 부서져내리는 자신을 얽어매고 지탱할 강렬한 물체가 필요했다. 이 허망함을 벗어나야 한다는 절심함이 마침내 이끌어들인 현장. 수연이 때문에 등 돌렸던 현태였다. 차례로 자신을 떠나가는 사람들이 늘어나자 힘차고 간절하게 움켜잡을 끈이 필요했는데 그게 수연이다. 아이 하나를 키운다고 쉽게 생각할 일이 아닙니다. 아이 하나는 작은 우주라는 말이 있지요. 과연 그 우주를 아주 잘은 아니라도 반절은 다스릴 수 있느냐 하는 문제를 고민해봐야 됩니다. 제 자식을 입양 보내는 사람들을 이해해본 적 없다면 다시 한번 더 깊이 생각해보고 결정하세요. 기른 정으로 수연을 안고 어르던 위탁모가 진지한 음성으로 양지에게 조언을 했다. 그녀는 또 파양한 후유증으로 독버섯처럼 해악을 끼치는 악동들을 돌보았던 경험도 들려주었다. 양지도 위탁모의 말이 틀리지 않을 것은 안다. 그러나 그녀는 복잡한 심경을 정리한 차분하고 단단한 결심을 다지며 이곳으로 온 참이다. 초심으로 수연을 품어들이는 일이다. 몸조차 성하지 않은 여자아이를 모든 것이 낯선 이국땅으로 입양 보낼 수 없다고 버텼던 결심을 이제 단단히 말뚝 박아야 될 때였다. 나는 수연과 핏줄이 얽혀 있는 이모다. 나는 수연이 태어난 나라의 동족이며 마땅히 도움을 주어야 될 인생 선배다.

양지가 다시 은행원인 이윤서랑 맞선을 보게 된 것도 그 혼란의 연장이다. 아버지의 조름을 못 이긴 고종오빠가 다리를 놓은 상대였다. 은행원인 이윤서는 승진 공부를 하고 자기 일에 몰두하다보니 마흔이 넘은 늙은 총각딱지가 붙어 있더라 했다. 양지 역시 이번이 마지막이며 이것은 어쩌면 피할 수 없는 운명의 순간이 도래한지도 모른다는 변화된 심기에 의해 맞선자리에 나갔다. 말이 통하는 사람끼리 선입견없이 차나 한 잔 같이 한다는, 오빠의 권에 따랐으나 맞선이라는 공식적인 만남이 처음인 양지는 쑥스러웠다. 인생반전의 설레는 마음도 없지 않아 화장한 듯 전과 다른 표정도 만들었다.

손을 번쩍 드는 남자를 바라보던 양지는 제 눈을 의심했다. 듣고 온 나이보다 어려보이는 청년이 양지가 앉기 편하게 의자를 끌어내주는데 큰 키에 어울리는 체격 모두 어쩜 이런 사람이 내게로 왔을까 믿어지지 않을 만큼 완벽했다.

"예상보다 훨씬 멋지신데요?"

양지가 자리에 앉자 이윤서가 먼저 스스럼없이 인사말을 건넸다. 시원스럽고 상큼한 인상이 귀공자인 것을 감안하면 턱없이 소탈한 시작이어서 양지도 편한 마음으로 상대방의 말에 대꾸를 할 수 있었다.

"듣기 좋은 말을 잘하시는 것 보니 단수가 무척 높아 보이는데요?"

"하하하. 전 입에 발린 말은 못 합니다. 장 회장님이 하신 말씀에 혼란이 왔어요."

"오빠가 뭐라고 하셨게요? 결격이 많은 노처녀라는 말씀은 틀림없이 하셨을 거고, 또 뭐죠?"

"겉치레보다 속이 꽉 찬 사람, 훌륭한 파트너로 손색이 없을 거라 뭐 그정도였는데, 어감에는 대단한 프리미엄이 얹힌 것 같은….."

"사람 놀리는 취미가 있으신가 봐요. 첫 만남인데."

"왠지 익숙한 옛 친구를 오랜만에 만난 것 같은 그런 이상한 기분이 들어서, 예의없이 굴어서 숙녀를 기분 나쁘게 했다면 용서해주세요. 전 사실 사람끼리 만나면 대화부터 편하게 터야지 점잔 빼고 내숭 떠는 부자연스러움을 못 견디는 고질병이 있어요."

"별스러운 게 다 고질병이 되네요. 차나 마시죠."

가져온 찻잔을 앞으로 당기며 양지가 먼저 분위기를 돌렸다. 뜻밖의 만남이었다. 양지 역시 가지고 있던 거리감을 버렸다. 친척집 오빠라도 만난 것처럼 편하게 느껴졌다. 왠지 잘 될 것 같은 예감이 무지개다리를 놓는다. 그가 한 술 더 떴다.

"차 마시기 전에 한마디만 더할게요. 스마트한 인상도 인상이지만 이지적인 인상에 때 묻지 않은 눈동자는 정말 압권입니다. 다른 직장여성들처럼 화장이나 옷으로 꾸미지 않는 자부심도 의외였고요."

양지가 말똥하게 뜬 눈으로 응시하자 이윤서는 만족한 듯 느긋한 미소를 지으며 고개를 끄덕거렸다. 연인 비슷한 관계로 몇 년을 지낸 현태로부터도 아직 들어보지 못한 객관적인 자신의 평이라 나쁘지 않은 기분 가운데서도, 면전에서 듣는 칭찬은 너무 가볍게 보는 것 아닌가 살짝

속이 상했다.

"사람을 면전에 두고 그런 말씀을 막 하시는 데 상습범 아니세요?"

말은 그렇게 축을 날렸지만 왠지 그의 솔직함이 가깝고 푸근하게 상대방을 대하게 한다.

"전 사실 저를 다 내보이고 나서야 다음 단계의 진전이 가능한 편이거든요. 감추고 에두르다보면 시간낭비만 할 뿐 아닌가요."

"소위 맞선이라는 걸 보러오셨으니 저도 다 털어놓아야 된다는 건가요?"

"노노노."

강한 부정의 표시로 손까지 내젓는 이윤서의 동작이 귀엽기도 해서 양지는 꼬꼬장했던 심사를 접고 같이 부드럽게 웃어주었다.

"여자들이 귀한 물건을 남몰래 보는 재미를 얘기하던데 저도 그런 심정 이해할 것 같은데요."

사람이 참 착하고 순수하다. 이윤서는 직장인 은행의 인재양성 프로에 발탁되어 최고경영자 과정을 외국에서 마치고 온 장래가 촉망되는 인재라고 오빠는 그의 프로필을 소개했다. 그야말로 거드름 피며 상대방을 약간 무시해도 될 사회적 인물인 그가 상식이 무색하게 이해할 수 없는 겹층의 인물로 보였다.

양지는 끌리는 기분을 놓치기 싫어 다음 날도 이윤서가 약속한 장소로 나갔다. 내게 이런 변화가 오다니. 양지는 이해 안 되는 자신의 변화 속에, 중첩돼 있는 모든 과거를 디딤돌 삼아 다시 한번 도약하고 싶은 강한 욕구를 느꼈다. 그와 마주앉아 웃고 대화하는 방식도 달리했다.

그날 이윤서는 이런저런 이야기 끝에 자기 부모에 대한 이야기를 꺼냈다.

"사실 저는 부모님에게 큰 빚을 지고 사는 입장입니다."

"그런 말씀은 세상의 모든 자녀들에게 해당되는 공통된 채무감 아닐까요?"

"그럴 수도 있죠. 하지만 저의 부모님은 다른 평범하고 건강한 부모님들과 달리 평생 장애를 갖고 사시는 분들이라… 말이 나온 김인데 숨김없이 말하겠습니다. 아버지는 앞 뒷산이 쩌렁쩌렁 같이 울리게 큰 목소리를 내서야 상대방이 자기의 말을 알아들을 거라 여기는 청각장애인이시고, 어머니는 어릴 때 앓은 소아마비로 하체 이동이 부자연스러운 분이십니다."

이윤서가 부모에게 빚졌다고 말한 이유를 며느리가 될지도 모르는 여자를 기선제압하려는 사전 수법으로 여겼던 양지는 아찔한 놀라움으로 하마터면 들고 마시던 찻잔을 놓칠 뻔했다. 자신의 약점이 될 게 분명한 부모의 그런 장애를 만난 지 채 이틀도 안 된 여자 앞에서 털어놓는 이윤서의 심리가 묘한 호감으로 다가왔다. 아울러 야릇한 연민이 가슴의 동계를 타고 울렁거렸다.

이윤서는 자신이 어렸을 때 그의 부모가 어떤 형식으로 자신과 동생을 키웠는지를 우등상 받은 어린 소년처럼 풀어놓았다.

"예전에는 모두 가난하게 살았다고 사람들은 말하지요. 그렇지만 우리 부모님 경우는 특히 더 열악했지요. 선대들이 소위 책상물림이라 경제하고는 동떨어진 집안인데 일곱 형제 중 다섯째인 아버지 차지는 중이염이 덧난 청각장애밖에 유산이 없었답니다. 자연 그 배우자는 또 어머니같이 걸맞은 처지의 사람이 선택될 수밖에 없었고요. 건장한 아버지는 버려진 둔덕에 따비밭을 일구고 침선이 특기였던 어머니는 집안을 꾸미는 것과 우리 형제들의 옷을 직접 지어 입혀서 의상비 가름에 큰 역할을 맡았답니다. 눈에 띄는 의상 때문에 선생님이 친구들 앞으로 저를 불러내서 쑥스러운 패션쇼 같은 걸 했던 기억이 생생한데 저의 오늘이 있게 한 칠팔십 프로의 원동력이 됐죠."

양지는 어느새 자신의 성장배경과 비교해보며 자신과 판이하게 다른 인품의 이윤서를 찬찬히 살펴보는 가운데 그에 대한 존중감이 마음 한 곳에서 긍정으로 피어나는 따뜻함도 느꼈다. 저 귀티 나는 면모 속에 그런 아픔이 새겨져 있었다니, 양지는 제 맘대로 윤서를 끌어안고 토닥거려주는 상상을 했다. 세상의 모든 부모들이 기울이는 자식사랑에 비하면 음각과 양각의 차원이 다른 비원이 새겨진 인격체다. 장애인 부모의 애오라지한 헌신과 자정이 빚어낸 청자나 백자의 이미지다. 내가 만약 그들의 가족이 된다면 그분들의 대소변 수발을 드는 것으로 첫 시작을 하더라도 능히 감수할 것 같다.

"아들들의 눈에는 서로의 생활도 불편하셨을 부모가 어떤 모습으로 비쳐졌는지 궁금해요."

"아, 그거 참 좋은 질문입니다. 우리 부모님은 상대방의 겉모습을 탓하시기보다 서로 상대방이 가지고 있을 상처나 자존심을 이해하셨던 것 같아요. 이건 어릴 때 처음 보았기 때문에 지금도 환하게 상기되는 광경인데, 잠자다 일어난 제 동생이 생뚱맞게 성냥불 장난을 하다 이불에 불이 붙었어요. 자다 깨서 눈을 뜬 어머니가 아무리 기겁한 상황을 외쳐보았자 노동일로 지친 아버지가 알아듣고 일어나실 리 없죠. 그제야 처음으로 왜 아버지의 손목과 자신의 손목에 연결된 끈을 어머니가 잡아당

기게 해놓았는지 알게 되었지요. 아버지는 당신이 얼른 못 일어나서 애태운 어머니께 미안하다는 뜻으로 어머니의 어깨와 머리를 쓰다듬으며 위로해주곤 했는데 이런 모습은 저의 어린 눈으로도 참 인상적인 아름다움 하나를 깨우쳐주는 장면이었습니다. 아버지가 밭고랑을 만들면 어머니는 거기다 씨를 뿌리고…. 지금 생각하면 참 힘들고 눈물겨운 광경이었을 텐데도 어린 제 눈에는 성실하고 참된 부부의 한없이 평화스럽고 목가적인 모습으로 잔상이 그려져 있으니, 자식은 참 철부지의 대명사가 아닌가 싶어요. 휠체어 같은 것도 없던 시절이니 어머니를 지게에 태운 아버지의 손을 잡고 산밭을 내려올 때면 이 산 저 산에서 뻐꾹새가 우리를 응원하듯이 우짖던 기억도 나네요."

이윤서는 자기 이야기를 마치 현실이 아닌 동화의 내용을 전달하는 것같이 했다. 양지는 손에 쥔 땀을 양손을 비벼 증발시키면서 이윤서를 더 돋보이게 하는 요소를 그 소탈함에서 관찰한다. 그에 비하면 정아의 표현대로 갖출 것 다 갖추고 살았던 양지 자신의 부모 관계나 현실은 어떠한가를 저도 몰래 비교하다 얼른 지우곤 했다. 상대방의 결점을 이해하고 배려한다는 말이 또렷하게 되새겨지며 넓이와 상관없는 토양의 질이 어떤 생물을 길러낼 수 있는지에 대한 커다란 교훈도 얻었다.

이윤서의 환경을 알게 됨으로 더욱 친숙해진 양지는 이윤서와 같이 저녁도 먹었다. 그가 먼저 장소를 정해놓는 일방적인 리드였지만 싫지 않았다. 반 보쯤 뒤따라 걸으면서 바라본 탄탄한 등 넓이의 듬직함은 현태라면 고개 들었을 거부감을 어느새 흐려놓고 순순히 따르게 했다. 비뚤어지려면 얼마든지 비뚤어질 수 있는 여건인데도 이 남자가 반듯하게 잘 성장한 이유는 그 부모들의 화합과 풍부한 긍정이 바탕이었을 것에 대한 외경심 때문이다. 하므로 성장의 자양분과 부모의 역할에 대한 새로운 깨달음은 양지에게 다시 시작하고 싶은 용기와 희망을 주기도 했다.

그날 저녁 양지는 더욱 자신의 가슴속에, 아니 뇌리속에도 전에 없이 다양한 색깔의 감정이 자생하고 있는 것을 체감했다. 으슥하고 어두운 길을 위태롭게 걷고 있는 그녀를 위해 이윤서가 손을 내밀 때 아무런 위화감도 없이 손을 내밀었고, 남정의 억센 악력이 힘을 가해올 때도 그 따뜻함과 보호 의지를 든든하게 받아들였다. 주위의 사물을 화제 삼아 이윤서가 농담을 하면 맞장구치며 흔쾌하게 같이 웃었다. 두 사람이 당도한 발길 앞에 넓고 평안한 광장이 둘을 위해 펼쳐져 있는 듯 거리낌 없는 동류의 연대를 느끼며 내가 그런 변화를 유도할 줄은 나도 몰랐어, 라고 나중에 혼자 웃었던 예측 못한 제의를 하기도 했다.

"다리가 아픈데 조금 쉬었다 가면 안 돼요?"

저만큼 서 있는 가등이 나무 그늘을 만들고 있는 곳에 양지가 멈춰섰다. 속으로는 업어달라는 응석까지 부리고 싶었지만 말로 표현하지는 않았으나 그가 혹 그렇게 나오면 못 이긴 척 업힐 궁리도 했다.

"아, 그럴까요? 숙녀분이 하시는 말씀이니 당연히 존중해야지요."

이윤서는 얼른 주위를 두리번거리며 앉을자리를 찾았다.

"저기 벤치가 있네요."

먼저 그쪽으로 걸어간 이윤서가 손수건으로 양지가 앉을자리를 닦아 놓고 손을 내밀어 앉기를 권했다.

"우리는 지금 무슨 대화를 하게 될까요?"

잠시 조심스럽고 계면쩍은 분위기 속에 잠겨 있던 양지가 장난스러운 웃음을 흘리며 먼저 말문을 텄다.

"글쎄요. 그림은 딱 연인관곈데 저들은 무슨 이야기를 하고 있을까 참 궁금했지요. 자 그럼 우리도 그런 장면 한번 연출해봐야죠."

그러면서 이윤서가 양지 옆자리로 더 바싹 다가앉는 바람에 두 사람은 마주보며 상체가 흔들리도록 일치된 공감의 표시로 소리나게 웃었다.

"제가 몇 번째 파트너로 이런 쉼터에 같이 앉는 건가요?"

해놓고 보니 저답지 않은 질문이라 입을 때리고 싶은 양지를 들여다 보며 이윤서가 말했다.

"처음이자 마지막, 하하하 뭐 그런 대답을 강요하시는 겁니까?"

"아뇨. 전 인간도 팔색조나 카멜레온과 같은 성향을 가진 동물인 걸 요즘 들어 더욱 실감하고 있거든요."

"우리는 천생연분인가봐요. 저도 그런 생각을 가끔 해보거든요. 그만 큼 부대끼면서 산 세월이 만만찮은 증거겠죠? 낡은 옷처럼 아낄 것 없이 편한 뭐 그런."

능청 떠는 이윤서의 화답으로 두 사람은 또 유쾌한 웃음을 날렸다. 익숙하고 무람한 진전을 잦은 공감과 웃음으로 확인했다. 상대방에 따라 대화의 빈도가 달라진다더니 이윤서도 어지간히 말이 고팠던지 개구쟁이 같은 농담을 쉬지 않고 늘어놓는다.

"우리 그럴 듯한 그림에 하나 더 보탤까요?"

"아, 마실 것!"

양지가 맞장구를 치자

"그렇지."

빠르게 매점을 찾아나섰던 이윤서가 가져온 두 개의 캔 음료 중 하나를 내밀었다. 양지는 손에 든 것을 도로 내밀며 어린소녀처럼 핑계를 댔다.

"손톱이 약해서요."

그림으로 보면 틀림없이 다정한 연인들의 모습일 터였다. 남자가 따라준 캔을 받아마시며 다정하게 마주 웃는 여자와 남자. 그러다가 천천히 소리없이 각자의 생각에 잠긴 두 사람은 마시는 음료의 맛을 음미하듯 조용해졌다. 반쯤 남은 캔을 들고 먼 불빛을 바라보고 있던 이윤서가 진지해진 음성으로 말을 붙였다.

"앞으로 무슨 일을 하고 싶으시죠? 장 회장님 말씀이 아주 큰 뜻을 갖고 계시다던데?"

"오빠가 저의 결격을 보완해주시려고 괜히 부풀리셨을 거에요. 무슨 일을 하겠다고 나서기엔 준비된 자금도 없고, 구체적인 설계도 세워놓지 못한 막연한 희망으로만 아직."

양지는 얼핏 떠오르는 수연과 현태를 지웠다. 씁쓸하고 아린 사람들이다. 그러나 다시 중요한 쟁점이 될 수 있는 수연의 문제는 진지하게 접근하지 않으면 안 된다. 전과 다른 어떤 방법으로.

"요컨대 세월인가요? 스폰인가요?"

"둘 다요. 저는 욕심이 많아서 하고 싶은 것들이 너무 많아요. 그렇지만 시간도 몸도 개인의 한계는 너무 제한적이죠."

"무슨 이유인지 이유도 모르지만, 이 감정은 또 뭔지…. 첨에는 사업 파트너 같기도 했는데 여동생 같기도 했고, 또 그 다음은 우리 뭐가 되죠?"

양지는 어렴풋이 이윤서의 내심을 눈치 챘지만 제 감정이 괜히 수꿀해져 못들은 척했다. 과년한 남녀들의 목적지에 다다른 수작이 농익었다. 머잖아 어떤 결정을 내리면 각오하고 그 길로 같이 가야 될 것이다.

이 꽃 같은 감정이 사라지고 삶이란 미명으로 밀어닥치는 온갖 부조리한 감정에 눌려 미워하고 후회하면서 살게 될지도 모른다. 그러노라면 자신은 또 잃어버린 자존감을 애통하게 될지도 모른다. 이 좋은 사람을 앞에 두고 이런 잡생각을 하다니. 알 수 없는 미래는 왜 이렇게 감정을 스산하게 뒤흔드는가. 왠지 모르게 변덕이 일어났다. 문득 살아온 날들과 비교되며 결국 여기인가 싶었고 자신의 지금 처지가 어색하고 열없게 여겨졌다. 먹은 나이가 가르치는 우려의 결곡한 늪이었다. 갑자기 어디론가 달아나버리고 싶기도 했고 소리 내서 울고 싶도록 가슴속 울음보가 부풀어 오르기도 했다. 우울해진 그녀를 의식했는지 이윤서가 다시 장난을 걸었다.

"내가 듣고 싶은 답을 못 하겠으면 손 좀 내봐요."

"손은 갑자기?"

"손금 좀 보게요. 생명선·운명선 그런 것도 감정해보면 대강 캐치되지 않겠어요?"

"아유 엉터리!"

침울함 밖으로 발딱 나온 양지는 이윤서가 내민 손을 탁 치며 손을 뒤로 숨겼다. 이윤서가 웃으며 지나가는 사람들을 가리켰다.

"하하하. 저 사람들 말 들어봤어요?"

"무슨 말? 우리한테 아무 말도 안 했는데요."

"에이 저 두 사람은 대체 무슨 얘기들을 할까. 우리가 했던 말을 저 사람들이 했다고요. 뽀뽀는 언제할 건가, 우리 이럴 때 저 사람들 바람대로 서로 얼굴이라도 맞대야 화룡점정이 되는 거 아닌가요?"

"아이참!"

양지는 친숙함을 표시하는 이윤서의 농담에 기겁을 하며 발딱 일어섰다. 지나가는 사람들을 가리키며 이윤서가 지어내는 너스레 때문에 양지는 저도 모를 즐거움으로 소리내 웃으면서 이윤서를 때렸다. 눈길도 곱게 흘기며.

이윤서와 헤어져 돌아오는 길에 양지는 생각했다. 이 사람과 만나야 할 운명이 정해져 있었기 때문에 현태는 스쳐지나간 거야. 이 사람을 내 쪽에서 배척하는 경거망동은 절대 하지 않도록 조심해야지. 아버지는 역시 어른이고, 사람의 숲 역시 높고 깊은 걸 인정해야 된다. 분명한 것은 부모건 자식이건 자기의 유불리에 따라 상대방에 대한 감정도 좌우로 헷갈릴 만큼 영원한 불신도 신뢰도 판 박혀 있지 않다. 하지만 나서보리라. 해도 안 해도 후회하느니 해보고 하는 후회가 훨씬 낫다고 했으니.

그런데 출발만 하면 넓고 평탄하게 뻗어나갈 것으로 예측했던 양지와 이윤서의 만남은 돌파 불가능한 옹벽에 갇혀버리게 됐다.

그와 마지막 저녁식사를 한 지 벌써 삼 일이나 지났다. 헤어질 때는 분명 내일 다시 만나자고 약속을 했고, 이윤서는 넌지시 양지가 뜻한 사업에 대한 물심양면의 보조를 하고 싶다는 뜻을 밝히기도 했다. 그와의 결혼을 전제로 꽤 구체적인 설계까지 그리고 있던 양지는 어느새 애타도록 그의 전화를 기다리고 있는 자신을 발견했다. 그날 밤 그 분위기대로라면 양지가 일하는 곳에 대한 호기심으로 이윤서는 벌써 성큼성큼 나타났어야 했다. 대기 중이라던 본부 발령장이라도 받았으면 미처 소식 전할 짬을 못 냈을 수도 있다. 왠지 자신이 안고 있는 그리움이 금방 사라진 꽃구름처럼 자취 없는 환상으로 끝나는 게 아닐까 하는 불길한 안타까움이 일었다. 한 남자를 품고 이렇게 종일토록 애태워본 적 없었다.

낮에는 직장, 밤에는 학교를 다니던 가난에 찌든 여학생이 한 바가지 물로 몇 가지를 차례로 해결하며 기다리던 월급날과 차원이 다른 관심의 매진이다. 실현 불가능하리라 싶던 꿈이, 안정된 미래의 큰 수레를 끌고 오는 기대로 꽉 찬 설렘이었다. 그러나 하루해가 뉘엿뉘엿 저물어가도 이윤서로부터는 아무 소식도 없다. 바깥일이 분주해서였다면 지금쯤은 귀가했으리라 싶은 시간쯤 양지는 전화기를 끌어당겼다. 막상 이윤서의 집 전화번호도 알아놓지 못한 상태라 두 사람 사이를 다리 놓았던 고종 오빠에게 슬며시 상황 타진을 해보는 수를 택한 것이다.

그때 거짓말처럼 소리없이 오빠가 들어섰다.

"이런 시간에 웬일이십니꺼?"

양지는 애써 불길한 예감을 눌렀다.

"어디 전화하는 것 같은데 끝내고 하지 뭐."

"오빠한테 걸려던 참인데…."

"그렇담 앉아봐."

오빠 목소리의 무게가 매지구름처럼 떨떠름하게 양지를 에워쌌다.

"차라도 한 잔 내올까요?"

박절한 선언을 피하고 싶어 양지는 딴청을 부리지만 오빠는 찬성하지 않았다.

"그냥 앉아. 내가 아무래도 큰 실수를 동생한테 저지른 것 같다. 열 길 물속은 알아도 한 길 사람속은 모른다는 말은 있지만, 꼭 그렇지만은 않은 것 같은데…."

"보육원 일은 같이 찬성을 했는데 수연이 얘기도 했어예?"

"하다보니 양심 있는 여성의 사회적 반감에 대한 설명도 당연히 했지.

그런 것들 다 존경할 만해서 좋았단다."

더 이상 들을 것도 없이 물 건너 가버린 나룻배였다.

"대의명분이나 호연지기가 점점 사문화되는 개인주의적인 시류 탓도 있을 거고. 그렇지만 그 사람도 그런 정도의 계산기였다니 제가 먼저 팔 자소관으로 돌리는 게 났겠네요."

"아, 동생 그 사람 개인에 대한 오해는 하지 마. 진짜 이유는 따로 있고. 그 친구도 동생을 많이 아쉬워했어."

결과는 이미 파탄이지 않은가. 고개를 들면 솟구친 눈물이 들킬 것 같아 양지는 괜한 손동작으로 옷깃만 매만졌다. 평생 해보지 않은 외도로 자존심만 만신창이 된 꼴이었다.

"그쪽 부모가 철학관에 가서 두 사람 궁합을 본 모양이야."

아주 뜻밖으로 전해진 이유였다. 아직도 그런 걸 보고 자식의 장래를 결정짓는 사람이 있느냐 우길 수도 있지만 여기는 아직 고풍이 남아 있는 지역이며 양지 어머니도 호남을 시집보낼 때 궁합이 안 좋다며 극구 반대를 했다. 호남이처럼 죽고 못 사는 연인관계도 아니니 무시할 수 없는 절차로 보는 게 옳았다.

"그 사람이 직접 그랬어요, 오빠한테?"

"그 사람 효자인 것은 자네도 잘 알잖아. 궁합이 안 좋다고 부모가 반대하는 결혼은…. 아주 많이 미안해서 본인은 말 못 하겠다고, 그렇지만 동생의 영민한 눈빛이며 현대적인 사고와 진취성은 누구를 만나더라도 발견 못 할 매력으로 깊게 남아 있을 인상이라고, 꼭 전해달라 부탁까지 했어."

"그만하면 됐어요, 오빠."

양지는 부모에게 빚진 것이 많다는 이윤서의 말을 효심 가득한 긍정으로 받아들였던 만큼 그를 원망할 생각은 없었다. 문제가 있다면 운명도 초극할 수 있는 미친 사랑이 아닌 점이었다.

"그 사람 말이 자기는 부모의 뜻을 거역할 수 없는데, 그 뜻은 동생도 잘 이해해줄 거라 믿는다는 걸 보면 동생이 그렇게 자존심 상처받을 상황은 아이라고 나도 인정해. 동생은 이번 일을 충분히 갈망할 사람이니 하는 소린데 인연이 아니면 하는 수 없지. 동생의 변화된 마음을 알았으니 더 훌륭한 사람으로 다시 찾아볼게. 내가 또 아는 사람은 좀 되니께 인맥을 동원하면 동생하고 찰떡궁합 엿방석으로 딱 맞는 사람을 찾아낼 수 있을 끼라."

양지는 평소에 대하던 오빠가 아닌 다른 사람처럼 오빠에게 대거리를 했다.

"아녜요. 부탁하겠는데 오빠도 아버지도 다시는 이런 일로 저 괴롭히지 마이소. 저는 이미 제 운명을 봤습니다. 지리산 스님이 그러시데요. 버리면 더 큰 것을 담을 그릇이 된다고."

단호하게 선언하는 양지의 모습을 놀란 소처럼 커진 눈으로 바라보던 오빠도 미안하고 안쓰러운 마음이 담긴 마른 입맛만 쩝쩝 다셨다. 달리 무슨 위로의 말이 필요하랴.

머쓱해진 얼굴로 굳이 지금 할 필요 없는 목장 이야기를 이것저것 조금 나누다가 오빠가 돌아간 뒤 양지는 둥두렷한 목장 언덕에 우두커니 혼자 앉아 하늘을 보았다. 훈풍에 실린 달빛이 백사 너울처럼 하늘하늘 일렁거렸다. 하나를 선택하는 순간 다른 하나를 버려야 함에도 집토끼도 산토끼도 같이 소유하고 싶던 욕심 그릇을 같이 끌어안고 있었으니 자괴감은 빤한 결과였다. 하지만 괜찮은 사람이었는데. 쥐고 있던 귀한 보석을 앗긴 애석함을 지울 수 없었다. 쏟아부었던 마음을 쓸어담는 자존의 상처가 더 쓰라렸다. 아무도 없는 곳이라 눈물은 더 뜨거웠다. 자아올린 두 줄기 눈물이 끊이지 않고 흘러내렸지만 양지는 닦지 않았다.

맨발로 걸어온 내 세상의 기로가 바로 여기다. 여기서 나는 넓은 길이든 좁은 길이든 나만의 길을 선택해 다시 나가야 한다. 그러나 무작정, 남들처럼 걸어서는 아무 의미가 없다는 것을 주지해야 한다. 어머니가 자신을 희생해서 우리를 지켜낸 것으로 생명의 값을 다하고 멸해갔듯이, 아버지가 아프기 싫은 자기의 삶에 푹 찌들어 살았듯이 나도 나름의 분명한 내 삶, 내 목숨의 값을 비싸게 결정지어야 한다. 자기의 운명은 자기가 만든다는 말처럼 나는 나니까 당연히 내 운명을 만들어야 한다. 남들의 눈에는 비록 하찮게 보일지라도 내 운명의 무게에 등가적 동행을 해야 된다. 한 인간을 위해 우주전체가 도는 것 같은 때가 있는데 간절히 원하면 한번쯤 나를 위해서도 우주가 움직여줄 것으로 믿는다. 일상의 연결속에서 현재가 이루어졌고, 미래가 조금씩 축을 형성해가듯이 여망의 근실함이 뚜렷한 성과를 보여줄 것이다. 개인이 살아가는 방법이나 이치는 열 살 이전에 다 체득된다고 한다. 이미 불혹의 접점에 가까운 나, 이제 그만, 여기 이곳 내가 선 자리에서 똑소리 나는 시작을 다시 하자. 남녀가 결혼을 하는 것은 개미허리처럼 잘록하게 심신이 약해졌을 때, 소소한 재미로 묘하게 장치된 흉계에 걸려드는 것과 같다. 양지는 이참에 우먼파워 시절의 경구 하나까지 되새김한 뒤 눈물로 막힌 코를 팽, 풀어버리고 자리에서 일어섰다. 두 팔을 활개 치듯 크게 흔들면서 저쪽에서 비치는 불빛 속으로 성큼성큼 걸어들어갔다.

이윤서와의 결별 이후 큰소리친 깐에 비해 양지는 다시 자신이 병들고 저주 받은 영혼이라는 자괴감에 빠졌다. 마음대로 안 되는 마음 때문에 휘둘렸던 자신의 정체성이 너무 수치스럽게 느껴졌던 것이다. 무슨 이유로 이토록 가혹한 고난과 시련을 겪는 것인지 어느 시기 동안 인내하고 나면 터널을 빠져나갈 수 있기나 한지 도저히 앞이 보이지 않는 혼돈에 휩싸였다. 갈림길 앞에 섰을 때는 누구든 한쪽을 선택한다. 전사의 과오를 참고삼아 이제는 그곳에다 온갖 희망과 기대를 쏟아붓지만 그 역시 지금까지와 마찬가지로 도로 아미타불이 될지 모르는 두려움이 앞섰다.

한없이 나약해진 심신의 탈출구로 종교를 택했으나 그 역시 마음대로 되지 않았다. 천주교 공소에서는 지남철에 끌린 바늘처럼 아버지의 추적을 받았고 물소리 산바람 소리밖에 들리지 않는 산골 암자에서도 마당발인 호남의 정보망에 발각되어 뜻을 접어야 했다.

* * *

앞으로의 이야기는 나 수연의 눈으로 직접 보았거나 들은 이야기들이다.

그러니까 내 나이 열 살쯤이었고 외할머니가 돌아가신 지도 10년이 지났다. 남들이 볼 때는 잠깐이라 말할 수 있는 세월이지만 운 나쁜 사람들의 인생은 그야말로 파란만장인 기간이다. 그동안 찌든 인생에 휘둘리면서 터득한 인생관으로 안정을 찾은 양지 이모는 고종오빠의 장학재단 일을 맡아했고, 아울러서 목장일도 도맡게 되었다. 적은 수입이나마 저축도 무리없이 차곡차곡 쌓아갈 수 있으니 평온하고 알찬 나날일 수도 있었다. 그러나 이모의 자의식은 항상 자신을 담금질했다. 나 혼자 잘 먹고 잘 살기 위해서 이런다면 내 인생이 너무 초라하지 않은가. 생의 질적인 향상을 갈구하던 이모는 틈틈이 시간을 내서 장애인 시설이나 양로원에서 그들의 목욕을 시켜주고 청소봉사를 했다. 거의 몇 년이 지난 지금은 음악봉사용으로 익힌 아코디언 솜씨가 수준급에 이르러 호남 이모가 부탁하면 그의 가게에서 한번씩 연주회를 갖기도 했다. 비로소 양지 이모의 얼굴에는 화색이 돌았고 굶어도 배부른 듯한 보람도 느끼는 것 같았다.

호남 이모는 이모대로 기적 같은 부의 축적(뒤에 설명되지만)으로 여러 형태의 사업까지 운영하는 사장님이 되었다.

참, 사실은 그에 못잖게 중요한 두 만남이 있었는데, 하나는 이산가족 찾기 방송 이후 외국에서 돌아온 귀남 이모와 같이 살게 된 것이고 또 하나는 자칫 잊힌 채 사라져갈 뻔했던 용남 이모의 존재가 건강이 나빠진 것을 계기로 자기 어머니를 구하기 위해 나타난 나의 이종오빠 용재네와의 연결이다. 이들의 출현은 사랑받지 못하고 성장한 사람들과 그 반대의 사람들이 보이는 자존감과 정체성 확보에 대한 끝없는 노력이 어떤 형식으로 삶과 인성에 영향을 미치는가, 좋은 본보기가 될 것이다.

<제4권으로 계속>

복잡미묘한 여성의 본색으로 쓴 여성의 역사

백두산만 산이냐. 우리 동네 앞산도 산이다.

그런 심정으로 무명의 길이나마 묵묵히, 열심히 걸었다.

『갈밭을 헤맨 고양이들』은 20여 년 전에 썼던 「언니」라는 제목의 단편소설인데 공교롭게도 내 인생의 심화과정에 겹쳐 동행하면서 4,000여 장의 장편소설로 거듭나게 되었다. 긴 세월 동안 한 작품을 오리고 덧대고 다듬는 작업은 사실 참 지난한 작업이었다. 그러나 숲속에 갇힌 것처럼 답답한 장거리 길을 동행하는 동안 다행히도 운이 좋아 대량의 열매를 받은 셈이다. 그리고 이 작품 속을 관류하는 동안 작품 속 인물이나 사회환경에 대한 이해의 폭과 깊이는 물론 각도에 따른 관점 또한 그래프처럼 내 인간적인 성숙도를 높이는 데 많은 도움을 받았음도 빠뜨릴 수 없는 고백이다.

그동안 여자로서의 역할에 따른 굴레에 저항한 것도 사실이며 잠시 절필 지경을 헤매기도 했다. 하지만 깊이 들여다볼수록 거룩한 모성에 힘입어서 과대포장 되었을지 모르는 복잡미묘한 심리로 구성되어 있는 여성의 본색을 발견했고, 이와 연결된 충돌로 드러난, 나와 같은 여성들의 역사를 보면서 얻은 과외의 큰 수확이 있다면 관조나 관망의 긍정적 사고로 일상을 대할 수 있는 안목이 생긴 터일 것이다.

여성이 가진 수많은 능력을 바로 읽지 못한 채, 핍진한 사랑과 관심의 결과가 빚은 불행했던 시대는 어느덧 지나갔다. 그러나 각종 시험에서 여성우위론이 나올 정도로 남녀평등의 기회가 온 듯하지만 새로운 양상의 몸살은 계속되고 있다. 어머니 시대의 인내와 딸들의 다양한 지식이 잘 버무려진 성찬이 되어 가족과 사회를 배부르게 했으면 얼마나 좋을까. 너와 나 손뼉 치면서 함께 웃는 세상은 우리 모두의 지향점이기에 말이다.

어릴 때 내가 자란 마을은 시골이어서 멀고 먼 비포장도로를 십 리 길이나 걸어 학교로 가야 했다. 일가친척으로 구성된 마을이었지만 성큼성큼 보폭이 큰 언니들을 따라가기에 친언니도 없는 맏이였던 나의 등굣길은 언제나 고난의 행군이었다. 황새를 따라가는 뱁새처럼 종종걸음을 치다보면 자갈투성이 도로에 엎어지기도 하는데 다친 무릎에서 흐르는 피를 닦을 겨를도 없이 절름거리면서 따라 뛸 수밖에 없었다. 그런 어느 날, 나 역시 예상 못했던, 지금도 왜였는지 모르게 아리송한 말이 내 입에서 튀어나왔다. 어젯밤에 재미있는 꿈을 꾸었는데 이야기해줄까? 별스러운 기대를 품고 했던 말도 아닌데 언니들은 의외의 반응을 보이며 내 이야기를 듣기 위해 나와 같은 보폭을 만들며 어깨동무를 해주었다. 신이 난 내 음성은 먼 먼 등굣길이 지루하지 않고 재미있게 꿈 이야기를 풀어나갔다. 진짜로 꾸었던 꿈은 그날로 동났지만 그 후 몇 날 동안 나는 어린 셰에라자드가 되어 지어낸 꿈 이야기로 언니들의 보호를 받았다.

어느덧, 먹은 나이가 가당찮음을 실감하면서 자신을 성찰해볼 때면, 그 많은 설법을 남겼으면서도 '나는 아무 말도 하지 않았다'고 했다는 부처님 말씀이 떠오른다. 대성대각도 아닌 내가 쓴 글이나 말은 얼마나 허풍스럽고 필요 없는 감언이설로 넘쳐났을까 부끄러움도 생겼다. 어떤 삶을 살아야 하는지에 대한 가치관의 명료함도 없이 선배들의 그림자에 끄달려서 흉내내기만 한 듯한 것이 무척 아쉽다.

가사를 책임진 아내와 어미의 여력으로 다른 분야에 비해 긴 시간이 소요되는 소설을 쓰는 일은 참 어렵다. 그러나 소설 창작의 심해로 나를 이끌기 위해 내 인생 초기의 흐름은 그처럼 협소하고 굴곡졌으며 거칠기까지 했던가. 이 역시 부엉이 집처럼 가득 차야 하는 작가의 곳간을 충분히 채워준 과정이었음을 이해하게 되었다. 소설이 어떤 것인지 조금 보인다고나 할까.

아직도 내 곳간은 빽빽한데, 느낌 좋은 작품 인연을 계속 만났으면 좋겠다.

덧.

나의 남자, 목원 김태호 씨에게,

착한 '사미'처럼 평생 나를 지켜준 당신. 이 작품이 신문에 연재되는 동안 하루도 빠짐없이 스크랩한 묵직한 관심까지 선물해주셨지요. 서로를 서로의 작품이라 상정해놓고 동반하는 동안 당신의 순도 높은 사포질에 힘입은 결과임을 어찌 인정하지 않으리요.

그 아버지의 자녀들답게 아들 딸 삼남매와 사위의 배려까지 힘입어서

이 작품이 묶여 나왔음을 보고합니다. 이 모두 당신의 뜻이 발현된 현상이라 믿습니다. 고맙고 고맙습니다. 마하반야바라밀.

2019년 8월

박주원

박주원 장편소설

갈밭을 헤맨 고양이들
제3권 더 큰 것을 담는 그릇

지은이_ 박주원
펴낸이_ 조현석
펴낸곳_ 북인
디자인_ 푸른영토

1판 1쇄_ 2019년 09월 21일
출판등록번호_ 313 - 2004 - 000111
주소_ 121 - 842 서울 마포구 서교동 467 - 4, 301호
전화_ 02 - 323 - 7767
팩스_ 02 - 323 - 7845

ISBN 979 - 11 - 87413 - 53 - 0   03810
ⓒ 박주원, 2019

이 도서의 국립중앙도서관 출판예정도서목록(CIP)은 서지정보유통지원시스템 홈페이지
(http://seoji.nl.go.kr)와 국가자료종합목록시스템(http://www.nl.go.kr/kolisnet)에서
이용하실 수 있습니다. (CIP제어번호 : CIP2019035019)

이 책은 경남문화예술진흥원의 문화예술지원금을 보조받아 발간되었습니다.